講談社文庫

法医昆虫学捜査官

川瀬七緒

講談社

目次

法医昆虫学捜査官

第一章　コラボレーション

1

冷気で満たされた室内には、焦げた肉の臭いが漂っている。生焼けで、しかも腐敗が始まっているように感じられた。この手の臭いの粒子は、最低でも二日は鼻の奥に居座り続けるはずだ。

東芳《とうほう》大法医学教室の地下は、ねずみ色のコンクリートで塗り固められている。カチャカチャと金属がぶつかり合う音が壁に跳ね返り、耳障りなエコーをかけていた。明るすぎる照明がステンレスの解剖台に反射して、睡眠不足の瞳をちくちくと刺激する。

岩楯祐也《いわだてゆうや》警部補は目頭を指で押し、しょっちゅうずり落ちるマスクを定位置に戻した。銀色に光る台の上には、燃え尽きて炭になった切り株のような「モノ」が載せられていた。これが川縁にでも転がっていれば、燃え残った木の残骸にしか見えないだろう。キャンプにきた子どもたちが、山から枯れ木を引きずってきて、悪ふざけで火を放ったいたずらの跡だ。しかし、焦げた丸太は人型をしていた。手脚の先は欠損し、瘤《こぶ》のような頭がかろうじてついている。黒革そっくりの皮膚がぴたりと貼りついて、頭蓋骨の形が標本のように浮き出していた。

炭になり果てた肢体とは別に、胴体の一部は異様に膨らんで裂けている。煤《すす》けた桃色をした何かが飛び出していた。小腸だ。どす黒く焦げついた中で、そこだけが鮮やかに浮き上がっているさまが嫌悪感を誘う。ぐにゃぐにゃととぐろを巻いて、今にも台からこぼれ落ちそうになっていた。

ガシャン、という金属音がして、岩楯は腸に釘づけにされていた目を、ようやく引き離すことができてほっとした。ありがたい。悪夢にうなされる時間が、少しだけ短くなったというものだ。ステンレスのバットには、ピンセットが無造作に投げ出されている。勢い余って床に落ちた器具を、助手の男が慌てて拾い上げた。

司法解剖医の梅原敦《うめはらあつし》の機嫌はすこぶる悪い。一年を通してまんべんなく悪いが、今日はさらに悪くなる条件がそろっていた。透明のフェイスシールドの下では、眉間にくっきりと三本のシワが刻まれている。連続放火のすえに、死人が出てしまった最悪の状況だ。警察捜査の詰めの甘さを、仕種《しぐさ》の端々で非難していた。

梅原は汚れたラテックスの手袋を脱いで丸め、足許のゴミ箱に荒々しく叩き落とした。新しいものをはめて助手に目配せをすると、ライトボックスに歯のX線写真が差し込まれた。遺体の口の中にそっと鏡を入れ、助手が35ミリのニコンで接写する。上下何枚かを撮り終えてから、解剖医は、剝き出しになっている歯を一本ずつ時間をかけて確認していった。唇は焼けてほとんど残っていない。

「肘から先が焼失しているから、指紋の照合は不能。歯の治療痕と配置は、歯科医師から取り寄せたX線写真と完全一致だ」

「ホトケは全焼したアパートの住人だな。三十二歳の女だ」

鑑識課長が誰にともなくつぶやくと、解剖医は小さく頷《うなず》いた。

「組織は検査にまわすが、歯科記録からして間違いないだろう。身長は約百六十一センチで、体重は三十キロ。これは、手脚が欠損してるのと筋組織の焼失、それに水分が飛んだせいで軽くなったんだ」

「一酸化炭素中毒死か……」

訳知り顔で何度も頷いている西高島平《にしたかしまだいら》署署長が、胸に三角形の汗染みをつくりながら口を開いた。百キロ近い巨体をブルーの術衣で包み、ぜいぜいとマラソン直後のような荒い息を吐いている。梅原は、節操なく太った汗まみれの署長をそっけなく見やった。

「早々に結論を出してくれたとこ悪いんだが、死因を調べるのがわたしの仕事でね」

「いや、火にまかれると、ほとんどが有毒ガスを吸い込んで死ぬことになる。それも早い段階でのことだよ。これはもう常識だからな」

「意味のない常識は、あんたの心の中だけに大切にしまっておくことをお勧めするよ。腹を開いたら、中から十発の銃弾が出てきたらどうする？」

「例外を言い出したらきりがないじゃないか。状況からの推測を話してるんだから」

「そりゃ、推測じゃなくて憶測だ。それに、捜査の状況判断を間違ったから、こうやって死人が出たんだろう？」

解剖医は、黒焦げの遺体に覆いかぶさり、頭から寸刻みに検分しながら話を続けた。

「ぜひとも訊きたいんだがね。おたくら警察は、ホトケが挙がらないと本腰を入れちゃいけない規則でもあるのかい？　ストーカーしかり、虐待しかり、ＤＶしかり。みんな死人が出てから、のろのろと重い腰を上げるんだからな。で、岩楯警部補。詳細がいちばん頭に入ってんのはあんただと思うんだが、訊いてもいいかい？」

「なんなりと」

「板橋《いたばし》近辺で、ここ一週間のうちに何件の放火が出てたんだっけ？」

「四件ですね。その前は、月一のペースで約半年間続いていた。言ってみれば、放火魔の模範生みたいなやつがいるわけですよ」

岩楯がそう答えると、解剖医はふんっと盛大に鼻を鳴らして、乾いた笑いを漏らした。

「せっせと勤勉に火を放ってるやつがいたのに、おたくらがやったのは野次馬の写真撮影がせいぜいだろう。しかも半年も自由に遊ばせておいたわけか。制服警官なんぞを夜な夜な巡回させてもな、通りすぎてから放火すりゃいいだけだ。ある意味、警察は放火魔にチャンスをくれてやってるようなもんだな」

「あいかわらず厳しいな、先生は。地元の町内会からも、まったく同じことを言われてるよ。だが、警察のやり方に口を挟むのはやめてもらいたいね。我々もただ指をくわえて見てたわけじゃないんだ」

岩楯の斜め後ろに立っている、捜査一課長が静かな声を出した。たいがいの人間を、ひと睨《にら》みで黙らせることができる目を光らせながら言葉を続けた。

「互いに専門の領域で仕事をする。先生、いい加減これに徹してくださいよ」

「いかにもそうだな。専門外の人間が、『焼死は一酸化炭素中毒が常識だ』なんてことを言い出さないようにしなけりゃならん」

飄々《ひょうひょう》と梅原が言い切ると、西高島平署署長は、頬の肉に食い込んだ鼈甲《べっこう》縁の眼鏡に手をやり、少々の憤りと恥ずかしさを苦笑いでごまかした。自分の考えを、無邪気に口に出してしまうのが彼の悪い癖らしい。が、この解剖医は、不用意な人間に笑いかけてやるほど優しくはない。むしろ、こてんぱんにするための策を一瞬で巡らせてくる小気味のいい男だった。

重苦しい空気が流れ、みな口をつぐんで、解剖台に横たわる遺体を凝視した。室内の温度が過剰に下げられているとはいえ、刻々と腐敗が進んでいるのがわかる。先ほどまではやりすごせていた言いようのない臭いが、やけに鼻を刺激していた。

本日づけでペアを組むことになった若手の鰐川宗吾《わにかわそうご》は、岩楯の横で、身じろぎもせずに直立している。精一杯、平静をよそおってはいるが、メタルフレームの眼鏡の奥で極小の目がきょときょとと忙《せわ》しなく動いていた。心底動揺しているらしい。

どこかで、午後四時を告げるアラームが鳴った。

解剖医は燃え残ったボタンやリベット、アクセサリー類を助手にわたし、微物の採取に専念している。すると、黙々と手を動かしている彼に、鰐川が遠慮がちな声をかけた。

「あの、先生。作業中にすみません。質問をしてもよろしいですか？」

すかさず署長が咳払いをして部下の勝手な発言をたしなめたが、梅原は鰐川をちらりと見やり、先を続けるように顎をしゃくった。

「体の右側だけ、火傷《やけど》の度合いが軽いように見えるんですが、これはどういうことなんでしょう」

「最初は右側を下にして倒れたんだろうな」

「最初はと言うと、体勢が途中で変わったんですか？」

「そうだ。あんたもスルメを焼いたことぐらいあるだろ？　ああ、今の若いやつはそんなことしないか」

「いえ、子どものころに父親が七輪であぶってましたから」

「スルメをあぶると丸まんのと一緒でな、焼死体も熱で筋肉が変性するから、どんどん体勢が変わるし信じられないほど動きまわる」

目の前の遺体とスルメを重ねたらしい署長が、嫌そうな顔をして喉を鳴らした。

「肘を曲げて両腕を上げて、膝も曲がった状態で固定されるよ。焼死体は、ボクサーのファイティングポーズと同じ格好になるわけだ。こんなふうにな」

解剖医は、腰を落としてボクシングのかまえをつくって見せた。遺体のほうは腕が真上に突き出されて関節から折れ、膝も「く」の字に曲がっている。

「ホトケの熱傷は、ほとんどが三度以上で、脂肪層にまで達してる。手脚と首、胴体の一部は炭化で欠損」

「ち、腸は？　原形を保っているように見えますが」

鰐川は、黒焦げの亡骸《なきがら》に、彩りを添えている腹を見て声を震わせた。

「筋肉が爆《は》ぜて内臓が飛び出しても、腹の中はそう簡単には燃えないんだよ。とくに腸は水分が多いからな。人の体を、跡形もなく灰にするのは難しい。火力を維持するためにどんどん燃料を補給する必要があるし、尋常じゃないほど煙も上がる。火葬場なんかだと、灰にするまで、八百度以上の火力で約二時間。ホトケが挙がった火災現場の鎮火時間は？」

「およそ一時間ですね」と岩楯は答えた。

「それでこの炭化状況なのは、部屋の中に可燃物が多かったからか、近くの加速剤に引火したかだろうな。それか、ガソリンでもかけられたか」

ガソリンをかけられた？　立会人たちが一斉に声を上げると、梅原は顔の前で手を大きくひと振りした。

「たとえばの話だよ。火元の特定は、もちろんまだだな？」

「ええ、出火が昨日の夜中ですからね。まさに今、調査中ですよ」

「外側を見た限り、誰かと争ったような形跡はない。防御創も見つからなかったよ。だが、脂肪層の溶解具合の激しさに違和感がある。ただの住宅火災で、ここまでになるのかどうか」

「というと？」

「化学物質をぶっかけられた熱傷に似てるんだよ。それに、どうやっても納得いかないのがこれだ」

解剖医は、組織がわずかに残っている右瞼《まぶた》を指差した。

「睫《まつ》毛《げ》がきれいに燃えてなくなってるよ」

「そんなの、一時間も火の中にいれば当然だろう。髪の毛も眉毛も燃え尽きてるんだし」

鑑識課長が口を挟んだが、梅原はフェイスシールドをカチャカチャ言わせながら首を横に振った。

「人間ってのはな、苦しければ顔を歪めて、目をぎゅっと閉じるもんなんだ。火にまかれて死んだホトケは、気を失っていても無意識に瞼に力が入ってるから、睫毛の根元が燃え残るんだよ。炭化しない限りはしっかりと残る。だが、このホトケにはない。眉間にもシワがないから、火災で苦しまなかったように見えるんだ」

「おい、おい。殺されてから火をつけられたとか言わないでくれよ」

捜査一課長が、さも嫌そうに言った。

「そうまでは言わんが、まあ、結論は内側を調べてから出すよ」

解剖医は、立会人と順繰りに目を合わせた。

岩楯は腕組みをして、焦げて強張《こわば》った遺体を注視した。およそ半年前から、板橋地区で小火《ぼや》を含めた火災が発生していた。先週から今週にかけては特に頻繁《ひんぱん》だ。古いアパートや住宅が密集している悪条件のそろった下町だが、初めはゴミにガソリンをかけて燃やす程度の放火だった。一種の歪んだストレス解消法、といったところだろうか。けれども、昨夜の火災はあからさまに勢いが違った。放火魔は、ゴミを燃やす程度では満足できなくなってきたのか。それとも、ほかの目的をもったのか……。

岩楯は、どことなく笑っているようにも見える被害者の顔を見つめた。髪が燃え尽きた頭蓋骨は小さく、左目は焼失して眼孔がぽっかりと口を開けている。削《そ》げ落ちた鼻は二つの孔だ。頬骨が高く、露出した口許には白い糸切り歯が覗いていた。

生前の面影を想像するのは難しいが、痩《や》せ形だったことはわかる。腰に食い込んでいる革製のベルトを見る限り、ウエストサイズは六十センチもないだろう。燃え残ったジーンズがロールアップされているさまや、腰で結ばれたぼろぼろに焦げたチェック柄のシャツ。髪のない頭皮には、いくつかのヘアピンが熱で癒着していた。星型をした飾りがついている。

遺体の端々に残る彼女らしさや生活の跡を見せつけられ、岩楯の口の中は苦くなった。こんな最期はない。死に際の気配は確実に遺体に残る。なんの根拠もなくそう思っていた。いくら経験を積んでも、しつこくまとわりついてくる感情の残滓《ざんし》には、なかなか慣れることができなかった。ほとんどの犯罪被害者がそうであるように、もちろん彼女も死ぬとは思わなかっただろう。悪意に巻き込まれた挙げ句に命を落とすなど、誰にとっても新聞やテレビの中の話でしかない。平凡に生活し、お洒落をし、たあいのない話を友人としていた光景が、ぼんやりと焼死体から窺えて岩楯の気を滅入らせた。

しばらく黙っていた解剖医が、「よし」と声を上げると、助手がすかさずハサミを手わたした。ハサミというか、盗人がワイヤーロックを切断する工具のたぐいにそっくりだ。

解剖医は腰に食い込んだ革ベルトを何ヵ所かで切り、慎重すぎるほどゆっくりと剝がしていった。燃え残ったジーンズやシャツ、皮膚にべったりと癒着した下着を剝ぎ取る作業は、腹の中の内臓を見せられるよりも数段こたえた。べりっという身の毛もよだつ音がするたび、奥歯を嚙みしめることになったし、解剖の立ち会いが初めての鰐川は、見ることもできずに縮こまっていた。熱で脂肪が溶解したからか、あらわになった乳房はでこぼこに変形している。

「性的暴行の痕《あと》は？」

一課長の質問にかぶせて、解剖医はわざとらしい咳払いをした。

「あんたも見てただろう？　ホトケはズボンを穿《は》いて、ベルトをきっちり締めてたんだよ。下着もつけていた」

「だが、暴行がなかったとは言えない」

「ああ、そうだ。でも、目に見える暴行の痕跡はないし、見逃してもいない。ここから先は科学捜査の領域だよ。思う存分、下着をぬぐった綿棒やらを調べればいい。ともかく、解剖に入る」

遺体から身ぐるみ剝いだ梅原は話を終わらせ、受け取ったメスを鎖骨のすぐ下に埋めた。そこからが早かった。氷の上を滑るようにＹ字切開し、鉗子《かんし》を使って左右に開く。

死んでから時間が経っていない遺体でも、中を開ければ堪《た》え難い臭いがするものだ。焼死体の検屍解剖に立ち会うのは初めてだが、そのひどさは比較にならなかった。内臓特有の臭いのうえに、濃密な腐敗ガスが瞬時に噴き出してくる。くわえて、むかむかとさせられるのが、肉が焼け焦げた臭いだった。

「たまらんな……」

手で口許を覆った署長を一瞬だけ見た解剖医は、顔色ひとつ変えずに、ボルトカッターに似たさっきのハサミを手に取った。骨は熱で変質してもろくなり、チョークみたいに白っぽい。ボキン、という派手な音を響かせながら肋骨を切って外すと、熱で変形し、変色した臓器が姿を現した。それを見た梅原が、メスを上げながら素《す》っ頓狂《とんきょう》な声を出した。

「なんだこれは！」

解剖医は、しぼんだ肺を急いで脇に避けた。立会人がわらわらと解剖台を囲み、体内のひどさを間近で見て呻《うめ》き声を上げた。心臓は黒い塊と化していた。肺は潰れ、粘り気のある黄色っぽい体液が体内に洩れ出している。

「中は蒸し焼きと炭化が半々だな」

一課長が同意を求めるような声を絞り出したが、岩楯は答える余裕もなく身を乗り出した。この遺体はおかしい。いや、あり得ない。顔を近づけたとたんに腐敗臭が目と鼻を刺してきたが、咳き込みながら解剖医に顔を向けた。

「先生、胃袋がきれいさっぱりないように見えるのは、俺の眼がおかしいからですかね」

「いや、あんたの眼は誰よりも正常だ」

険しい面持ちで体内を見据えていた解剖医が、なかば液化した肝臓を脇へ押しやった。気味の悪い紫色に変色した膵臓《すいぞう》をさぐり、腸の端を探しにかかる。

「ちょっと待て。本当に胃がないぞ」

心臓の下へ手を入れ、焦げた紐状の器官を引っぱり出した。

「甲状腺から下がきれいになくなってる。胸郭上口《きょうかくじょうこう》の消化器官がない……」

「焼けたんじゃないのか？」鑑識課長が尋ねたが、梅原はかぶりを振った。

「ほかの内臓は損傷しても残ってるんだ。胃袋と食道だけが、形も残らんほど燃えるとは思えない」

甲状腺を引っぱって切れた断面を確認したあと、解剖医はこぶし大の焦げた心臓を取り出して、バットの上で切開した。

「左房と右房、冠状動脈もまったくの正常。過去に梗塞《こうそく》した痕もない」

梅原の顔がますます険しくなったが、戸惑っているようでもあった。臓器を切り取っては検分して重さを量り、記録係の助手へわたしていく。

「病気で胃を取ったわけじゃないな。手術痕はもちろんない。なのに、きれいになくなってるんだよ」

「いったいどういうことだ？」

「わからん。熱気を吸い込んだかどうかも不明。気管支には火傷を負ってるが、ここまで火の損傷が激しいと生活反応が出ない」

解剖医は遺体の口を慎重に開かせ、金属の舌圧子《ぜつあつし》を使って中にライトを当てた。

「舌は舌骨まできれいになくなってる。上顎と咽頭もかなり損傷してるな。果たして、住宅火災でこんな燃え方をするのかどうか。ここまでのは見たことがない」

「口の中は焼けたようにしか見えないが、先生はそうじゃないと？」

一課長の質問に、梅原は「そうとまでは言わないが……」と歯切れが悪く語尾をかき消した。

この焼死体は、どこかがおかしいのは確かだ。胃がないことはもちろんだが、素人目から見ても燃え方に妙な強弱がある。岩楯にまで解剖医の心の揺らぎが伝わってくる。戸惑いと焦り、なぜか少々の恐怖が混じっていた。

室内は静まり返り、解剖台の周りの溝を流れる水音だけが響いた。時折、固まった体液が排水口に詰まって、ごぼごぼと不愉快な音を立てる。解剖医は、無防備に体内を晒《さら》している女をしばらく見つめていたが、ふうっと息を吐き出してから台をまわり込んだ。

「ともかく、解剖を進める。雁首そろえて考えてもしょうがないからな。結論はひとまずあとまわしだ」

ラテックスの手袋を新しいものに替え、メスも新しくした。腹腔から飛び出していた小腸を抱え上げ、そら豆形のトレイに載せる。全身のひどい損傷にくらべ、煤けた腸は、まだじゅうぶんに水分を保っているように見えた。

重さを量り終えた解剖医が遺体に向き直ると同時に、何かを見つけてびくりと体を震わせた。フェイスシールドを手荒に撥《は》ね上げている。

「今度はなんだよ」

うなりながら遺体の上に覆いかぶさり、空洞ができた腹の中に手を入れた。膨れ上がった腎臓の脇には、ソフトボール大の何かが転がっている。ほぼ球体で表面がごつごつとし、黒い焦げ痕がついている得体の知れない何かだった。

「石か？　そんなわけないよな」と鑑識課長が言う。

梅原は謎の物体をそっと取り出し、トレイの上に置いた。

「まさか、こんなでかいボールを飲み込んだのか？」

署長の軽口を完全に無視し、解剖医は神妙な顔のまま球体にメスを入れた。すると中から白いものが次々とこぼれ落ちて、トレイの上で飛び跳ねた。

「くそ！」

梅原はののしり声を上げ、反射的に一歩を後ずさった。球体の切り口からあふれるように何かが這い出し、彼は舌打ちしながら再び声を張り上げた。

「くそ！　ウジだ！　これはウジの塊《かたまり》だぞ！　どっから湧いて出やがった！」

「ウジだって？」

今の今までなんとか気持ちを封じ込めていた岩楯も、さすがに全身がぶるっと震えた。署長はひっと声を上げて飛び退《すさ》っている。すると隣では鰐川が口を押さえ、呻きながら体を二つ折りにしているのが目に入った。

「鰐川！　吐くなら外でやれ！　ここの床をこれ以上汚すなよ！」

「は、はい……」

岩楯が怒鳴ると、相棒はよろめきながら解剖室を飛び出していったが、署長は間に合わずに壁面にあるシンクで嘔吐した。贅肉《ぜいにく》が波打つ背中を丸め、引きつけながらげえげえとやっている。岩楯は苛立ちを隠しながら反対側へ回り込み、トレイに置かれた球体を見た。メスを入れた裂け目から、次々にクリーム色をしたウジ虫がこぼれ落ちて蠢《うごめ》いている。丸々と肥え太ったさまを見て、岩楯の胃袋が激しくのたうった。堪え難い光景だ。

「まさか、こいつらがホトケの胃袋を喰った？　そして、あの火の中で生き延びたってことですか？」

「信じられんが、そうとしか言いようがない。死んだあとに放置されてウジが湧いた。舌から食道と胃袋を喰い散らかして、こいつらは成長したんだ！」

「こ、このウジの形状はいったいなんなんだ？　なんで丸い？」

一課長がマスクをむしり取って声を上ずらせたが、解剖医は激しくかぶりを振った。

「わからん。こんなのは見たことがない」

「気色の悪いことだ！」と一課長が吐き捨てたところに、鰐川が蒼白な顔をして戻ってきた。小さな目は充血して潤み、喉仏を何度も上下させている。

梅原は急いで遺体の首を確認し、気道に沿って小さく切開した。

「甲状軟骨に歪みがある。火によるものかさだかじゃないが、首を絞められた可能性も捨て切れない」

「絞め殺してから火を放ったのか……」

岩楯がウジの塊を見据えながら言うと、解剖医は何度も頷いた。

「三十二の健康な女が、ある日突然、自然死するとは思えんからな。銃弾なんかよりも、ずっと厄介なもんが腹から出やがった」

これだけ損傷が激しいと、死亡日時を推定するのも不可能だ。そう続けた梅原は、ウジがのたくる塊を助手へ押しやった。

2

午後七時。

歩き煙草《たばこ》の禁止が、今ほど腹立たしく思ったことはない。岩楯は、捜査車両である黒いアコードの助手席に乗り込みながら、くわえていたマルボロに早速火を点《つ》けた。とにかく一刻を争っていた。焦げた肉、腐った内臓、ウジ。これらの臭いが体中にこびりついて、喉の奥には苦みが絡みついている。いったいなんの苦みだろうか。考えただけでも気色が悪い。もう限界だった。胸いっぱいに煙草を吸い込んで、煙を惜しみ惜しみ細く吐き出した。燻《いぶ》された肉の臭いを思い出して胃がせり上がってきたが、なんとか無視してニコチンの摂取だけに専念した。

岩楯はドアを全開にして、あっという間に一本を灰にした。十月の湿った風が車内に吹き込んできたが、土の匂いが濃すぎてあまり清々《すがすが》しくはない。日中はだらだらといつまでも夏を引きずっているし、夜は夜でさほど気温も下がらなかった。こんな温暖化環境に置かれれば、遺体の腐敗もおもしろいほど進むだろう。そりゃあ、ウジどもだって狂乱する。

また遺体のありさまを思い出し、岩楯は頭をがりがりとかきむしった。駄目だ。さすがに今回は、ダメージをまったく無視できない。球体のウジが、しかも体の中で生きていたウジが、網膜に焼きついて目の前をちらついていた。

目頭を指で押してサイドミラーに視線を移すと、蒼白い外灯に照らされた人相の悪い男が映っていた。陽灼《ひや》けした赤銅色の肌には、剃り残した髭《ひげ》がぽつぽつと散らばり、無造作にかき上げた前髪が落ちて目にかかっている。はっきりとした目鼻立ちが凛々《りり》しいと言われたのは、いつのことだったろうか。四十年が経った今では、それも仇《あだ》にしかなっていない。夜更けに女の後ろを歩くだけで、危機管理能力を刺激してやれる面構えだった。

　両手で顔をこすり上げているところに、鰐川がやってきた。ひょろりと背が高く、岩楯と同じく百八十ぐらいはあるだろう。くせのある薄い前髪が濡れて額に貼りついているせいで、貧相でしょぼくれて見える。けれども、面立ちは先ほどよりしゃっきりとしていた。顔を洗ってきたようだ。運転席に乗り込むなり、相棒はため息を吐き出した。

「あのウジ……丸いウジ」

　まるで、白昼夢にうなされている異常者だ。エンジンをかけながら、さらに続けた。

「いったいどういう理由で丸いんですか？　丸である必要がないでしょう」

「もちろん、なんの必然性もない。ちなみに、三角なら納得できたのかい？」

「……いえ、どんな形だろうと駄目です。とにかく、あんなのを見たのは初めてですよ」

「だれだってそうだろ。あんなもんが、ちょくちょく道路っ端に転がってたら困る」

「踏んだら嫌でしょうね。中から生きたやつが飛び出すんですよ」

　重症だ。鰐川は唇の端をぴくぴくと震わせ、辛気くさい笑みを浮かべた。

「自分の精神が、これほど軟弱だったとは思いませんでした。まだ胃がむかむかします」

「初めての解剖体験が、焼死体のうえに腐敗とウジ。なかなかハードだったが、これでもう、次からは何がきても余裕だろ」

「つ、次？」

「そう、この仕事を続ける限りは、当然だが次もある。まさか、最初で最後のチャレンジだと思ってんじゃないだろうな」

図星だったらしい鰐川は、歯切れ悪く口ごもった。

「まあ、なんにしても上出来だよ。なんせ一回だけで済んだんだから」

岩楯が口に手を当てて吐く真似をすると、鰐川は胃のあたりをさすって、ごくりと唾を飲み込んだ。

「見苦しいところを見せました。すみません」

「まったくかまわんよ。おまえさんとこの署長なんて、今も吐き続けてるだろ？」

「昼まで真っ白でしたよ」

「痩せられてちょうどいいかもな」

鰐川はこもった笑いを漏らし、鞄から袋を取り出した。

「岩楯主任も一個どうですか？」

　差し出されたのは、直径二センチはありそうな飴玉だった。ピンク色の包装紙にくるまれた、イチゴ味と書かれた菓子。掌に載せて無邪気に笑っている鰐川を、岩楯はまじまじと見た。

「大丈夫か？」

「何がですか？」

「イチゴ味の飴玉を、にこにこしながら差し出してくるおまえさんが、だよ」

　鰐川は飴と岩楯の顔を交互に見比べ、ああ、と頷いて訳知り顔をした。

「飴が駄目なんですね？　チョコとガムもありますけど。もしかしてイチゴ味が苦手ですか？　男性に多いんですよ。柑橘系が人気で……」

　袋に手を突っ込んだ鰐川の腕を掴み、岩楯はゆっくりと首を横に振って見せた。そして今度はじっくりと、時間をかけて相棒の顔を眺めまわした。

　痩せぎすの細面で、メタルフレームの眼鏡と薄い唇が神経質な印象だ。三十一の若手だが気の毒にも額が禿《は》げ上がり、事務方が似合いそうな中年の風貌になっている。むりやりかき集めて作った前髪も、残念ながら広すぎる額を隠す役には立っていなかった。が、眼鏡の奥の小さな目は鋭くて自分好みではあった。ひかえめなながにも、どこか野心のある目をしている。

岩楯は煙草を一本抜き出し、フィルターをとんとんと箱に打ちつけた。鰐川は包装紙を剝がして飴玉を口へ放り込んでいる。頬の右側を盛り上げたまま、サイドブレーキを下ろして車を発進させた。

「甘いものがないと頭が働かないんですよ。今みたいな、ショッキングな出来事のあとには欠かせません。とにかく気分を変えないと」

口の中で飴玉を動かし、鰐川はもごもごと喋った。

「いつも常備してますから、遠慮なく言ってください」

「そうかい。二つだけ確認したいんだが」と岩楯は煙草に火を点けながら言った。

「今さっきの解剖で、動転してわけがわからなくなってんのか？　本気でヤバいようなら、早いうちにそう言ってくれ」

「もちろん動転はしてますけど、精神はなんとか大丈夫ですよ」

「そうか。じゃあ二つ目。おまえさんは、そっち側の人間か？」

「はい？　そっち側というと？」

「心ん中は、女なのかってことを訊いてるんだが」

鰐川は一瞬だけきょとんとしたが、飴玉を噴き出しそうになりながら笑った。

「なんですかそれは！」

「ペアを組むうえで、かなり重要なことなんでな。朝から晩までずっと一緒なわけだし、余計な心配をしたくない」

「そのへんはまかせてください。僕はノーマルですよ。女性が大好きです」

「なるほど、そんならいい」と岩楯はくわえた煙草を揺らしながら頷いた。

鰐川はステアリングを切り、本駒込《ほんこまごめ》を通過して白山《はくさん》通りへ入った。八時から始まる捜査会議の前に、食事をする時間はあるだろうか。もっとも、あんなものを見せられては食欲も湧かないが、なぜか胃に何かを入れたい欲求はある。

「一課の方とペアを組むのは初めてです」

混んでいる国道を進みながら、鰐川が唐突に口にした。

「精一杯務めさせてもらいます」

「旧家の嫁入りみたいな挨拶だな」

とにかく光栄です、と目を輝かせた鰐川は、すぐにその顔を曇らせた。さらに怒りを素直に見せて、唇の右端をぴくぴくと震わせた。

「証拠隠滅のために、殺しの現場に火をつけたんでしょうね」

「腐乱死体が転がってるアパートに、フリーの放火魔が偶然通りがかって、火をつける確率は低いだろうからな」

「連続放火のうえに殺人まで犯すなんて、とんでもない悪党ですよ。許せません。でも、なぜ腐乱するまで放置したんでしょうか？」

「なんでだろうな」

岩楯はぼんやりと答えた。そこが解決への分岐点なのだろう。証拠隠滅を考えたのなら、すぐにでも火を放てばよかったのだ。

煙草を揉み消して、開け放っていた窓を閉めた。解剖室の臭いは秋風に洗われ、さっきよりもずいぶんましになっている。逆に、鰐川が舐めている飴の甘ったるい匂いが車内に充満していた。

「最初に言っておくが、俺はおまえさんとこの上司みたいに、部下の発言を制限したり咎《とが》めたりはしない」

「はい」

「気づいたこと、思ったこと、疑問。こういうもんを口に出すのはいつでも大歓迎だよ」

こっくりと頷いた鰐川は、首都高池袋《いけぶくろ》線に入った。

「まずな、自己紹介がてら鰐川の売りを教えといてくれ」

「つまり、セールスポイントですか……」と続けたが、さほど考える間もなく答えた。「人の心の中を考えることですね。僕は大学で犯罪心理学を専攻していたんです」

「プロファイルか」

「はい。刑事になったのも、プロファイラーの道に進みたいからです。ゆくゆくは本庁の犯罪分析チームを希望してますけど、まずは現場で経験を積みたい。机の上だけでどうこう議論するだけのプロファイルは、所詮、役に立たないと思ってますから」

やる気をみなぎらせている鰐川を見て、若いな、と岩楯は思った。そして十年前の自分と重なって見え、妙な愛情も湧き上がった。

駆け出しのころは、一課への足がかりをつくるために、寝る間も惜しんで職務に打ち込んだ。花形である本庁への憧れが、自分を限界まで駆り立てたと言ってもいい。けれども憧れが強かったぶん、手にしたときの落胆も大きかった。犯罪者との対峙《たいじ》よりも、出世をもくろむ者が目につき、それに加えて厳しい縦割り体制が職務意欲を削ぎにかかる。上が白と言えば黒でも白になり得るし、経験も挫折も知らない優等生連中が、頭の中だけですべてをやり切った気になっていた。しかも、現場をひっかきまわして二、三年でさっさと異動する。実にくだらない。そして書類、書類、書類。

こんな組織の中で長いこと空回りを続ければ、嫌でも割り切ることを覚えるだろう。あるいは、周りを出し抜いて、出世をもぎ取ることだけを考えるようになるか。それもできなければ、飛ばされて頭がおかしくなるか辞めるかしかない。そのうえ、女房子どもに愛想を尽かされるオプションもついてくる。家に帰ったら、家財道具の一切が家族とともに消えていた、という怪談より怖い実話をいくつも知っている。警官なんて、もっとも人間扱いされない仕事ではないだろうかと常々思っていた。

じゃあ、おまえはなんで刑事なんかをやっているんだ？　好きだから。結局はこの理由に尽きるのだが。

鰐川はせっかちに車線を変更しながら、前を走る真っ白いメルセデスを射程に収めていた。微妙な距離を保ったままじりじりと威圧して、ついには道を譲らせた。実に満足げな笑みを口許に浮かべている。ハンドルを握ると人格が変わる、超甘党のプロファイラー志望か。久々にいいかもしれない。

「よし。会議の前に腹ごしらえをしていくか」

岩楯が唐突に言うと、鰐川の顔からさっと笑みが消えた。ちらりとこちらを見た目が、微妙に怯《おび》えをはらんでいる。

食欲なんてないですよ、解剖のすぐあとに食事ですか、焼死体のうえに腐敗してそのうえウジですよ、いったい何を言ってるんですか、あんたはどこかおかしいんですか。

　たぶん、これぐらいのことを一瞬のうちに考えたに違いない。鼻の付け根にシワを寄せ、唇の端が引きつりはじめた鰐川に、岩楯は満面の笑みを投げかけた。

「焦げたウジボールぐらいで、いちいち食欲をなくしてたら仕事にならないんだよ」

「ウ、ウジボールって……。ちょっと、その表現をなんとかしてもらえませんか？破壊力がありすぎるでしょう」

「いや、ただのウジボールじゃない」

「このうえ、なんなんですか」

「半熟だ」

　さらに続けようとした岩楯に、鰐川はさっと片手を上げて制してきた。何度も喉を鳴らし、急いでもう一個の飴玉を口へ放り込む。そうしなければ、喉元までせり上がっている何かが出てしまうとでも言うように。

「岩楯主任、説明はもうけっこうです」

「こっからがいいとこなんだけどな。ともかく、ラーメンか焼き肉丼のどっちかを選んでくれ。確か、赤塚《あかつか》公園の前にあったと思うんだが」

　相棒は眼鏡の奥で目をしばたたき、さんざん迷ったすえに、じゃあ、ラーメンで……と情けない声を出した。

西高島平署の講堂は長机が並べられ、無線機器やテレビが運び込まれていた。ホワイトボードには書類や写真が貼り出され、何台ものパソコンがうなりを上げている。

捜査本部が起ち上がると、所轄はどこも決まってこんな雰囲気になるものだ。本庁の介入で空気が張りつめるほど、逆に現場の意気は下がっていく。よそ者が縄張りを仕切るのだから当然だ。夜に集められた捜査員は、みな気の毒なほど冴えない顔色をしていた。駆り出されているのは、およそ二十人。欠伸《あくび》を嚙み殺す者が目立ち、うとうととまどろんでいる者までいる。

岩楯は中ほどの席に陣取っていたが、本庁の人間は最前列に固まっているからすぐにわかる。黒っぽいスーツ姿の集団だ。

事実上、現場を仕切ることになる一課長は、検屍解剖のダメージをまったく引きずっていなかった。そもそも、この男に、精神的なダメージを与えられるのかどうかも謎である。何かに心を動かされるとか、誰かにがんばれよと微笑みかけるとか、そういう人間味のある素振《そぶ》りを一切表には出さないからだ。背筋をぴんと伸ばして腕組みし、七三に分けられた髪には一分の乱れもない。

一方で、副捜査本部長を務める西高島平署の署長は、百キロの巨体を丸めて憔悴《しょうすい》していた。丸くて大きな顔は、つきたての餅のように白く間延びし、しきりにハンカチを押しつけている。

幹部が全員、ひな壇に落ち着くと、場内のざわめきがすっと消えた。

「えー、みなさん。夜遅くにご苦労さん。それでは、これから捜査会議を始めます。えー、まずは、今まででわかっていることの報告からね」

ハウリングするマイクと格闘しながら、人のいい老人といった風貌の理事官が口火を切った。係長、お願いしますと手で指し示すと、ひな壇の端の男がさっと立ち上がる。

「まずは被害者の身元から。乙部《おとべ》みちる、三十二歳の女性。住所は板橋区徳丸《とくまる》三丁目二十番の○○。コーポスカイ、一○三号室」

「えーと、いちばん奥の全焼した部屋だね？」

「そうです。独身でひとり暮らし。長野県松本《まつもと》市の出身で、父親はみちるが生まれる前に事故死。母親も十年前に病死しています。兄弟はいません。親類、親戚については、これから調査します」

係長は痰《たん》を切るように何度も咳払いをし、読み上げている報告書をめくった。

「徳丸のコーポスカイに転居してきたのが三年前。それまでは、埼玉県和光市《わこう》のアパートに居住。現在の勤務先は、豊島区上池袋《かみいけぶくろ》二丁目にある、佐伯《さえき》メンタルクリニック。心療内科のカウンセラーです」

「恋人は？」

理事官が話を戻すと、係長は顔を上げずに「調査中です」と答えた。

岩楯は報告に耳だけを傾けながら、コピーされた乙部みちるの写真を見つめた。会社の集合写真らしく、生真面目な面持ちで真正面を見据えているものだ。顎の尖ったシャープな輪郭に、太くて濃い眉。腰ぐらいまであるまっすぐの黒髪は、つややかで手入れが行き届いているが、そのぶん、髪に対する執拗なこだわりが感じられた。全体的に垢抜けない印象ではあるものの、まあ、美人と言えなくもない。しかし、いかにも融通がきかないタイプに見えるし、敵をつくりそうな雰囲気でもある。

悩んでいる人間を相手にするカウンセラーか……。岩楯は、写真の中のみちるとしばらく目を合わせた。やや吊り上がった目許からは、負けず嫌いで芯の強い性格がにじみ出していた。弱者に向き合う優しさみたいなものが、この写真からは伝わってこない。

念仏のように抑揚なく喋る、係長の話に意識を戻した。

「遺体の司法解剖は先ほど終了。火災による損傷が激しく、死因の特定ができていません。解剖医によれば、甲状軟骨に歪みがあり、絞殺の疑いがあるとのことです」

「歪みだけ？　それが他殺の決定打になるのかい？」

いえ、と係長は言葉を切って眉根を寄せた。

「遺体の腹部からウジの塊が見つかっています」

ウジの塊？　講堂がどよめいて方々から声が上がった。

「直径十センチ程度の、球体になったウジ。それが腸の下から発見されました」

ざわめきだした捜査員の間から、呻き声も洩れている。隣を見やると、鰐川が一心に係長の言葉をノートにしたためていた。一字一句もらさぬ勢いで、ウジボールの図まで丁寧に描き添えている。それがなかなかにうまい。衝撃をあまり引きずらないタイプの人間か、意識的に封じられる性格か。

岩楯が見ていることに気づいた相棒は、笑みを浮かべてバッチリです、と言わんばかりに指で輪っかをつくって見せた。意味不明だが、岩楯はひとまず頷くにとどめた。

生々しいウジ発見のくだりは、捜査員たちの目を完全に覚まさせることに役立ったようだ。さまざまな推測が飛び交っているが、ひな壇で縮こまっている署長の顔色はかんばしくない。そのとき、一課長がおもむろにマイクを取り上げ、静かに、と重々しい声を出した。骨張った顔の中にある目は疲労で引っ込み、瞳は漆で塗ったように黒光りしている。悪党が逃げ出すほどの威圧感だ。

「ウジが団子状になった経緯は不明。当然、外側は焼けて死んでいたが、中から生きたウジが見つかってる」

「生きたですって？」と後ろのほうで甲高い声が上がった。

「そうだ。業火《ごうか》の炎にも耐えたやつがいたわけだよ」

ホワイトボードに、検屍解剖の写真が何枚か加えられた。黒焦げの遺体、桃色の腸、そして球体のウジだ。ひでえな……という掠《かす》れ声がどこからともなく聞こえ、方々でいくつものため息が吐き出されている。

「ともかく、ウジどもの習性は専門家にでも訊くとしてだな。ウジが湧くまで遺体が放置されていたことになる。アパートに放置されていたのか、よそで殺害してからアパートに遺棄したのかは不明。今の段階では、ほとんど何もわかってないに等しいな。臭いについても、近所の人間はわからなかったと言っている。あの地区は単身者ばかりが集まってるから、帰ってくるのは夜のみ。それが、気づかなかった原因のひとつかもしれない」

一課長がマイクを置くと、係長があとに続いた。

「職場への聞き込みで、みちるが一週間の休暇を取っていたことがわかっています。十月五日から、昨日の十一日まで。そして今日の未明、午前三時四十二分に火災発生の入電があった」

「通報者はわかっているのかい?」

「はい。アパートの一〇二号室の住人、みちるの隣人です。二十八歳の派遣OL。寝ていたら、壁の隙間から煙が入ってくるのに気がついて慌てて外へ出た。そのときすでに、一〇三号室の窓からは火が上がっていた。火の勢いはかなりのものだったらしいです」

「ガイ者のほかに死亡者がでなかったのは、不幸中のさいわいだね。あの辺はアパートやら古い戸建てが密集してるから、死者が増えてもおかしくはなかった」

「そうですね。コーポスカイはほぼ全焼。裏のアパートと両隣は半焼です」

「うん、うん」

理事官は難しい顔をして資料をぱらぱらとめくった。

ボードに貼り出された地図には、板橋近辺で放火された場所が、赤丸でポイントされている。ここ半年間で六回と、この一週間連続で起きた四回を合わせて計十回だ。

岩楯は、手許にある地図に放火現場を書き込んでいった。だいたい東武東上線《とうぶとうじょう》の線路に沿って、上板橋《かみいたばし》から練馬《ねりま》、赤塚あたりまで点々と広がっている。放火の起きた時間帯も、今回の火災発生時刻と重なっていた。

岩楯は、剃り残した顎ひげを触りながら考えを巡らせた。

放火は、土地勘のある者の仕業がほとんどだ。この地域に住んでいるのは間違いないだろうが、問題は今回の殺人とどうかかわってくるのか、ということだった。岩楯は、放火現場の写真を広げて見比べた。すべて木造のアパートを狙っており、火元はほとんどが一階の奥まった場所。通りから見えないポイントを狙うのは、放火魔の鉄則だとしてもだ。今回は、燃え方が異常だった。

みちるの部屋の焼け跡の写真に目を移した。どの程度の油をまいたのかは知らないが、部屋の壁が焼け落ちて、真っ黒い柱だけになっている。これだけでも、すさまじい火の勢いであったことは容易に想像がついた。

過去半年の放火は、表に出してあるゴミや玄関付近が燃える程度の小火で、大きなものでも外壁が落ちるまでにはいたっていない。まるで寝ている人間を巻き込まない配慮というか、工夫の跡が見えるのは思い違いではないはずだ。火を壁から少しだけ離したり、猫避けの水入りペットボトルで可燃物を囲んだり、自転車のかごの中でゴミを燃やしてみたり。ふざけた話だ。けれども、今回の火災は、人が何人死のうがかまわないという意思が仄見《ほのみ》える。

岩楯は無意識に内ポケットからマルボロを出しかけたが、警察署が全面禁煙になったことを思い出して、しぶしぶと戻した。

「ちなみに、過去六件の放火は、分析計の数値が一致。加速剤は灯油で、簡単に手に入るものです」と係長は続けた。

「今回のは？」

「今日未明も含め、この一週間に起きた四件については調査中です。放火は、最初から全部洗い直す必要がありますね」

理事官は大きく頷き、先を促した。

「被害者、乙部みちるの死亡推定月日ですが、火災による損傷がひどくて特定は困難と思われます。最後にみちるが目撃されたのは十月四日で、職場から帰宅する際に同僚へ声をかけていますね」

「帰り道のルートと目撃情報の確保が必要だな」

「はい。毒物、薬物についてですが、簡易検査では検出されていません。詳しい検査には出していますが、こっちも検出できるかどうかはわかりませんね」

「不審人物については？」

「今のところ、挙がってきていません。ただ、みちるのアパートに出入りしていた男が、住人に何回か目撃されています。二人いますね。どちらも恋人かどうかは不明。ひとりはとても小柄で年齢不詳。もうひとりは、姿のいい中年の男。中肉中背で、隣のOLに言わせると『イタリア人』みたいだった」

「国籍が向こうってわけじゃないんだろう？」

「ええ。雰囲気と物腰の柔らかさを、イタリア人と表現しているだけです。会えば笑顔で話しかけてくるとか、路地なんかでは、レディファーストを徹底するといった程度のことですが。以上、報告を終わります」

ご苦労さんと言った理事官は、ほかに何かないかというように、ひな壇の幹部たちと順繰りに目を合わせた。追加がないことを見て取り、マイクを持ち上げた。

「えー、では諸君、明日からしっかり聞き込んでくれたまえ。それでなんだが、今回は試験的に新しい捜査方法が導入されることになった。えー、急遽決まったことで、警察組織としては全国初の試みになるよ」

報告書に目を落としていた岩楯は顔を上げた。隣の鰐川もメモをとる手を止めている。

「日本の犯罪捜査は世界でもトップクラスだが、科学捜査以外にも、まだまだ目を向けるべきところがある。えー、それでだ。今後の捜査活動に組み込めるかどうかを量る意味で、専門学者を捜査陣に加えることになった」

学者を捜査陣に加える？　妙に含みのある言い方に、岩楯の中の警鐘《けいしょう》が弱々しく鳴った。

「えーと、これは決定事項として伝えるよ。専門学者に捜査権限の一部を与えることによって、現場への立ち入りとか、証拠品の採取が可能になる」

「ちょっと待ってください！」とても黙ってはいられなかった本庁の捜査員が、前列で声を上げた。「学者に捜査の権限を与えるですって？」

「今そう言っただろう？」

「捜査については素人の学者ですよね？」

「もちろん、それなりに研修は受けているよ」

「それなりにって……」

言葉を失った捜査員に代わり、岩楯が質問を引き継いだ。

「いったいなんの学者なんです？」

「昆虫学、いや、法医昆虫学者だね」

「法医昆虫？」

「そうだ。欧米ではすでにこの方面が確立されていて、犯罪捜査には欠かせないものになってるんだよ。活動内容は……えーと」

理事官は書類をめくり、該当箇所を見つけて読み上げた。

「代表的なところでは、遺体に湧くウジの成長を見て、死後経過時間を割り出す。それに、虫を介したＤＮＡ鑑定の研究も進んでいるね。えーと、先方がいろんな例を挙げてきてるよ。現場で発見されるシラミとかダニの腸には、吸血したときの血液成分が溜まる。そこから、人の遺伝子を抽出するわけだよ。よって、殺人犯とかレイプ犯特定の足がかりになるというわけだ。これは研究途中らしいが、昆虫学者の熱意はすばらしいものがあるね」

どこからともなく、机上の空論、という囁《ささや》きが聞こえてきた。いくらでも好きに研究すればいいが、捜査の権限をわたす意味がわからない。すでに確立されている法医解剖にすら、そんな特権はないと言うのに。

「昆虫が事件にかかわるような案件が出た場合には、実験的に取り入れることは前々から決まっていたんだよ。だから、今回はこれに当たるというわけだ。なんせ、ホトケの腹の中から、球体のウジなんてとんでもないものが出たんだからね。こんなものを解析できるのは、昆虫学者ぐらいのもんだよ。そうだろう？」

これは、相当上からのお達しなのだろうと思う。理事官の口調は滑らかで淀みがないが、気持ちもさほど入ってはいない。鬱陶しいの代名詞である、検事に捜査現場を荒らされる苛立ちなんてもんじゃなかった。ずぶの素人が、現場を引っかきまわすことにもつながる。

今日一日を通しての、上司の不機嫌の意味がようやくわかった気がした。壇上の一課長を見ると、奥歯を嚙みしめているようで顎の筋肉が強張っていた。眉間が盛り上がるほど深々とシワを刻み、腕組みした体勢をぴくりとも崩さない。それはそうだろう、彼がこんな戯言《たわごと》に賛同しているはずがない。

「ともかくね」と理事官は、捜査員たちの動揺をむりやり抑え込んだ。「これは決定だ。何か新しいことを始めるときは、反発もあるだろうし受け入れ難いものだが、きみたちも得るものは多いと思うよ。一緒に勉強したらいい」

馬鹿を言うな。

「じゃあ、班分けを発表するから、それにしたがって動いてくれ。えー、まずは地取り班……」

理事官は滔々《とうとう》と名前を読み上げはじめたが、岩楯は聞いていなかった。自分の持ち場を完全に聞き逃していたが、確認する気にもなれなかった。捜査員たちも、みな頭に血が上って冷静に聞ける状況ではないらしい。

捜査会議が終わってから構成表がわたされると、ようやく班ごとにいくつかの輪ができた。だれひとりとして愉快な面持ちの者はいない。

「岩楯主任」

椅子を引きずって向かい側に座ったのは、一課で同じ第四系に所属している若手だった。二十九歳の彼は、女癖の悪い見た目のいい男だ。ファッションセンスにはこだわりがある洒落者でもある。今日のネクタイは、水玉柄の一部がさりげなくドクロになっていた。縁起でもない。

「お疲れさまです」

「おまえと同じ班か」

岩楯は、欠伸と一緒に吐き出した。

「ちょっと、なんですか。不服そうですけど」

「いいや、このうえなく光栄だよ。鑑取《かんど》りだろ？」

「そうですよ、交友関係です。それよりさっきの話、どう思います？」

「俺に聞くな。だいたい、ここにいる連中は、みんな同じことを思ってるだろうよ」

「まったく、素人に捜査権限をくれてやるなんて、いったい偉いさんは何を考えてるんだか。言ってみれば、ただの虫野郎ですよ？　わざわざ現場へ出る必要がないし、科研《かけん》でじゅうぶん事足りるっていうのに」

彼は一瞬だけ口をつぐみ、茶髪を両手でかき上げながら、底意地の悪そうな笑みを浮かべた。

「虫専門なんて、きっとかなりの変態だろうなあ。虫が恋人であり嫁みたいなね」

「じゃあ、おまえとは気が合うんじゃないか？　種類は違うが、同じ変態同士だし」

「僕は真性の変態じゃなくて、『変態プレイ』のほうですって。そこ、間違ってもらっちゃ困りますよ」

「なるほど。プレイの内容は言わないでくれ。鑑識にいるおまえの元恋人と、顔を合わせられなくなるからな」

顔を見合わせた二人が同時にため息をついたところに、同じ班になる西高島平署の捜査員が合流した。軽く自己紹介と挨拶をし、話し合いながら受け持ちを手早に決めた。

「今日も解剖に立ち会ったって聞きましたけど」

書類をまとめながらドクロネクタイが言うと、隣で鰐川が顔を上げた。

「岩楯警部補と組むと、必ず検屍解剖の立ち会いがセットでついてくる。有名な話ですよ。鰐川さんも、なんの前触れもなく呼び出されたんでしょう？」

「ええ、まあ」と相棒は踏ん切り悪く答えた。これから司法解剖に立ち会ってもらう。そう告げたときの鰐川は、今からテストをおこなうと、いきなり宣言された中学生とほぼ同じような顔をしていた。口許には曖昧な笑みをたたえ、目だけが逃げ惑うように揺れている顔だ。

「主任は、上に頼んでまで解剖に立ち会う人だからなあ」

「ホトケを見ないと、いろんな想像力が働かないんだよ」

「ああ、それはわかるような気がしました」と鰐川が横で何度も頷いた。「遺体が語りかけてくるような、妙な気分になりましたから。情念が見えるというかなんというか。解剖医なんて、遺体と対話してるようにしか見えませんでしたよ」

「そういう言い方をされると、解剖も少しはロマンチックに感じるな」

あの状況で、なかなか冷静に分析しているじゃないか。岩楯はにやりと笑い、報告書の束をとんとんと机に打ちつけてそろえ、ファイルの中に突っ込んだ。

「よし。報告書を上げてから、今日は店じまいにするぞ」

クロノグラフがついた腕時計に目を落とすと、九時半をとうにまわっていた。十一時までには終わらせたい。窓の外では、街灯に照らされたイチョウが風になぶられている。捜査員たちが講堂からぞろぞろと引き揚げると、温度が三度ぐらい下がった気がして身震いが起きた。

3

翌日も汗ばむ陽気だった。

岩楯は埃っぽい空気を吸い込み、辺りを見まわした。戸建てが多い住宅街で、しかも門構えがそろって個性的だ。上池袋界隈は、比較的裕福な若者が住んでいるような印象を受けた。理解に苦しむ現代アートみたいな家が多く、無機質で生活感がない。

そんな一角にある、白いタイル張りのビルを見上げた。三階建てで、取り立てて言うべき感想もない無個性なビルだ。入り口にはお化けカボチャが積み上げられ、電飾の豆球が絡みついている。

「なんでわざわざ、こんな安っぽい飾りつけをするんだか。まるでテーマパークだな」

岩楯が思ったままを口にすると、鰐川は、スマートフォンで周囲の写真を撮りながら答えた。

「お菓子か、いたずらか。ハロウィンですからね。十月のイベントですよ」

「俺だってそのぐらいは知ってるさ。このイベントに関しちゃ、日本人がかなり無理してるってこともな。それにしても、精神科にいたずらしにくる子どもがいるのかね」

「ちょっと主任」鰐川が慌てたように周りを見まわし、しっと唇に指を当てた。「ここは精神科ではなく心療内科です」

「違いは?」

「心理と社会的因子を統合して、内科的な診療をするのが心療内科です」

「なるほど。さっぱりわからん」

二人は橙《だいだい》色のカボチャが飾りつけてある短いアプローチを歩いて、二段ほどの階段を上った。ほとんどわからないほどひかえ目に、「佐伯メンタルクリニック」というメタリックなプレートがかけられている。ドアにはめ込まれている飾りガラスが凝りすぎていて、隠れ家的なレストランには見えても病院には見えなかった。

真鍮《しんちゅう》のノブを引いた瞬間、岩楯は異様な圧迫感にたじろいだ。待合室の広さは、せいぜい八畳程度だろうか。毛足の長い、クリーム色の絨毯《じゅうたん》が敷き詰められている床と、天井からぶら下がる仰々しいシャンデリア。コーヒーテーブルに飾られている造花が邪魔なほど大きいし、大理石の置物や静物画などが、これでもかというほど詰め込まれていた。そして極めつけはこの匂いだろう。薬品を合成してつくった甘ったるい芳香剤が、部屋全体に染みついている。

吹き込んでくる新鮮な外気でひとまず肺を満たし、靴を脱いでモップのようなスリッパに足を入れた。

それにしても……岩楯はあらためて室内を見まわした。家具や装飾のことはまったくわからないが、この内装を手がけた人間の感覚は疑ってもいいはずだ。居心地のよい空間というものを、はなから無視している。

鰐川がふわふわのスリッパに足を取られたとき、中扉が開いて、きらびやかな女が颯爽《さっそう》と現れた。陰影をつけた化粧はびっくりするほど濃すぎるが、その勢いが老いをはねのけるのに役立っていた。オフホワイトのスーツはシャネルふう。イヤリングにネックレスに指輪にコサージュにと、わずらわしいほど装身具をつけている。考えるまでもなく、部屋の内装を手がけた主は彼女だろう。

岩楯は手帳を提示し、名刺を差し出した。

「お仕事中にすみません。先ほど電話した警視庁の岩楯です」

「今日は休診なのでかまいませんよ。佐伯弓枝《ゆみえ》です」

彼女は型押し革の名刺入れから、名刺をさっと抜いてわたして寄こした。

「本当に大変なことが起きて、昨日から動揺しっぱなしなんですよ。悲しくてどうしようもないの」

女医は籐《とう》製のソファに腰かけ、隣をぽんぽんと叩いて「座ってくださいね」と肉づきのいい脚を組んだ。岩楯はいささか面食らった。金と権力を手にした物怖じしない女なのは間違いないが、調書をとりにきた警官を隣に座らせる感覚は理解に苦しむ。ちょうど、この部屋のようにどこかがズレている人間らしい。

岩楯は言われるがままに隣へ腰かけ、鰐川は丸椅子に座ってノートを開いた。

「佐伯先生は、この病院の院長ということですね。失礼ですが、年齢は？」

「五十四歳」

彼女はポーチから輸入ものの煙草を取り出し、紅を塗りたくった口の端にくわえた。「本当はここ、禁煙なのよ」と煙草を揺らしながら微笑み、円形のライターで火を点ける。深く吸い込んでから、天井に向けて煙を細く吐き出した。

ひとつひとつの仕種が大げさだ。無意味に人を焦《じ》らすことで、上下関係と主導権を知らしめようとする、経験上、成り上がった者に多いタイプ。ここに通う患者は、どういう思いでこの女医の診察を受けていたのだろうか。オペラの舞台装置のような待合室で、調度品に圧倒されながら、縮こまっている様子が浮かんで気の毒になった。

「乙部さんは優秀だったわ。それに熱心ね」

女医は、おごそかな調子で切り出した。

「三年前から、こちらで働いていたということですが」

「ええ。住居と病院を一緒にして、このビルを建て直したのが三年前。そのとき、新しいスタッフを募集したんです。ずっとそのメンバーで続けてるので」

「従業員は何人ですか？」

「わたしも含めて三人。スタッフは乙部さんともうひとりね」

「彼女の業務内容を詳しく教えてください」

女医はせっかちに煙草をふかし、まだ長さのある吸い止《さ》しを携帯用灰皿へ押し込んだ。

「彼女の業務はカウンセリングです。臨床心理士の資格をもっていて、心理療法に長《た》けていたわ。心療内科は、医師の診察と投薬、それにカウンセラーとの対話でクライアントの心を安定させていく場所です。彼女は細かなところによく気がつく人でしたね」

「彼女自身が悩みを抱えていたということは？」

「誰にだって、悩みのひとつぐらいあるでしょう？」

ナイロン糸のようなボブの頭を揺らし、彼女は岩楯の顔を覗き込んできた。

「もちろん、刑事さんにだって悩みはあるわよね。目の奥を見ればだいたいわかるのよ、心がにじみ出してくるから。私生活はうまくいってる？」

「そのあたりをうまく突けば、たいがいの人間に思い当たることがあるでしょうね。先生は占い師の素質もありそうだな」

女医は、大げさに口角を引き上げてにっと笑った。

「おもしろい人ね、刑事さん。でも、あながちはずれてないですよ。占い師が精神医学を学べば、売り上げはぐっと上がるでしょうね。乙部さんに関しては、深刻に思い詰めていたことはなかったんじゃないかしら。少なくとも、わたしは聞いたことがないわ」

「もうひとりのカウンセラーの方に、相談していたということはありませんかね？」

「それは当人に訊いてください。二階で待機してますから」

彼女はもう一本の煙草を取り出し、指先で弄《もてあそ》んだ。鰐川がペンを走らせているノートを、興味なさげに眺めている。

「乙部さんが患者と揉めていたことはありますか？　最近でも昔でも」

そう質問するなり、女医は直毛を揺らして「ないですね」と首を横に振った。「この病院は女性専用で、クライアントのほとんどは、長く通っている方ばかりです。そんな問題があれば、すぐにわたしの耳にも入るはずですから。苦情なんて聞いたことがない」

「じゃあ、先生と揉めていたなんてことは？」

女医は不愉快を伝えるために、唇をぎゅっと引き結んだ。

「ありません。関係は良好でした」

「十月五日から一週間の休暇を取っていたようですが、それについては何か聞いていますか？」

「旅行へ行くとは言ってましたね」

「行き先は？」

「それは聞きませんでしたけど。ああ、お茶もお出ししないでごめんなさい」

心にもないことを言っているのは明らかだった。女医は煙草に火を点け、顎を上げて煙の帯を宙に放った。

この女からは、みちるの本質的な情報は出ないだろうと岩楯は思った。何かを隠しているわけではなく、他人に興味がなさすぎる。内面を推し量ろうという素振りさえ見えないし、興味の対象はもっぱら自分だった。患者にとっての居心地のよさを考える気もないのだから、仕事の力量だってたかが知れている。マニュアル通りに患者を診察して薬を出し、あとはカウンセラーに丸投げしていたのではないだろうか。

鰐川がメモをとり終えたのを見て、岩楯は質問を再開した。

「彼女の交友関係なんかはどうでしょう。たとえば恋人とか親しい友人とか」

「さあ。聞いたことがないわ」

女医は煙草の灰をクリーム色の絨毯に落として毒づき、すぐに屈んで焦げ跡を確かめた。損傷を見つけて舌打ちしてから、吸い止しを無造作に始末した。

「刑事さん、率直な話をしてもいいかしら。お互いの時間を無駄にしないためにも」

「どうやら、そのほうがよさそうだ。どうぞ」

「乙部さんは殺された。違う？」

「なぜそう思うんです？」

「そうじゃなければ、警察が何度も電話をかけてきて、根掘り葉掘りいろんなことを訊かないでしょう。同じ質問を何回されたかわからないわ。このすぐあとにも、押収だかなんだかで、別の人が来るらしいし」

「お手数をおかけしてすみませんね」

彼女はわたした名刺を舐《な》めるように見つめ、岩楯に視線を戻した。

「殺人事件は捜査一課のお仕事。これは合ってます？」

「はずれてはいませんが、我々は凶悪事件全般を担当していますよ。今回の放火もそうですが」

ふうん、と顎を上げた女医は、ソファをきしませて脚を組み替えた。

「こんなことを言うと、冷たい人間だと思われるかもしれないけど、心療内科はデリケートな『商売』なんですよ」

「商売？」

「そう、商売。話を聞く代わりにお金を受け取ってるようなものだもの」

「なるほど。つまりは、事件が表沙汰になると、客足にひびくとおっしゃりたいわけですか」

「ぶっちゃければそういうことです。精神面を扱ってるぶん、普通の病院なんかよりも打撃はずっと大きいわけ。カウンセラーが殺された病院に、悩みを打ち明けにいきたい人がいると思う？」

女医はため息混じりに吐き出し、眉間のシワを深くした。

「第一、カウンセラーが殺されたなんてうちのクライアントに知れたら、ただ動揺するだけじゃ済まないのよ。もともと心にダメージを受けた人たちだから、普通よりもひどく衝撃を受けることになる」

「それはそうでしょうね」

「誤解しないでもらいたいんだけど、わたしだって、乙部さんの死はショックだし悲しいんです。でも、残された者には生活があるわ」

「だから騒ぎ立てるなということで？」

「善良な市民が、平和に生活する権利を踏み荒らされるなんて、はっきり言って迷惑なんですよ。必死に積み上げてきたものを壊されるのと一緒。警察とかかわるなんて、まさにそういうことだもの。ごめんなさいね、こんなこと言って」

きつい芳香剤と女医の早口のせいで、岩楯は頭が痛くなってきた。要するに、彼女はみちるを仕事の駒ぐらいにしか思っていなかったということだ。死んだこと自体が迷惑と言っているようなもので、これではみちるも浮かばれない。もっとも、こういう割り切りのよさが医者には必要なのだろうか。鰐川は唇の端をぴくぴくと動かし、憤りをにじませていた。

「さてと。もういいかしら？」と女医は、ダイヤまみれの腕時計に目を落とした。

「いや、いや、まだですよ。先生のおっしゃることはわかりました。ですが、人がひとり亡くなれば、その背景を調べるのは当然のことです。不自由をおかけするかもしれないが、ぜひご協力願いたい」

「乙部さんが受け持った、クライアントの治療履歴を見せろと言うのなら、無理だと答えさせてもらうわ」

女医は先回りして、ぴしゃりと答えた。ずっとそれだけを言いたかったのだろう。

岩楯は苦笑いをした。

「先生、お願いしますよ。とても重要なことなんです」

「重要だとしても、守秘義務を犯すことはできない。もしわたしが個人情報をわたせば、あなた方はクライアントの家にも押しかけるわけでしょう？　今みたいに」

「必要ならば、話を聞くことにはなりますね」

「警察は権力を振りかざして、心が弱っている人間にも追い打ちをかける。まったく、とんでもないことだわ」

心が弱っている患者のことを考えているとは思えないが、ここで押し問答をしてもしょうがない。岩楯はふうっと息を吐き出し、あらためて女医と目を合わせた。

「守秘義務違反で、患者に訴えられるのが心配ですか？　それこそ、今後の病院経営にかかわりますからね」

図星を指された彼女は、何かを言いかけたが口をつぐんだ。

「それでしたら、捜査令状をとってから出直してもかまいませんよ。ただしその場合、我々が主導権をもってこの病院を捜索することになりますが」

「何がおっしゃりたいのかしら」

「自宅から何から隅から隅まで、最終的には、先生の私生活も把握することになるだろうなあ。その間、病院はお休み願うことになりますよ」

「ち、ちょっと待ってよ。警察が一般市民を脅すつもり？」

女医は目を剝いて身を乗り出した。

「めっそうもない。任意での捜査に協力をお願いしているだけですよ」

岩楯が満面の笑みを浮かべると、彼女は怒りで顔をさっと赤くした。が、素早く損得を勘定するような、小狡《こずる》い面持ちをしたのを見逃さなかった。

「ちなみに先生ご自身が、乙部さんを焼き殺したいぐらい憎んでたなんてことは？」

「失礼な！　ありません！」と彼女は、目を吊り上げて声を荒らげた。

二人は外へ出てすぐに、芳香剤で満たされた肺の中身を深呼吸で入れ替えた。排気ガスの臭いを、今ほどすばらしく思ったことはない。

「十月はあの化粧で通すんだろうな。ハロウィンだけに」

外階段を上りながらつぶやくと、相棒が笑いを堪《こら》えて肩を震わせた。

陽の当たらない二階の廊下には、小太りで地味な女が所在なげにたたずんでいた。会釈をした顔は、一睡もしていないかのようにクマができて蒼ざめている。

「カウンセラーの相馬《そうま》薫子《かおるこ》さんですか？」

はい、と頷いた女は、再び深々とお辞儀をしてから入り口のドアを開けた。

「乙部さんの診察室は、そのままになっています。あの、じゃあ、わたしは下へいっていますので……」

「いや、あなたにも事情をお訊きしたいので同行願いますよ」

彼女は苦痛を訴えるように一瞬だけ眉根を寄せたが、諦めてどうぞと中へ手を向けた。

室内には小さくピアノ曲が流され、茜色《あかね》の間接照明が落ち着きを与えている。岩楯は、一階と同じような舞台装置が並んでいなくてよかったと、心の底からほっとした。狭いワンフロアを、白い穴開きベニヤで二部屋に間仕切りしているらしい。薫子は右側のドアを開けた。

「ここが乙部さんの診察室です」

まずは入り口に立ち止まって、六畳もない空間にじっくりと目を這わせた。簡素な事務机が窓際につけられ、対角線上に、リクライニングできる黒い革張りのソファが置かれている。ガラス天板がついたローテーブルのほかは、スチール製の本棚と、背丈ほどもある電気スタンドのみ。一階の待合室とは正反対の空間で、潔いほど物がなかった。

ここでカウンセリングをしていました。背後で、薫子がぼそぼそと喋った。

「一階で佐伯先生の診察を受けてから、カウンセリングが必要な患者さんは、ここへ上がってくるんです」

そうですか。岩楯はそう返して部屋を横切り、事務机の引き出しを開けた。ぱっと目に入ってきたのは、細々とした文房具類だ。とりわけボールペンが山ほどと、二つ穴の開いたレポートパッドが三冊。ぱらぱらとめくってみたが、何も書かれてはいない。机の下には段ボール箱が置かれ、本棚に入り切らない精神医学書の類が何冊も入っていた。そのほかには心理テストにでも使うのであろう、スケッチブックや色鉛筆、問答形式の質問用紙があるだけだ。

岩楯はひとつひとつを手に取りながら、みちるの気配を拾い集めることに集中した。しかし、これといった個性がいまひとつ見えてはこなかった。好みの色とか趣向、こだわりなどは、意識しなくても自然とにじみ出してしまうものだ。なのに、不思議なほど何も掴めない。この部屋にあるすべてが、実用一辺倒で事務的だった。

岩楯は二番目の引き出しを開け、屈んで奥を覗き込んだ。ここは書類や郵便物が多い。一通ずつ検分しているとき、給与明細に混じって、無記名の茶封筒を見つけた。中身は写真で、すべてに活発そうなショートカットの若い女が写っている。二十代の前半ぐらいだろうか。岩楯は、弾けるように笑っている女を見つめた。自信、幸せ、楽しさ、充実感、勢い。そんなプラスの感情ばかりが伝わってくるような、底抜けに明るい写真だった。この女は誰だろうかと写真をめくっていたが、途中ではたと手を止めた。

いや、待てよ……。

マイクを握って熱唱している、写真の中の女を凝視した。耳の上でばっさりと切られたベリーショートは中性的で、粋で勝ち気なイメージを与えている。けれども、これはみちるだ。尖った顎と濃い眉、それに目尻の切れ上がった目は彼女のものだった。

岩楯は驚いて写真に見入った。会議室で見た集合写真とは、まるで別人ではないか。もっさりとした田舎娘のような垢抜けないところが、この写真には微塵《みじん》もない。それに、病的なこだわりにも見えた腰まであった長い髪を、こうもばっさりと切ってしまえる心理にはいったい何があるのだろう。どこかのカラオケボックスらしく、ビールの大ジョッキを掲げて煙草をくわえていた。

それにしても、こんな表情もできる女だったのか。岩楯は、頭の中に入っているみちるの情報に、大幅な修正を加えた。

撮影者は写っていない。被写体以外に気を配って見ていたとき、ある場所で視線を止めた。窓ガラスに、カメラをかまえた男が映り込んでいる。細かい人相まではわからない。しかし、節のある手や骨張った輪郭からすると、わりと歳がいっているように思えた。ちょっと見かけないような、変わった形のごつい指輪をしている。判子のように見えなくもない。みちるのはしゃいだ笑顔から察するに、恋人なのだろう。目撃証言にあったイタリア人ふうの洒落者とは、この男かもしれない。

岩楯は、もう一度見返してから写真を封筒に戻し、鰐川に差し出した。

「ご協力をありがとうございました。ええと、相馬さんからもお話を伺いたいんですよ」

「ああ、はい」

　薫子は身じろぎし、そわそわと周りを見まわした。

「あの、すみません。部屋を移動してもかまいませんか？　なんていうか、その、落ち着かないんです」

　彼女は、まだそこにみちるが座っているとでも言うように、キャスターつきの椅子をちらちらと見やった。

　三人は、はす向かいにある薫子の診察室へ移った。一階待合室ともみちるの部屋とも違い、嫌味のない自然な装飾が施されている。家具類はすべて白木で、患者が座るカウチだけがベージュ色の布張りだ。ワイヤープランツやモンステラなど、黄緑色のきれいな観葉植物が飾られていた。部屋を見れば、どんな人物なのかの足がかりぐらいにはなる。それを考えても、女医はともかく、みちるについては謎が多い気がした。

　名刺を交換して簡単な自己紹介をした。薫子が四十一歳と聞いていささか驚いたが、事件のショックで憔悴しているのだろう。まるで老婆のようにやつれ、小さい目が落ち窪んで真っ赤に充血している。三人は腰を下ろした。

「なかなか個性的な方ですね。ああ、佐伯先生のことです」

　薫子は弱々しく微笑み、真ん中分けのぺたんとした髪を耳にかけた。

「そうかもしれません。海外生活が長かったせいもあると思いますけど、考え方がとてもドライなんですよ」

「ドライか。そういう解釈もありますね。女性専用心療内科というのも、海外様式なんですか？」

「向こうには多いらしいですね。男性に恐怖心を抱く女性は少なくありません。女性だけしかいない空間というのは、ある種の安心感を与えることができると思います」

なるほど、と頷いて岩楯は質問を変えた。

「仕事のやり方とか報酬、考え方の違いなんかで問題が起きたことはありませんかね。これは、乙部さんと佐伯先生との間でですが」

間違いなくあるだろう。女医はそっけない調子で話していたが、みちるをよく思っていないのは明らかだ。薫子は、いいえと首を横に振ったが、少し考えてから不安気に顔を上げた。

「もちろん、相馬さんが話されたことを、佐伯先生には漏らしません。どんな小さなことでも教えていただきたいんですよ」

先回りして言うと、彼女はうつむきがちに喋りはじめた。

「意見の違いはあったみたいです。乙部さんはとても勉強家だし、何より、カウンセラーとしての高いプライドをもっていた。医師と臨床心理士では、患者を診る立ち位置が違いますから、衝突が避けられないこともあるんです。立場に関しては、対極にあると言ってもいいぐらいですね」

「対極か。具体的にお願いしますよ」

「たとえば患者を診るとき、臨床心理士は主観的というか、言ってみれば人間的な見方をします。ですが医師は疾病論から入る。類型的に見て直観診断をするわけです」

「なるほど」

「臨床心理士が患者中心の立場をとるとすれば、医師は管理する立場。わたしたちが聞き役だとすれば、医師は指示、指導役です。医師のほうが、社会的責任が重いということもありますね。お互いの見方が違うぶん、補い合えるチームが精神医療には必要なんですよ」

　鰐川は猛烈なスピードでペンを動かし、ノートを文字で埋めていった。

「では、そのチーム性が、乙部さんと佐伯先生の間では崩れていたと？」

　薫子は踏ん切り悪く、そういうこともありましたと答えた。

「精神医療は完治が目に見えないぶん、患者さんも医師もやめ時がわからない。佐伯先生は、その、多少の余裕をもって長く診るスタンスというか……」

「つまり、必要のない通院を長々と引っぱっていたということですかね？」

彼女は気の毒になるほど言葉を選び、最後まで肯定することを避けた。不必要な投薬や診察は、医療現場ではよくある話で珍しくはない。それに、あの女医ならば悪びれもせずやるだろう。

「乙部さんは、とにかく熱心だったんです。心の底からクライアントのことを考えていたし、あんなに一生懸命な人は見たことがないぐらいで。だから、よく先生との意見交換もありましたね」

「正直、あの先生と、意見が交換できるとは思えませんけどね」

岩楯がずけずけと言うと、薫子は弱々しく微笑んだ。

「乙部さんがいくらたてついても、厄介払いできない理由が佐伯先生にはあった。そんなふうに思うんですが、ここらへんはどうですか？」

「患者からの絶大な信用ですよ」と彼女は静かに言った。「乙部さんと話せるから、このクリニックに来ている患者は少なくないんです」

「辞められたら佐伯先生が困るわけだ。患者とのトラブルなんかは？」

「ありません」

今度は目を合わせてしっかりと即答した。

「乙部さんを慕って、埼玉の病院から転院してきた方もいるぐらいです。傍《はた》から見ると熱心すぎるというか、クライアントとの距離が近すぎると思えることもありましたけど、きっと彼女の患者さんにとっては、それでよかったんだと思うんです。自分をしっかりと見て受け止めてくれている、という実感がもてるから、信頼関係が築けるので」

するとと、鰐川がメモしていたペンを止めて顔を上げた。

「横からすみません。患者との距離を詰めすぎると、転移の可能性もあると思いますが」

「転移？」と岩楯が反問すると、鰐川は小さく頷いた。

「カウンセラーに患者が依存してしまう状態です。そこに妄想や感情が入ると、理想の人間像を重ねてしまうこともあって収拾がつかなくなるんですよ」

「そのへんはどうです？」

岩楯の質問に、薫子はうつろな笑みで答えてきた。

「実は、乙部さんはクライアントが転移するぐらいじゃないと、本当の心の回復は望めないんだと言っていましたね」

「まあ、言いたいことはなんとなくわかりますが、カウンセラーの掟には背くわけですよね？」

「ええ。かなり乱暴な考え方です。患者との一線をなくしてしまうと、それはもう身内と同じことになりますから。責任が負えなくなるって話したことはありました。でも、彼女は持論に自信をもっていて、人の意見を聞かないんですよ」

「相馬さんは、それが今回の事件に関係があるとお考えですか？」

わかりません、とかぶりを振った薫子は、つっかえながら言った。

「刑事さん、お、乙部さんが殺されたって本当ですか？」

「佐伯先生がそうおっしゃったんですか？」

「……はい」

彼女は化粧気のない乾いた顔を歪め、辛そうに手許を見つめた。

「相馬さんは、そのへんはどう思われますかね？　乙部さんには、犯罪に巻き込まれるような何かがあったかどうか」

薫子は落ち着きなく身じろぎを繰り返し、長い時間を押し黙ってから声を震わせた。充血した目にいっぱいの涙をためている。

「事件に関係あるのかどうかはわかりません。でもわたし、ずっと気になってて、彼女にも言ったことがあるんです。よく考えてみたほうがいいって」

「詳しくお願いします」

「乙部さんは、半年ぐらい前にイメージががらっと変わったんですよ。腰ぐらいまであった、まっすぐのきれいな髪をばっさりと切って、服装の趣味も派手に変わりました。髪を宝物みたいに大事に考えていたのに、なんの前触れもなくいきなりですよ。それだけじゃなくて、性格も変わったんです。とても明るくなって、びっくりするぐらい喋るようになったし」

鰐川に目配せすると、察したように頷いて、資料一式をわたして寄こした。岩楯は、集合写真と机の中で見つけた写真の二枚を抜いて、テーブルの上を滑らせた。

「これが変身前、こっちが変身後ということですね」

岩楯も二枚を見比べた。こう並べてみても、ちょっと同じ女とは思えないほどの変貌ぶりだ。薫子は音がするほど、ごくりと喉を鳴らした。

「男ですね」と岩楯が断言すると、彼女は何度も小さく頷いた。

「乙部さんの恋人は、元美容師だったみたいなんです。髪も彼に切ってもらったって、嬉しそうに話してました。短いほうが似合うって彼に言われたって。あんなに、髪だけは何があっても切りたくないって言ってたのに。付き合って一年も経っていないと思いますが、結婚も決めていたみたいなんです」

「価値観が変わるほど彼女は幸せの絶頂だったのに、あなたは交際に反対だったわけだ。なぜです？」

薫子はみちるの写真をじっと見つめ、あふれた涙をぽたりと落とした。

「わ、わたしが古い人間なのかもしれない。でも、どこか素直に喜べなくて。乙部さんは、彼と出会い系サイトみたいなところで知り合ったらしいんです。彼女なら、もっとほかにもいい人がいると思ったし、歳も離れてるって聞いたので。相手の男性は、五十近いらしいんです」

やはり、この写真を撮った男が恋人か。すると薫子は、言ってしまったことを後悔するように声を裏返した。

「す、すみません。ひどい偏見ですよね」

「いや、あなたのように考える人が大半でしょうね。その男の名前を聞いたことは？」

「いいえ、ありません。携帯電話が嫌いで持たない人らしいです。歳だからしょうがないって、乙部さんは笑ってましたけど……」

遊び人の常套句《じょうとうく》。相手の男には、結婚の意思などないはずだ。出会い系で適当に女を引っかけては、次々にわたり歩いているたぐいの男だろう。

「あと、公衆電話をよく使っていたかもしれません。一緒に帰ったとき、何回かかけるのを見たので」

「公衆電話ですか。男との連絡手段ですかね？」

「それはちょっとわかりませんけど」

岩楯は写真を鰐川へわたした。

「どうもありがとうございました。何かほかにも気づいたことがあれば、ぜひお電話をいただきたいんですよ。よろしくお願いします」

二人が立ち上がると、彼女もよろめきながら立ち上がった。

「刑事さん、乙部さんは本当に殺されたんですか？」

涙で頬に髪が貼りつき、がさがさに荒れた唇が震えている。岩楯は、薫子と目を合わせた。

「乙部みちるさんが殺害されたのは事実です」

コインパーキングに駐めてあったアコードに乗り込み、窓を開けて早速マルボロに火を点けた。さっきよりも強くなりはじめた秋風が、あっという間に煙を空へ舞い上げる。一本を吸い上げようとしているとき、鰐川が運転席に滑り込んできた。すでに口には飴玉が放り込まれ、頬を丸く膨らませている。調書をハンドルに載せて、ペンでチェックを入れはじめた。岩楯は、吸い殻を始末しながらちらりと横を見やったが、ノートが真っ黒くなるほど文字が並んでいるのに気づいて二度見した。

「いったい、何を書いたらそんな写経みたいな字面になるんだ？」

「とにかく全部ですよ。何から何まで、気づいたことは片っ端からメモをとるんです」

「だからって、こんなになるのかね。ええと、『頻繁に脚を組み替え、視点がなかなか定まらない』、『含み笑いで時間を稼ぐ素振り』。なんだこれ。相手の行動なんか書き込むやつを初めて見たぞ。まるで脚本だ」

「そこですよ。本筋に必要ないと思われることも含めて、全部の言葉と状況を文字に書き起こす。そして、本当に必要なところだけを残して消していくと、キーワードが浮かび上がってくるわけです」

鰐川はきらりと眼鏡を輝かせ、書いたメモを潔く二本線で消しながら胸を張った。

「自信満々だな。で、その丸とか三角の印は？」

「内面の動きを表しています。どんな感情をにじませながら、この言葉を喋ったのか。人は知らず知らずのうちに、言葉に心を乗せて発信していますからね。それを見ていくと、佐伯医師が心から発した言葉は、『警察が一般市民を脅すつもり？』。このひと言だけのはずですよ」

「いい線だな。そこに『失礼な！』って言葉も入れといてくれ」

岩楯は笑った。

「効率を考えながら何かをやろうとすれば、必ず見落としがあるものです。まずは取りこぼさないこと。僕が書いているのは、いわゆる人の感情なんですよ」

性格的に自分とは正反対だが、この男は、思っていた以上にできるかもしれない。漠然とそんな感じがして、岩楯は無性に嬉しくなった。いつもは、組んだ者にあまり内面を見せず、主導権を握ってうまく使うことだけを考えていた。意見はそれとして聞くけれど、最終的に信じるのはいつも自分の経験と直観だけだ。しかし、鰐川はどこかが違う。まっすぐな信念をもっている無邪気な人間とは、こんなにもおもしろいものなのか。胸がわくわくと躍った。

「ちなみに、おまえさんがキーワードだと思った言葉を教えてくれるか？」

「ああ、ちょっとお待ちください……」

そうつぶやいた鰐川は、ノートをめくりながらぶつぶつと何事かを口にした。

「あとでまたじっくりと詰めたいと思いますけど、すでにいくつかは浮かび上がってますね。『プライド、熱心、自信、一生懸命』。相馬さんが何度も使った言葉ですが、臨床心理士の彼女から見ても、乙部みちるは仕事にのめり込んでいたということがわかります。しかもちょっと異常なほどだと見ていた。これにつながるのが『転移』でしょうね。熱心がゆえに、患者との距離を保てなくなっていたと」

「出会い系の男のほうは？」

「それはもちろん重要ワードですが、僕は転移のほうが気になりますよ」

確かに、患者が信じ切って一心に救いを求めている状況では、関係が壊れたときにどう作用するかわからない。裏切りと取れば、逆上することもあり得るだろう。

「ただ、そうすると、みちるの受け持ちの患者が、連続放火魔という可能性も出てきますね」

「いや、それはない」

岩楯は、膨れ上がったファイルから、放火現場を書き込んだ地図を抜き出した。

「ここ半年間で起きた放火が十件。そのうち、この一週間に集中して起きたのが四件。この地図を見るとな、全部が東上線の線路に沿って起きてるんだよ。で、ここだ」

板橋地区を横断する線路を指でたどった。

「月一のペースで起きていた放火は六件。線路を境にして全部南側だ、この青い丸な。だが、この一週間に起きた四件は規則性がなくてばらばら。赤い丸は、北もあれば南もあるだろ？」

「めちゃくちゃですね」

「放火魔ってのは、たいがいルールを決めて火を放つもんだ。前半六件のこいつに関して言えば、線路を挟んで南側にしようって決めたわけだよ。たぶん、ホシのヤサは板橋の北側にあると思う。自宅の周辺を外してるように見えるな。足は、距離的に見て自転車か徒歩」

「車の線は？」

「夜中の二時、三時に車を出せば、近所に不審がられるだろ？　手口から見て、こいつは小心者で慎重で、危ない橋はわたらないタイプだよ。月に一回、人に害がない程度に何かを燃やしてストレスを発散したい。そういうみみっちいやつだ」

「ということは、ホシは二人ですか……」

鰐川は、抜け目なくメモをとりながら難しい顔をした。

「たぶんだが、先週に起きた四件の放火は、みちるを殺したやつの仕業だろう。彼女を殺したあと、始末に困った。そこで、近所で起きていた放火に便乗しようと思うわけだ」

「なるほど」と相棒は手をばしんと叩いた。「ホシは、線路の南側でしか放火が起きていないことを知っていた」

「ああ。そんなもんは、新聞記事を見ればわかることだからな。線路の南側にあるみちるのアパートが燃えると、警察は今までとの関連を疑うかもしれない。だから、毎日こつこつと四方八方に火をつけてまわったんだよ。きっと、殺してからすぐに火をつけられなかった理由はこれだな」

「だから、遺体はしばらく放置されてウジが湧いた」

よそで殺してから遺体をアパートに移動するのは、犯人にとってリスクが高い。ならば、放置せざるを得なかった理由があればいいだけだ。

「おまえさんとこの捜査陣は、管内で起きてた放火をどう見てたんだ？」

「複数犯説も出てはいましたが、全部同一犯の方向では見ていましたね。放火魔はだんだん抑制が利かなくなって、犯行の間隔が短くなるものなので、その枠にはめて考えていたはずです」

検査結果が出れば、その考えも変わるだろう。おそらく、加速剤は同じではないはずだ。

鰐川は今の話を興奮気味にノートにしたため、「次、行きます」と言ってアコードのキーをひねった。岩楯は今さっき聴取した二人を、ひとまず「シロ」の箱に入れた。佐伯医師には人を憎悪するほどの熱情はなく、薫子にはうそが見当たらない。

そのとき、岩楯の懐で携帯電話が振動した。モニターには、見覚えのある番号が並んでいる。

課長がいったいなんの用だ？　いい知らせどころか、最悪の予感しかしない。電話に出るなり、一課長はいつもよりもワントーン低い声で喋った。怖いぐらいに端的で、余計なことは何ひとつも話さない。電話を切って、岩楯は鰐川に告げた。

「署に戻ってくれ。呼び出しだ」

4

秋を感じさせる陽気だったのは、午前十時までだった。それ以降は気温がじわじわと上がり、頭の真上で容赦なく熱波と紫外線の矢を射ってくる。その矢に当たったたうなじがひりひりひりと痛み、汗が流れ落ちるたびにぴりっと沁みた。

赤堀涼子《あかほりりようこ》は、こめかみを流れる汗を肩口でぬぐい、黒いキャップを深くかぶり直した。長袖のシャツを脱ぎ捨てたい衝動をなんとか堪え、立ち上がって太陽に目を細めた。睫毛についた汗の飛沫がレンズになって、きれいな虹色のスペクトルを見せてくれる。しばらく空を仰いで強烈な陽射しを全身に浴びてから、目の前に広がる草原へ視線を移した。

エノコログサとヨモギがめいっぱい繁茂し、ところどころに背の高いススキが、にょきっと頭を出している。鬱蒼とした緑の中では、唯一、彩りを添えているコスモスだけが可憐に見えた。

長野の奥地にある農村は、開発という悪代官に見放されているぶん、余計な混ざりものがなくて空気は生っぽい匂いがする。草木や土、動物が吐き出した息吹《いぶき》を間近に感じるし、自然が攻撃的だった。化学肥料や除草剤なんかで痛めつけられていない土地は、全力でありとあらゆる手間をかけさせる。

「十月の初めに草刈りしたばっかなんだけど、あっという間にこんなありさまだもんねえ。まいっちまうよ。今日なんか夏みてえにあっついし、百姓やってる年寄りはあだじゃねえわ」

隣で濁声《だみごえ》を出している腰の曲がった老婆は、豆絞りの手ぬぐいであねさまかぶりをして、ねずみ色の地味な割烹着《かっぽうぎ》を着込んでいる。どっこらしょと手を伸ばしてヨモギを無造作に引き抜き、長靴にこびりついている泥をごしごしとこすった。

「あだじゃねえ」とは「大変だ」の方言。赤堀は頭の中で素早く変換した。

「薬でもまけば一発なんだけど、おじっこが、土が硬くなっちまうつって駄目なんだわ。ここの草っぽ耕して、まあだ白菜かなんかつくるつもりなんだぞ。八十にもなっておっかねえこと、信じらんねえだろ」

「それでこそおじいちゃんだよ、惚れ直した。こないだなんて、土をむしゃむしゃ食べて肥やしの量を決めてたんだから」

「きっとな、ボケはじまってんだよ」

ため息を吐き出した老婆に、赤堀は笑いながら手をひと振りした。

「大丈夫、大丈夫。おじいちゃんは絶対にボケないって、わたしが保証する。むしろ、まだ進化途中だよ」

「あのなあ、涼子ちゃん。いちんちじゅう、朝から晩まで山とか畑に出られてみ？泥だらけで帰ってきたと思ったら、まあた庭先で土いじりしてんだぞ？　まったく、こっちはやんなっちまうよ」

老婆は、手ぬぐいを外して呆れたように首を振ったが、こぼれる笑顔は我慢できないようだった。長年、陽に晒されてきた肌には、数え切れないほどのシワが刻まれ、真っ白い髪は薄くなって地肌が透けて見えている。ごつごつと節くれ立った指や、黒ずんで割れた爪や、農作業のせいで曲がって変形した腰。どれひとつを取っても醜くはなかった。むしろ、自分も晩年にはこうなりたい、と思い浮かべている完成された姿に近い。

夫の文句を嬉しそうに語っている老婆を見て、人というのは不思議だ……と赤堀はなんの気なしに思った。不幸であれば、どれだけ幸せかをアピールするし、逆に幸福なら生活にうんざりと辟易《へきえき》して見せる。日本に蔓延している、身内否定の美学というやつだった。

「だけど涼子ちゃん」

老婆は赤堀と目を合わせた。右目の持病が進んでいるようで、瞳がにごって焦点がいささかずれている。

「今日は、おじっこが来れなくって悪かったねえ。なんだか、急に寄り合いに出なきゃなんなくなったんだと。もうしゃけねえ」

「ああ、そんなことなら大丈夫。勝手に作業するから、おばあちゃんも家に帰っててね」

「いやあ、なんか手伝うよお」

「いいって。この暑さは体に毒だし、今日はおじいちゃん以上にたくましい男手もあるからさ」

赤堀がそう言って振り返ると、老婆も倣ってゆっくりと首をまわした。ワンボックスから大荷物を運んできた男を、素早く二度見してから、釘づけにされたようにじっと見つめている。汗みずくの男がはあはあ言いながら近くまでくると、彼女は驚きと少々の怯えを含ませながら声を張り上げた。

「ちょっと待て！　まんず、困っただいや！　異人さんでねえか！　日本の言葉は通じんのかいや？」

「もちろん、彼は群馬生まれの群馬育ちだからね。お母さんがウズベキスタン人なの」

「ウズマキスタ？」

生真面目に問うてきた老婆の顔を見て、赤堀は盛大に噴き出した。

「ちょっとおばあちゃん！　ウズマキスタって、なんかバンドの名前みたいじゃない！　おもしろすぎる！　ナイスギャグ！」

年寄りというのは、自覚なくおもしろいことを言うから困る。すぐに脇腹が引きつって痛くなり、しまいには、息もできなくなるほどげらげらと笑った。笑いが止められずにひいひいと苦しんでいると、頭の上から咳払いが落ちてきた。

「涼子先輩。ナイスギャグって、おばあさんは別にギャグで言ったわけじゃないでしょう?」

ようやく合流した彼が、間違いを正すようにむっつりと言う。すると老婆が口をぱくぱくさせながらたじろいだのを見て、また笑いが加速した。息ができなくて喘《あえ》いでいると、男はぶつぶつ言いながら老婆に向き直った。

「はじめまして。僕は辻岡大吉《つじおかだいきち》と言います。母親がウズベキスタン人で、父親が日本人なんですよ」

「はあ、たまげたなあ。日本の言葉が上手なんだねえ」

「いや、日本国籍をもつ日本人なんで。むしろウズベク語が苦手ですよ」

「こんな田舎に住んでっと、おめさんみてえな顔は、テレビでしか見たことねえんだや。なんか不思議だ。しっかし、大吉なんてえらい名前をもらったねえ」

「母が縁起を担いでつけたんですよ。占いとか風水とか、そういうのが大好きなもんで」

大吉が恥ずかしそうに頭をかいたところで、ようやく赤堀の笑いの波が引いていった。

百七十センチそこそこの小太りの体に、パーカーとカーゴパンツを窮屈そうに身につけている。耳の上で切りそろえられたマッシュルームカットの髪から、汗がたらたらと滴っていた。そんなことより、老婆の興味を惹いてやまないのは濃厚な顔立ちだろう。真っ黒く太い眉はつながりかけているし、そのすぐ下にある二重瞼の大きな目は、小刀で彫り込まれたように深い。容姿は、母親の血を濃く受け継いでいた。

老婆は気の済むまで大吉を眺めまわし、赤堀に向き直った。

「涼子ちゃんのいい人かや？」

「違う違う。大学の後輩で、一緒に仕事してるの」

「二人して子どもみてえな顔してんのに、仕事してんだもんなあ。立派だなあ」

「だから、わたしは三十六だし、彼は三十歳だよ」

「三十六なんて、おらにしてみりゃつぶれっ子と一緒だや」

つぶれっ子？　怪訝《けげん》そうな面持ちをした大吉に、赤ん坊の意味だと教えてやった。

「そういや、おじっこには聞いたことねかったんだけど、あんたらはなんの仕事してんだや？」

老婆が手ぬぐいを首に巻きながら言うと、大吉はポケットからごそごそと名刺を取り出してわたした。彼女は受け取った名刺を遠くに離し、目をしばたたいて読み上げた。

「大吉昆虫コンサルタント?」

「そうなんです。害虫駆除から虫の貸し出しから虫企画まで、昆虫に関することならなんでも引き受けますよ」

「虫の貸し出し? なんかよくわかんないけど、変わった仕事だねえ」

「よく言われます。それに赤堀先輩も虫関係ですけど、まったく別の職業なんですよ。いつも僕を手伝ってくれてますけどね」

話の内容より何よりも、日本語をすらすら喋っているという一点に、老婆は相変わらず感心しきりのようだった。そんな彼女を、赤堀は家へ戻るように促した。帰り際、「丘うなぎには気いつけな」と言い残してよちよちと歩きはじめた老婆を、二人は見えなくなるまで見送った。

「さて、始めようか。今日は急だったのに、来てくれてありがとうね。すごく助かる」

赤堀が流れる汗を袖でぬぐいながら言うと、大吉がにっこりと微笑んだ。浅黒い顔の真ん中にある鼻は横に広がり、完璧にそろった真っ白い歯が口許からこぼれている。

「涼子先輩の頼みなら、どこへでも行きますよ。それで、今日は何が始まるんですか？」

わくわくして目を輝かせている彼を見て、赤堀も自然と笑顔になった。濃くて長い睫毛が、くるっとカールしている。純粋に虫が好きな子どもの顔をしていた。

「ここの空き地でバッタを捕まえるわけ」

「バッタですか」

「そう。ここを管理してるおじいちゃんに、前から頼んでおいたの。ヤドリバエが大量に発生したら電話してって」

「ここ限定で？」

空き地へ顎をしゃくった大吉にそうだと頷き、風でざわめく雑草の波に目を細めた。耳を澄ますと、コオロギが鳴く声にまぎれて、内緒話のような、こそこそという微かな囁きを鼓膜が捕えた。バッタが草を食《は》む音だ。

赤堀は虫たちの息遣いを聞きながら、大吉のほうへ向き直った。

「来年以降、東北を中心に群生相化《ぐんせいそう》が起こるかもしれない」

群生相化？　素っ頓狂な声でそう問い返した後輩は、鼻の頭に浮いた玉の汗を手の甲でぬぐった。

「そ。バッタ大発生」

「大発生か……。しかし涼子先輩、あいかわらず突拍子もない予測ですね。というか、日本は、バッタ大発生には適さない環境条件がそろってるじゃないですか。まず、卵で越冬する生態を考えれば、大発生する能力が、遺伝的にも欠けてるんじゃないかと思いますけど」

「確かにそう言われてきたよね。でも、二〇〇七年に、関西空港でトノサマバッタが大発生してるのは見逃せない。だいたい千三百万匹。群生相に変異して、行進行動もあったみたいなの」

「変異というと、黄緑色の体が黒くなって小型化するあれですか?」

「そう、あれ。翅《はね》が長く、脚が短くなって、飛翔筋を支えるために頭が横に大きくなる。今までよりずっと遠くへ飛んで、作物を喰い荒らすためにね。うまく気流に乗れば、飲まず食わずで数千キロも移動できるわけ」

「見た目はもう、トノサマバッタじゃないですからね。あれを見ると、なんかこう、武装した特殊部隊を思い出すんですよ。マッチョで、レイバンのタレサンかけてるみたいな顔になるし」

大吉が汗をまき散らしながら、指で輪っかをつくって目に当てた。

バッタ大発生の記録は少ないけど、明治以前には関東でもよくあったの。北海道でも大規模なものがあったしね。ただし、標本はない。困ったことに」

「うーん。日本でも群生相化があったにしても、涼子先輩の説は『来年以降、東北を中心に』ってかなり限定されてますよね。その根拠はなんなんです？」

「震災だよ」

赤堀は苦々しい思いが込み上げた。大吉は厚めの唇を引き結び、説明を求めるような面持ちをしている。

「バッタの大発生は、雨が多い年に氾濫原の外側で数が増えて、水の引いたところへ移動して起こる。バッタの群れが高密度になると、感覚器が刺激されて見た目も変わるの。でも、これは中国とかアメリカでの話ね。日本は、火事とか開発で環境が変わることが、引き金になる場合が多いみたい。馬毛島《まげしま》では、山火事で四分の一が焼けたあとに大発生が起きた。関空では人工島が完成したあとに、植生が変わって大発生してる。北海道も森林伐採のあと。基本的に、自然が破壊されたところにバッタが飛んできて卵を産んで、植生が回復へ向かう途中に、大発生が起きてると言える。これは、生態系が崩れて天敵が減ることに関係あるかもしれないね」

一気にここまでを話し、赤堀はふうっと息を吐き出した。

「こんなことから、震災でめちゃくちゃになった場所では、バッタが大発生してもおかしくはないと思うの。まあ、これはわたし個人の考えだし、起きない確率のほうが高いってことには変わりないんだけどね」

「なるほど。でも、先輩の仮説からすれば、街が復興する時期を狙ったように、群生相化が起こる可能性があることになりますね。そんなことになれば、被災した農家は何重にも被害を受けることになるな」

大吉は、毛むくじゃらの太い腕を組み、難しい顔で考え込んだ。

大多数の日本人がそうであったように、赤堀も震災で何かが変わった。けれども、あの衝撃は時間とともに薄れはじめていて、今では、記憶の片隅にひっそりと収納されようとしている。その加速は、どう足掻《あが》いても止められなかった。

都会ではきらびやかなイルミネーションが夜を飾っているし、あり余る食べ物が、人々の腹をじゅうぶんに満たしていた。テレビを観て笑い、いつも通りに通勤し、お洒落をしながら誰かに恋をしている狭間《はざま》で、あいかわらず凶悪な犯罪が起きている。結局、何も変わってやしない。すぐ隣で喪失感に喘ぐ人たちがいても、自分たちの生活が壊れなくて本当によかった、と安堵《あんど》する気持ちは止められないのだと思う。自分は冷淡な人間かもしれない。赤堀は、そこへいき着いてうろたえた。情には厚いと思っていたのに　現実から目を背けることに躊躇がなかった自分がいるのだ。その気まずさから逃れるために、募金とかボランティアとか、とりあえず聞こえがよいものにあれこれと手をつけた。しかし、全部駄目だ。上辺だけを取り繕ってお茶を濁していることを、自分の中に住み着いている自分に見抜かれている。要するに自尊心を守ることが、被災地を想うことに通じているかもしれないと、つい最近になって気がついたのだった。

そうとなれば、自分にできることはひとつだ。赤堀の専門分野から東北を見る。そこに的を絞ればいい。

赤堀は草むらに投げ出していた大型のスポーツバッグから、派手なピンク色をした輪っかを引っぱり出した。

「なんですか、これ」と大吉が、手に取ってまじまじと見ている。

「子ども用のフラフープ。そこに、おもりと虫捕り用の網を縫いつけたってわけ」

輪の中には、白いネットが緩く張られている。金魚すくいに使う、ポイの大型版といったところだ。大吉は、振り上げたり揺らしたりしながら道具の使い勝手を確認し、眉毛を上下に動かした。

「バッタは、虫捕り網を振りまわして追いかけても、数は捕れないですからね。確かに、これをぶん投げれば一気に捕獲できるかも。で、肝心なことを聞いてもいいですか？」

「どうぞ」

「なんで長野くんだりまできてバッタを捕るんです？　それこそ、大学の草むらにもいるでしょうに」

「なぜならば……」と赤堀は咳払いをして大吉を見上げた。「ここにいるトノサマバッタは、ヤドリバエ科のハエに寄生されてるからね。ずっと前に別の調査できたとき、偶然に見つけたの。だから、おじいちゃんとは連絡取り合ってたんだよ。十月ごろ、また寄生バエが発生すると睨んでたってわけ。電話がきたのは、今朝早くなんだけどさ」

「まさかとは思いますけど、寄生バエの宿主《やどぬし》を探す気じゃないでしょうね？　この広大な草原の中から」大吉は、目の前の空き地を手で指し示した。

「そのまさかなんだな。バッタが大発生する自然の摂理は、人間がどうこうしても変えられない。でも大発生したあと、殺虫剤で駆除するのは難しいし土地が荒れる。大吉、あんたその道のプロでしょ？　そのあたりはどう思う？」

「まあ、王餌です。バッタはあっという間に場所を移動しますから、いくら薬を散布しても被害は広がる一方でしょうね。つうか、それができたら、世界各地でバッタ被害はなくなってるわけで……」

大吉は、何かに思い当たったような顔をしたかと思うと、抜けるように高い空を見上げてため息をついた。

「涼子先輩が何考えてんのか、だいたいわかりましたよ。宿主のバッタを捕まえて、寄生したヤドリバエの幼虫を取り出す。それを飼育してキープしておくわけですね？いつ起こるかわからない、東北のバッタ大発生に備えて」

「そういうこと。被災地にその兆候があったら、寄生バエを放って様子を見る。虫と戦えるのは虫しかいない、これが基本ね。生態系を壊すことなく、確実に数を減らしてくれるよ。根絶やしじゃなくて、土地に見合った数まで減らすだけ」

「それで？　結論をお願いしますよ」

「飼育費用と設備費はわたしが出す。だから、協力してもらえないかな？　これは、自分にできる唯一の支援だと思ってるの」

彼は「まったく」と仏頂面をしてうなり、首を横に振りながら、再び「まったく」と噴きこぼした。「涼子先輩、僕を見くびってもらっちゃ困りますよ。やらないわけないでしょう？　こんな刺激的でおもしろいこと、金払ってもまぜてほしいぐらいですって」

バタ臭い顔でぱちんとウィンクした大吉に、赤堀も笑いかけた。これだから、この男が好きでたまらない。

赤堀はバッタの捕獲方法を説明した。草むらを歩きまわって追い込み、バッタをあえて飛び立たせてから、着地した地点に猛ダッシュしてフープ網を投げる。単純ではあるが、網を片手に走りまわるよりは効果が期待できるだろう。

キャップをかぶり直して鼻と口をバンダナで覆い、大型の捕獲かごを両肩にたすき掛けした。長靴をはいて完全防備してから、大吉にいくよと目配せした。

草むらに入ると、まずは藪蚊《やぶか》がどこからともなく湧いてくる。フィールドワークでは避けられない厄介者だ。耳に障るモスキート音を意識的に無視し、どしどしと乱暴に草を踏みしめながら歩いた。バッタというのは、人にとって、これ以上ないほど鬱陶しい場所に生きている虫だと思う。雑草がぼさぼさと生い茂り、折れた枝が散乱し、挙げ句にぬかるんでいるような場所が大好きだった。

跳ね返ってくるススキの穂がぴしゃりと顔を打ち、干《ひ》涸《から》びた葛《くず》が脚にじゃれついた。赤堀の出現に慌てたバッタが、一斉に空へ舞い上がった。

「そっちいったよ！」

　赤堀が叫ぶと、大吉がフープ網を抱えて走り込み、着地点に向かって思い切りよく輪っかを放った。おもりがついているぶんよく飛び、地面に落ちれば抱え込んだ獲物を逃さないようだ。大吉がフープの落ちた場所へ駆け寄った直後、ぎゃっという潰れた声が聞こえてきた。

「うわっ！　なんでおまえがここにいるんだよ！　ほら、あっちいけ！　しっ、しっ！」

　大吉はどすんと尻餅をつき、フープから手を離してしまっている。

「ちょっと、大吉。なにやってんの！」

「り、涼子先輩、この場所はヤバいですって！」

　赤堀は、奇声を発している大吉のもとへ走り、投げ出されているフープの中を見た。褐色のヘビがのたくっている。一メートルはあるだろうか。背中に四本の黒い線が走り、尻尾をぴたぴたと体に打ちつけて威嚇《いかく》してきた。

「なんだ、丘うなぎじゃん。おばあちゃんも気をつけなって言ってたでしょ」

「丘うなぎ？　ヘビって言ってくださいよ、ヘビって！」

「ただのシマヘビだよ。この子は気性が荒いね」

　網の中へ手を入れると、大吉がやめろとわめいて後ずさった。

「見てよ、この目つきの悪さ。触ったら咬《か》むぞって顔してる」

鎌首をもたげたシマヘビの頭を素早く摑み、口許をロックして網の外へ引きずり出した。ひんやりと冷たくて、うろこはビーズを縫い留めたようにざらついている。赤堀は、腕に巻きついてきたしなやかな体をほどきにかかった。

「なんかこの子、アディダスみたいな模様だと思わない?」

「アディダスは三本線でしょう! こいつは四本ですよ! ああもう! そんなことどうだっていい! とにかく、早くどっかへやってくださいよ!」

大騒ぎの大吉に、シマヘビを近づけてさらに騒がせ、赤堀は尻尾をもってぶんぶんと振りまわした。

「毒もないかわいい子なのにねえ。ちょっと乱暴者だけど」

歌うように節をつけながら、勢いをつけて放った。大吉は、信じられないと言わんばかりの顔で、きれいな弧を描いて着地したヘビを目で追った。

「何やってんですか! どうせなら、もっと遠くへぶん投げてくださいよ! つうか、ヘビをぶんぶん言わせて振りまわすって、先輩は人間じゃないですよ!」

ヘビが何よりも大嫌いな大吉は、この細長い変温動物が、いかに危険で陰湿で負の象徴か、ということを力説しはじめた。赤堀は、これまでに何度も聞かされた講釈を聞き流し、網の中で逃げようともがいているバッタを捕りにかかった。

　思った通り、この方法は効率がよい。ただし、別の生き物も大量に捕獲することになった。シマヘビにカナヘビ、ホホナガスズメバチにムカデ。実際のところ、フープ網には何がかかっているかの見当がつかず、大吉は、網を覗き込んでは飛びすさることを繰り返していたし、マムシがかかって危うく命を落としそうにもなった。役割を交代しながらの捕獲作戦は、三時間ぶっ通しで続けられた。

「五百匹以上は捕まえましたよ」

　はあはあと息を弾ませている大吉の全身には、ひっつき虫と呼ばれる黄色いセンダングサがびっしりと絡みついている。まるで山ごもりでもしていたようななりだが、汗みずくの赤堀も見た目はまったく同じだった。

「とりあえず、今日のところは終了。あとは帰って宿主探し。見つからなかったら、もう一回来ることになるね」

「了解です」と大吉はタオルでごしごしと顔を拭き、バッタが死んでしまわないよう、丁寧に麻袋へ移した。

「悪いけど、おばあちゃんのとこへ顔を出してくれる？　きっと、おいしいものをいっぱい出してくれるから」

「涼子先輩は？」

「六時に人と会う約束があるから、大学へ戻らなきゃ。大仕事が待ってるの」

赤堀はペットボトルの水を飲み下し、帰りじたくを始めた。

5

陽が落ちるのが早い。

岩楯と鰐川が歩く靴音が、コンクリート校舎に当たって、あらぬほうから跳ね返ってきた。暗がりにたたずむ灰色の校舎というのは、監獄のようで陰気くさく、いつ見ても気持ちのいいものではない。人気《ひとけ》のない道はうすら寒いし、今の岩楯をとことん滅入らせる材料がいくつも追加された気分だった。

「学者のお守り役を言いわたされるとは、まったく光栄なことだな」

岩楯は、からになったマルボロの箱を潰し、ベンチ脇にあるゴミ箱へ放った。

「偉い先生のお言葉を拝聴して、事件調査には同行するようにときたもんだ」

「いろいろと足止めはくらいそうですね。でも、外からの視点は、案外役に立つかもしれませんよ。閉鎖的な警察組織としたら、画期的な試みではあるし」

鰐川の超優等生的発言に、岩楯はふんっと鼻を鳴らして答えを返した。

「毎年毎年、こんな愚にもつかない提案をしてくんのが偉いさんってもんだ。何年か前に、超能力が議題に挙がったことを知らないだろ？　だからそんなに、すっとぼけてられるんだよ」

「超能力って、待ってくださいよ。冗談ですよね？　ＦＢＩでは採用されてますけど」

「残念ながら、サイキックの話は本当だ。だいたい、学者なんてのは、机の上で論理をこねくりまわすのが仕事なんだよ。永久に結論が出ないたぐいの話を、グラフと一緒に膨大なレポートにまとめて突き出してくんのさ。で、俺らはそれを逐一検証してまわると」

苛立ちを通り越して、なぜか笑いが込み上げた。こんなお遊びに部下を提供しなければならなかった一課長は、血圧が大丈夫かと心配になるほど怒りで顔を赤く染めていた。まあ、自分のところへこの役がまわってくるのは、唐突でもなんでもない。たかだか一週間の講習を受けた素人に、単独で事件捜査をさせられるわけがないのだから。解剖に立ち会った岩楯が面倒をみるのは、ある意味、理にかなっていた。わかっちゃいるが、疲労感が押し寄せるのは止められそうにない。

今後の捜査手順をむっつりと考え、無言のまま黙々と歩いた。研究用らしい、いくつものビニールハウスがぼうっと白く発光し、巨大な蛾《が》がところどころにへばりついているのが見える。不吉の象徴に思えてぞっとした。

そして、池《いけ》ノ上《うえ》キャンパスの奥の奥、最果ての地と思われる場所にそれはあった。樫の木が白い裏葉を見せながらざわめき、建物を包み込むように枝葉を伸ばしている。外観は完全なるプレハブ小屋で、周りにはからっぽのケージやガラス瓶などが雑然と置かれていた。窓には白茶けたよしずがぶら下がり、アサガオの残骸が絡みついている。

岩楯は薄闇でメモに目を凝らし、もう一度、場所を確認した。

「ここしかないよな、研究員が言ってた研究室は」

顔を上げ、明かりの洩れるほったて小屋をぐるりと見まわす。

「どう見ても、教室ではないと思いますけど」

「物置小屋だ」

二人は、エノコログサが生い繁る道を進み、入り口脇のプレートに目を向けた。「法医昆虫学教室、分室」とマーカーで殴り書きされている。にわかづくりのドアをノックすると、中から「はあい」という気の抜けた声が返された。よしずを上げて戸を引くと同時に、むっとする生暖かさが押し寄せ、白熱球の光が目を刺してきた。

八畳ほどの空間には、壁が見えないほど何かの資料が積み上がっている。スチール製の棚には箱やガラスケース、よくわからない機材が並び、びっしりと貼りつけられたメモ紙が、ざわっと動いて、うろこのようで気味が悪い。

そんながらくたに埋もれるような格好で、机に向かっている人間がただひとり。紺色のパーカーに色褪せたジーンズを穿き、短めの髪をむりやりひとつに束ねている。事務机に顔を近づけ、ピンセットで何かを選り分けていた。どうやら、ここに籍を置く学生らしい。

「作業中にすみません。警視庁の岩楯と申しますが、赤堀准教授はいらっしゃいますか？　こちらだと伺ったんですけど」

進んで中へは入りたくない。戸口から呼びかけると、学生は顔も上げずに声を出した。

「ちょっと待ってくださいね。これだけ終わらせたいの。そこにパイプ椅子があるから、出して座っててもらえますか？」

気乗りしない返答をして、岩楯は小屋の中へ足を踏み入れた。

女は目の前にある素焼きの湯呑みに温度計を突っ込み、棚からガラス製のシャーレを取り上げた。中では、もう馴染みになってしまった物体が蠢《うごめ》いている。彼女は蓋を開け、ためらいなく生きたウジを湯気の立つ茶碗の中へ投入した。

「そ、それはいったい……」

鰐川は、とんでもないものを見てしまったとでも言うように、声をひっくり返した。

「これが本当のウジ茶。なんちゃって」

いったい、この女はなんなのだろうか。岩楯は不躾《ぶしつけ》なほどじろじろと彼女を見まわした。女はまるで頓着せず、ごつい腕時計に目を落としていたかと思うと、ピンセットを湯呑みの中へ突っ込んだ。茹《ゆ》で上がってだらりと伸びたウジを摘み上げ、透明容器へ手早く移していった。

「オッケー、終了。それで、どちらさまでしたっけ？」

立ち上がった岩楯は懐から名刺を取り出し、彼女にわたした。よく光る目をまん丸くして、興味深げに眺めている。

「夕方の六時に約束してるんですけど、赤堀先生にお会いしたいんですよ」

すると女はジーンズの尻ポケットをまさぐり、「ない」とひと声上げた。「名刺を教室に置いてきちゃったみたい。赤堀はわたしです」

「え？　あなたが赤堀涼子准教授？」

「そうですよ。それにしても、二人とも大きいですねえ。百八十は余裕でありますよね。悪党を脅すには申し分ないって感じ。柔道の技とかかけられたらたまんないなあ。ちなみに、何秒ぐらいで落とせます？　それと、今までに何人ぐらい落としました？」

　彼女は伸び上がって自分の身長と比べ、好き勝手なことを言っている。

　こんなに若いなんて聞いてないぞ。どうやっても二十代にしか見えない赤堀を、岩楯はさらに無遠慮に眺めまわした。丸顔の童顔で、黒目がちな垂れた瞳がさらに幼さを強調している。色白で華奢《きゃしゃ》、おそらく身長は百五十五センチ前後というところではないだろうか。コケティッシュな雰囲気で、愛らしく見える条件がそろっているが、くってかかるような負けん気の強さが繭《まゆ》のように全身を包んでいた。

　見た目で人を判断するほどばかばかしいものはない。そんなことは百も承知だ。しかし、風貌も言動も子どものような女に、捜査権限の一部を与えるだって？　しかも、自分たちが同行しろと？　チームとして？　岩楯は力が抜け落ち、両手で顔をごしごしとこすった。

「失礼ですが、先生はおいくつですかね？」

「三十六ですよ」

即答した赤堀は手を伸ばし、先ほどウジを入れていた湯呑みを取り上げる。それに口をつけようとしているのを目撃し、「ちょっと待った！」と岩楯は慌てて遮った。

「それは『ウジ茶』のはずだが」

「ああ、いけない。また飲んじゃうとこだった」

「また？」

ぞっとして問い返すと、赤堀は笑顔のまま立ち上がって、シンクに湯を捨てた。適当に湯呑みを水ですすぎ、棚から同じような茶碗を二個取り上げた。小型の冷蔵庫を開け、ペットボトルのお茶を出している。中にホルマリン漬けらしい何かが垣間見え、あらゆる不安が頭をもたげてきた。

「はい、どうぞ」

差し出された湯呑みの中を、腰かけた刑事二人は納得いくまで検分した。

「ここは分室ってことですが、なんで研究室で作業しないんです？　狭いし」

「狭い？　そうですか？」

「さっき向こうにも顔を出しましたけど、快適な環境だったもんで」

「人にとってはね。でも、虫にしてみれば活動しにくいんですよ。空調は大敵だから」

「なるほど。それでなんですが、昨日採取されたサンプルは、科研から先生のところへ送られてますよね？」

「ええ。今作業してたこれね」

赤堀は瓶詰めにしたウジに目をやった。

「どういうわけで、お湯に沈めてウジ茶なんぞをつくってたんですかね？　趣味だったら、このまま帰らせてもらうが」

「まあ、趣味と言えなくもないけど、まだ帰らないでね。ウジを固定してたんですよ。要は殺したの。生物時計を止めたんです」

そう言って、プラスチック製のボトルを取り上げた。

「死体で孵化《ふか》した昆虫、おもにハエの幼虫の発育は、その生物が刻んだ時間の長さと同じ。採取した時点で時間を止めてやれば、生きた長さを決められるでしょう？」

「何も釜茹でにしなくても、ホルマリンに放り込めば普通に死ぬだろうに」

そう言うと赤堀は「釜茹で！」と素っ頓狂な声を上げ、けらけらと大口を開けて笑った。「刑事さん、ウジとかアオムシとか柔らかくてかわいい虫はね、それで生きていけるように究極進化してるんですよ」

かわいいというくだりは、聞かなかったことにして流した。

「幼虫が遭遇する、いちばんの危険はなんだと思います？」

「そりゃあ、敵に喰われることでしょう」

「実は、それは二番目なんだな。いちばんは環境問題」

赤堀は生徒に講義でもするように、拳を口許につけて咳払いをした。

「幼虫は乾燥に弱い。ほとんどが水分だから、体の水分を失ったら死んじゃうの」

「いちばんが乾燥か。それは初耳ですよ」

「だから幼虫には、外骨格の外に防水性の層がある。クチクラっていうんだけど、これがあるから、エチルアルコールは内部まで浸透できないわけ。そうなると幼虫は中から腐っちゃうし、医学的な標本として成り立たなくなるから」

「中まで浸透するのが、水ってことか……」

「まあ、そう。でもこれは、苦肉の策なんですけどね。本当は専用の固定溶液があるんだけど、なんせ予算不足。だから七十七度のお湯で代用してるんですよ」

岩楯は興味を惹かれてさらに尋ねた。

「ということは、採取した虫は全部殺すんですか？」

「ううん、二つの標本にわけるんですよ。ひと組は飼うから」

「飼う？　なんでまた？」

「ハエの幼虫だけど、背格好があまりにもみんな似てるじゃない？　だから、種のレベルまで正確に同定するのは不可能に近いの。だから育てて成虫にするってわけ。あとは、ウジがいたのと同じ環境を作り上げて、発育のスピードを見ます」

　赤堀は振り返って、正方形の冷蔵庫のようなものを指差した。

「これは恒温器《こうおんき》って言って、中の温度と明暗をプログラムできるんです。今は二十度設定と二十四度設定で、餌は牛の肝臓ね。奇跡的に、孵化してない生きた卵をウジの中から見つけたんですよ。今、大切に育ててますから」

　当然だが、こんなに嬉しそうに、ウジの話をする女には会ったことがない。

「岩楯刑事は、検屍に立ち会われたって聞きましたけど？」

　湯呑みに口をつけながら、赤堀は話題を変えた。どこか非難をにじませた平坦な声だ。

「ええ。解剖の写真はまわってきましたよね？」

　はいと頷いた赤堀は、メタリックな機材の蓋を開けて丸い物体を取り出した。何度見ても、慣れることのできない不快さがある。彼女は、真っ二つに割られた焦げたウジの塊をピンセットで小突いた。

「それにしても、色も形も焼きおにぎりそっくりだね。お皿に載ってたら、間違って食べちゃいそう」

隣で鰐川がお茶を噴き出しそうになった。

「やめてくださいよ！　それを口に出さないのは暗黙の了解だったんですよ！」

「ああ、そうなの？　ごめんね」

鰐川は蒼《あお》い顔をして胃のあたりをさすった。赤堀は、子どもをあやすように相棒の腕をぽんぽんと叩いてから、さっと柔和だった面持ちを消し去った。二つの人格が、背中合わせにぴったりと貼りついているような女だと岩楯は思った。何も考えていない子どもみたいな大らかさと、ある種の攻撃性が同居している。

「途中からでもいいから、検屍には絶対に立ち会わせてくださいって申し入れをしたんですよ。虫が出た時点で、警察との初コラボになるわけだし、未来を決める重要な試みでもあると思うの。なのに、権限がないから駄目だって、あっさりと却下されたんだから」

「まあ、そうでしょうね。署内でも立ち会える人間は限られてるわけで」

「でもね、重要な証拠が、ゴミ同然に捨てられちゃうのがもったいない。腐敗の過程をこの目で見れば、あらためて気づくことが絶対にあるのに」

彼女は少しだけ感情を昂ぶらせたが、胸のあたりに手を置いて、ふうっと息を吐き出した。パーカーのポケットから煙草を出してくわえはしたものの、かぶりを振りながらパッケージへ戻している。仕種のひとつひとつを、なぜか目で追ってしまう女だった。

「わたしは法医昆虫学者です。この分野についての説明は？」

「だいたい把握してますよ。死亡推定時刻をウジと虫を使って弾き出す」

「まあ、代表的なものはそれで合ってます。でも、日本はこの方面が後れすぎてて、法医学上の有効な手段とは考えられていない。法的な証拠能力もないしね」

「そうだなあ、はっきり言って参考程度でしかないですね」

「自然界のサイクルで、物質循環の主役は昆虫。死体につく虫の種類は、予想できるパターンで移り変わっていくわけ。つまり、それぞれの種の齢《れい》さえ特定できれば、死後の経過時間が割り出せるんですよ」

赤堀は、まっすぐに目を合わせてきた。

「本当は、現場で直接遺体から虫の採取をしたかった。このウジが届いたのも今さっきなの。一日の時間ロスですよ。これはかなり大きい」

「現場にはもちろん、初動捜査の連中しか入れない。よっぽどのことがない限り、このシステムは当分変わらないでしょうね」

「まったく」と赤堀は、唇を尖らせた。「解剖した法医学者は、死亡推定月日をどう言ってました？」

「損傷の度合いが激しくて、正確には出せないってことですよ。十月四日の夕方に、職場で目撃されたのが最後です」

彼女は顎に手を当てて考え込んでいたが、何かを思いついたように、スチールの引き出しを開けてファイルを抜き出した。あどけない顔立ちの女が、内臓を曝け出した解剖写真を見ているという図がおぞましさを際立たせる。解剖台の上で、手脚を折り曲げて縮こまっているみちるは、無慈悲な照明の下で恥ずかしさに震えているように見えた。身ぐるみを剝がされ、大きく胴体を切開されている写真はなおさらだ。肉の焼けた臭いが喉の奥で蘇り、岩楯は咳払いをして追い払った。

赤堀は一枚一枚写真に見入り、ウジの塊が見つかった腹腔の接写で手を止める。いささか長すぎるほど身じろぎもしない彼女に、岩楯は質問をした。

「写真にもあるように、腸の真下でウジの塊は見つかりました。ほかでは一匹も見当たらなかったんですが、これにはどんな意味があるんですかね？」

彼女は、見つめていた手許から顔を上げた。

「火の熱から逃げるため。内臓の中で、腸はいちばん水分が多いからですよ。これだけの火災でも、ほぼ原形をとどめていたのはそのせいですね。すでに体内へ侵入していたウジたちは、生き残れる可能性がある場所へ本能で移動したの」

「球体になる意味は？」

「虫の習性。冬を越すために、球状になって熱を逃がさない昆虫は多い。球体の中をぐるぐると動き回って、共喰いしたりしてね」

「いやな習性だな」

「この写真を見て言えることは、熱からも寒さからも逃げたってことですよ」

「熱はわかるが、寒さとは？」

「被害者の表皮がほぼ炭化しているから断定はできないけど、犯人は遺体を冷やした可能性がある。保冷剤とか氷、それに、エアコンなんかで室内の温度を極限まで下げた。腐敗を遅らせるための工作をしたから、ウジは、より体内へ入ったんじゃないかと思う」

　確かに、目に見える腐敗が少ないのは、そう考えたほうがしっくりとくる。近隣の住人が臭いを感じなかったのも、それが理由かもしれないと岩楯は思った。

「ウジは本当に耐性に優れてるの。熱湯にも順応して、氷点下でも生きられる種もいるぐらいだから」

鰐川のペンの滑りは、いつもよりも激しさを増し、ついには新しいノートへとメモを進めた。赤堀は伸び上がって棚からプリントアウトを取り上げ、ゆっくりと指でたどった。

「遺体が発見された日から遡って、過去三週間の気象データを調べました。板橋区徳丸付近の最高気温は、平均するとだいたい二十四度。普通に考えても、室内の温度は三十度を超えないはずだから、エアコンがついていたとしたら平均気温よりも低くなる。ハエが活発に動けなかったから、分解の過程も遅れることになった」

そう言って彼女は、固定したウジの標本をいくつか並べた。

「このウジはクロバエ科の幼虫なんだけど、産卵期間が六日で、発育期間が十二日間続く。そのあと蛹《さなぎ》になって、だいたい十七日かけて成虫になるんです。ハエは死臭を嗅ぎ取って、十分以内に遺体に卵を産みつける。どんな虫よりも到着が早いわけ」

「遺体があったのは、閉め切られた室内だが」

「そんなの、ハエにとってみればどうってことはない。必ず侵入できる経路を見つけ出せる天才だもん。岩楯刑事も、もちろんわかってるでしょ？」

にやりと口角を上げた赤堀に、岩楯も同じような笑みを返した。確かに、密室に放置された遺体であっても、腐乱して、これでもかというほどウジに喰い荒らされているものだ。

岩楯は、机に並んだプラスチックの容器を指差した。それぞれの容器には、まったく大きさの違う幼虫がゆらりと浮かんでいる。

「固定とやらをしたこの標本は、ウジボールの中から採取したもの。もちろん、生きていたウジですよね？」

「ええ、そうです」

「素朴な疑問なんですが、ウジの大きさにはこんなに違いが出るもんなんですか？というか、ハエは時間遅れで次々とやってきては卵を産む。だからウジの発育も変わるって寸法なんですかね？　これなんか、いやに大きくて不気味だけど」

異様な存在感を放つ肥え太ったウジに目をやった。ほかの標本よりも節が目立って黄色っぽいのが、なおさら気味悪く映った。

「鋭い指摘、さすが刑事さん。大きさの違いは、岩楯刑事が言った通りの理屈で合ってますよ。まあ、普通だったらの話ですけど」

「ということは、このウジは普通じゃないと？」

赤堀は首をひねって神妙な顔をし、いちばん小さな、数ミリのウジの標本を取り上げた。

「ちなみにこれは、一齢の幼虫ね」

するとメモをとっていた鰐川が、申し訳なさそうに口を開いた。

「話を止めてすみません。一齢とはどういうことですか？」

「ウジは成長するごとに脱皮する。その回数で一齢とか二齢とか区別されるわけ。発育段階の尺度だよ」

「なるほど。この標本は何齢なんです？」

「ほとんどが一齢の範囲内なんだけど、三齢後期のウジが一定数混じってるの。二センチ弱のこれは、蛹になる少し前の幼虫ね。この三齢ウジが問題なんだけど……」

赤堀は頬杖をついて、大きく膨れたウジの標本をじっと見つめた。

「この女性が、最後に目撃されたのが遺体発見の八日前。でも、この三齢後期のウジは、最低でも十日以上が経過したものなの。これは間違いない」

「誤差の可能性は？」と岩楯が切り返すと、彼女はすぐに首を横に振った。

「誤差を最大限見積もっても、孵化してから十日。実際は、もっと経ってると思う」

今のところ、みちるの目撃証言は四日の夕方しか挙がっていないが、近所のコンビニの防犯ビデオに、帰宅する彼女の姿がはっきりと捕えられていた。赤堀の話を鵜呑みにするなら、みちるは十月二日以前に死んでいなければならないことになる。

とんだ茶番だ。岩楯は、苦々しい思いでウジどもに目を向けた。これだけでも、法医昆虫学の信憑性《しんぴょう》は疑わしいと捜査会議でやり玉に挙がるだろう。けれども、インチキだと切り捨ててしまうには、どことなく惜しい気もする。致命的な矛盾のなか、赤堀の自信になんら揺らぎがないからだ。

「先生は、この誤差をどう見てるんですか？」

岩楯は、「うーん」とうなりながら考えあぐねている赤堀に言った。当然、なんらかの仮説があるのだろう。

「わかんない」

椅子から転がり落ちそうになった。

「おい、おい……」

いったい、どうしたもんだろうか。何もわからないのに、根拠のない自信を全身で表明しているのか。岩楯は疲れてきた目頭を指で押し、ついでにこめかみも強く揉んだ。

「まあ、よその動物に湧いていたウジが、被害者の体に移ったっていうのが、仮説と言えば仮説かな。たとえば彼女がペットを飼っていて、死んだあとも放置していたとか」

「そのへんは情報として挙がってきてないな」

「それか、食道から胃にかけて、ウジがきれいに全部食べたことに関係あるのか。検屍報告書を見る限り、外傷はひとつもなかった。血液があれば、ハエはいのいちばんにそこへ飛びついて、血と体液を舐め取って卵を産むの。それがない場合は、開口部《かいこうぶ》を利用して体内へ入っていく。目、鼻、口、耳。膣と肛門から侵入した形跡はないから、顔のひどい損傷は、火傷というより、ウジに喰われてできたものだと思う。そして、なぜか食道と胃だけを完食した」

「ちなみに先生は、そんなランダムな喰い方をするウジを、今までに見たことはないですね、と赤堀は即答した。

「腐乱死体が液化して、内臓が溶解してたならわかるの。でも、彼女は一週間前には生きていたわけだから、腐敗段階もそこまでには達しない」

「そこに、ガイ者を冷やしてた可能性も加わるわけだ」

「そういうこと。だから、腐敗とか冷蔵とは関係なしに、ウジの食べるスピードがおそろしく速いということになる。とにかく、この事件は想定外のことがあっちこっちに散らばってるんですよ」

期待してはいなかったが、結局はここも決定打に欠けるわけだ。岩楯は腕組みした。放火、絞殺、ウジ、内臓の消失。すべてが宙ぶらりんで、どこかへつながっていく道筋がまだ見えない。

じっと考え込んでいる岩楯を、赤堀が丸い目で覗き込んでいた。

「あのお、刑事さん。お近づきの印に、お願いしたいことがあるんですけど」

「その日本語は、どっかおかしくないかい？」

「え？　そう？」

「それで、お願いとやらはなんですか？」

「遺体が見つかった現場が見たいんですよ」

彼女の頭の中では、もう行動の順位づけができているようだった。電球の明かりが瞳に映って、星型にきらきらと光っている。あまりにも澄んで眩《まぶ》しく見えたから、岩楯は思わず目を細めた。どこまでもひたむき、そんな顔をしていた。

「赤堀先生は捜査員の一員ですよ。現場へ出向くのに誰の許可もいらない。なので、遠慮は無用です。そのかわり、こっちも遠慮はなしでいきますが」

「そうしてくれると嬉しいですよ。遠慮は時間の無駄だもんね」

赤堀は睫毛を伏せて笑った。どこか柔らかい、初めて見せた表情だった。

第二章　転移

1

段々畑。

板橋の徳丸地区に立っての感想がそれだった。道路の右側は見上げるほどの急勾配《きゅうこうばい》で、軒が低い昭和っぽい戸建てや、年季の入った木造アパートが棚田のように並んでいる。幅の狭い石段が蛇行しながら上へと走り、迷路のような路地ができ上がっていた。なかなかおもしろい景観ではあるが、実際ここに住む者は苦労するだろう。なにせ、家の前まで車や自転車で乗りつけることができない。寸詰まりの狭い石段を何十段も上って、ようやく玄関先にたどり着けるのだから。運送屋泣かせでもあった。

「すごい場所。金比羅《こんぴら》参りを思い出しちゃうな」

履き慣れない長靴で石段を上っている途中、後ろから声が聞こえて肩越しに振り返った。パーカーのフードを目深にかぶった赤堀が、額に手を当てて街を見下ろしている。仕事道具らしい大振りの鞄を両肩に斜めがけし、背丈よりも高い捕虫網を立てていた。小柄で華奢な体とくれば、これはもう、夏休みの小学生にしか見えない。

「先生、とりあえずその大荷物をよこしてくれって。なんだか、よってたかって荷物を持たせてるみたいでいたたまれないんだよ」

「お気遣いは嬉しいんだけど、心配は無用ですって。体力と力はロバ並みだからね」

「ロバなら問題ないか」岩楯は噴き出した。「しかし、この地形じゃ消火活動も大変だったろうな。車が入れない」

「真上の道路から放水したんですよ。この辺は、山を少しずつ切り崩しながら、家とかアパートを増やしていった土地なんです。区画整理もなくて、番地もめちゃくちゃですし」

赤堀の後ろから鰐川の声が聞こえた。スマートフォンで周りの写真を撮りまくっている。これもメモ魔由来の行動で、彼なりの哲学があるらしい。

それにしても、この作業着は暑い。岩楯が額の汗を袖でぬぐったとき、風向きが変わって、木材とプラスチックの焦げたような臭いが流れてきた。階段には、消火活動の水がゆるゆると伝って黒っぽい染みになっている。炭や油分の膜が張り、虹色にぎらついていた。

再び階段を上りはじめると、赤堀が岩楯の横を猛スピードでさっとすり抜けていった。

「ちょっと用意があるんで、先に上へ行きますね」

ひょいひょいと跳ねるように、急な階段を駆け上がっていく。まるで山猿だ。身軽な赤堀はあっという間に階段を上りきり、スポーツバッグから長靴を出して履き替えている。ビニールの合羽を着て、明らかに工事現場でかぶるたぐいの黄色いヘルメットをかぶった。そのとき、非常線の前に詰めている、年かさの制服警官に大声で咎《とが》められた。

「こらこら、ここには入れないぞ。用もなくこんなとこに来るんじゃない。なんで虫捕り網なんかもってるんだ?」

「虫を捕るから。それに用ならありますよ。山ほどね」

そう言った赤堀は大荷物を担ぎ上げ、黄色い立ち入り禁止テープの下をひょいとくぐった。

「こら! 待ちなさい! どこの学校の生徒だ!」

やはり、中学生ぐらいに思っているのだろう。警官がテープを押し上げて首根っこを摑もうとしたとき、赤堀はくるりと振り返って首に下がっているパスケースを顔前に突きつけた。

「わたしは捜査関係者です」

「は？　なんだって？」

「詳しいことは、あそこにいる岩楯警部補に聞いてね。わたしが説明しても、いまいち説得力がないと思うし」

「ちょっと待て！」

慌てて追いかけようとしている警官を呼び止め、岩楯は階段を駆け上がって事の顚《てん》末《まつ》をざっと説明した。確かに、赤堀に説明させていたのでは日が暮れる。今後、こういう局面が増えるに違いない。

マスクを着けてヘルメットをかぶり、鰐川にいくぞと声をかけて敷地内に入った。もとは白っぽい外観の、今ふうのアパートだったのだろう。岩楯は、ほぼ焼け落ちている建物を見上げた。見る影もなくなっているが、入り口にかかるアールデコふうのアーチだけが、無傷で残っているのがなんとも物悲しい。入り組んだ袋小路にあるアパートは、夜ならまったく人目につかない場所でもあった。ビニールシートが張られた中では、ブルーの制服を着込んだ鑑識捜査員が、地面に這いつくばって微物の採取に専念している。

岩楯は脇道を覗き込んで、周囲の地形を確認しながら想像してみた。みちるを殺して逃げた者の姿を。最低でも、二回はここへ来る必要がある。殺すとき、そして火を放つときだ。解剖を見た限り誰かと争った形跡はないのだから、顔見知りか、警戒なく鍵を開けさせられる人間の仕業なのは間違いがなかった。運送屋、郵便屋、近所の者、宅配料理、友人……。岩楯の頭の中をいろんな可能性が駆け抜けていったが、最後に残ったのが写真の中の男だった。

カラオケボックスのガラス窓に映り込んでいた、歳の離れた元美容師の影がちらついてしょうがない。あの男はどこの誰なのだろうか。何より、大切に伸ばしてきた女の長い髪に、躊躇なくハサミを入れている姿が何度となく浮かんでくる。みちるも納得していたとは言っても、その行為がなんとなく心ない冷淡なものに思え、愛情の薄さを感じずにはいられなかった。

続けざまに、みちるを慕って転院までしたという患者の線も手繰ってみた。けれどもこっちは、少なからず動機がある、という程度の結論しか出せなかった。すべてにおいて情報が中途半端で、みちる自身にも謎が多いと感じる。友人と呼べる人間も見当たらず、職場とアパートを往復していた毎日だ。休暇に計画していた旅行は、恋人と行く予定だったのだろうか。

岩楯は想像をひとまず引き揚げ、現場へ意識を切り替えた。鑑識主任に会釈をし、シートの中へ入った。むっとするような湿った焦げ臭さが充満している。複雑で不快な臭気の中には、解剖室で嗅いだ吐き気をもなうたぐいの臭いも混じっていた。岩楯はできる限り嗅覚を無視し、足許に注意しながら奥へ進んだ。

そのとき、「ほっ！」というおかしな声が聞こえて前を見ると、赤堀が鮮やかな手つきで捕虫網を振るったところだった。こんな場所で、あの女はいったい何をやっているのだろうか。彼女は嬉しそうな顔で網の中に手を突っ込み、昆虫を捕まえて外へ出した。

「オオスズメバチ」

「ちょっと待て！　そんなもん、捕まえてどうする気だ！　つうか、思いっきり手摑みにしてんなよ！」

岩楯は声を裏返し、鰐川はよろめきながらも後ろへ飛びすさった。

「心配しなくても大丈夫。翅を外側にロックすれば、針はぎりぎり届かないから」

「心配する以前に、あんたの行動が意味不明なんだよ！」

「ミステリアスな女ってこと？　初めて言われたけど」

「全然違うだろ、いいように解釈すんな。それより、そいつを早く殺せって！」

「騒がしいなあ。今は殺さないの。これはサンプルだからね」

赤堀は鞄から小振りの瓶を取り出し、親指の先ほどもあるスズメバチを中に入れた。

「スズメバチは、今の時季がいちばん攻撃的だから、刑事さんも気をつけてね」

「気をつけてねって、あんたはここへ何しに来たんだ。虫捕りか？」

「まあ、そうかな。ハチは第三のグループなんですよ」

「第三のグループ？」

聞き慣れない言葉に鰐川はぴくりと反応し、すかさず懐からノートを取り出した。

「腐敗分解の過程に絡む昆虫は、四つの主要タイプがあるの」

「四つですか」

「そう。まず第一に、屍肉食の種ね。主にハエと甲虫のカツオブシムシ。第二に、ウジとか甲虫を食べたり、寄生したりする節足動物グループ。エンマムシとかシデムシ、寄生種は小型のハチとアリ」

猛スピードで書き取った相棒は、好奇心を剝き出しにして「第三は？」と問うた。

「第三グループは、大型のハチとアリ。あとは一部の甲虫ね。このカテゴリーは、死体も食べるし、ほかの虫も食べるの。いちばん貪欲《どんよく》で気性が荒い子たちの集まり」

そう説明しながら、スズメバチ入りの瓶を掲げた。いきなり狭い場所へ閉じ込められたハチは、憤りに震えるように、ガラス瓶に何度も体当たりをくらわせている。それを見た鰐川が、ぶるっと身震いした。

「ハチの羽音っていうのは、いつ聞いてもぞっとしますよ。警戒心が煽られるというか、この音が聞こえたら、頭を低くして必ず周りを確認しますからね」

「ハチの羽音は一五〇ヘルツ。ハエはなんと一四七ヘルツで、ハチのものまねをしてるわけ。鳥なんて、ころっとだまされて逃げるからね。この世でいちばん効率のいい警戒音だよ」

赤堀は、瓶の中のスズメバチをじっと見た。

「この子は、ここに餌があることを知っている。たぶん、前から遺体のもとに何度か通ってた常連だと思うな」

口から飛び出す言葉には自信があふれている。つくづく、この女は一般人と同じ時空に存在しないと思う。間違いなく、別の階層にぶっ飛んでいる人種だった。

岩楯はヘルメットをかぶり直し、「第四グループは？」と話を戻した。

「最後のカテゴリーはクモ類ね。まさに網を張って、集まってくる虫を楽々と狩るお利口な子たち」

「じゃあ、ああいうのはなんですか？」

鰐川が、黒焦げの柱にへばりついている茶色い小さなカマキリを指差した。

「ああ、あれはフリーな子」

「フリーってなんだよ」岩楯はすぐに切り返した。

「たまたま偶然にそこを通りかかったの。ほら、よくあるでしょ？　にぎやかなパーティー会場の前を通りかかって、『え、この盛り上がりはなに？　体が自然と引き寄せられちゃう。どうしよう、困っちゃうわ』ってわくわくしながら中を覗き込むみたいな」

「ないよ」

「まあ、そういう分解とは関係ない虫もたくさん潜り込むからね。まずは現場の生態系を知ることが重要なんですよ。でも、ここはかなり荒れてて生態系が壊れてる。火災があったから当然だけど。さあ岩楯警部補、こんなとこでもたもたしてないで、さっさと行きましょう」

赤堀はにっこりと微笑んだ。肩を震わせて笑いを堪えている鰐川を睨みつけ、現場へと足を向けた。

もはや室内とは呼べなくなったそこは、写真とは比較にならないほどひどいありさまだった。煌々《こうこう》と焚《た》かれた白っぽいライトのせいで、隅々まで余すところなく焼け跡が浮かび上がっている。「火災調査」と書かれた腕章を着けた、原因調査員が粛々と作業をしていた。

間取りは八畳のワンルーム。床には目印のテープや番号のプレートが置かれ、どこに何が置いてあったのかが、かろうじてわかるように区分けされていた。ぼろぼろの空き缶がいくつも転がり、手鏡や化粧水らしい小瓶が一ヵ所に固まっている。熱帯魚か何かを飼っていたらしく、ガラスの割れた小さな水槽が転がっていた。

それにしても、建物というのは、こんなに釘《くぎ》が使われているのかとあらためて思う。足の踏み場もないほど床を埋めているのは、茶色く腐食した釘類だ。西側の壁は完全に燃え落ち、黒い塊と化した冷蔵庫やテレビなどの家電が、熱で不気味に歪んでいる。骨組みだけになったベッドが、ガラスの散乱している窓辺に沿って置かれていた。

「火元と燃焼経路はどんなもんですか？」

調査員に声をかけると、猫背の男がクリップボードを片手にやってきた。全身が煤《すす》だらけで、眼鏡の跡だけが白く浮き上がっている。

「火元と思われる場所は、四ヵ所ですね。まずAの場所」

彼は、テープで囲んである場所をペンで指し示した。

「あそこに遺体が横向きで倒れていました。床板が抜けていて、燃え方が明らかにほかとは違います」

「つまり、遺体に火をつけたと」

「そう思われますね。加速剤はガソリンです」

先に起きた六件の放火には、灯油が使われていた。やはり、加速剤が違う。

岩楯は注意しながら中へ入り、みちるがこと切れた場所を見つめた。床が抜けて、基礎の柱が剝き出しになっている。油染みに似た粘り気のある焦げ跡が、赤味を帯びた黒色になって沈着していた。ガソリン、体液、血、肉。考えたくもないが、これらが混ざり合ったものだろう。まるで、この場所に磔《はりつけ》にされた亡霊だ。

「そしてBの場所」と調査員は、メモを見ながら説明を続けた。「完全に焼け落ちていますが、壁際の燃え方がひどい。おそらく、壁にもガソリンをかけたんでしょうね。というか、部屋中にまき散らしたんだと思います。丁寧に、玄関ドアは外側からかけられていましたよ」

カーテンはレースのようにぼろぼろになっているものの、耐火性だったらしく、かろうじて原形を保っている。割れた窓から吹き込む風を受け、重そうに揺れていた。

執拗なやり口を見ても、無関係の人間を巻き込むことへの躊躇のなさが窺える。むしろ、この辺一帯を火の海にして、完璧な証拠隠滅を企んでいた節さえ垣間見えた。唯一の誤算は、他殺をあぶり出してしまった腹の中のウジだろう。行動のどれひとつを取っても自分本位で同情の余地はない。

むっつりと腕組みしている後ろで、鰐川も似たようなことを考えたらしかった。口の端が微かに震え、憤りで声が掠れている。

「犯人は典型的な秩序型。もちろん善悪の区別もついている。大なり小なり、今までにもなんらかの犯罪を犯している可能性があると思います」

「ああ。おそらく、しょっぴかれたことはないはずだな」

「手口としては大胆で、過信があるように思えるんですよ。どこか犯罪への慣れみたいなものを感じるし、冷淡で冷静ですね。きちんとした職に就いて、世間的にそこそこ評価されている人間かもしれません」

「そうだな」と岩楯は答えたが、頭の奥にすんなりと落ちてはいかなかった。「おまえさんのプロファイルだが、ひとつだけは賛同できんな。『冷静』っていうところだが」

「放火に便乗するために、一週間もかけて工作したんですよ？　焦りがあれば、一刻も早くその場から立ち去ると思うんです」

「火をつけてまわったのは、単に必要に迫られたからだ。俺だったら、殺す前に放火の工作は終わらせておくぞ。そうすれば現場に戻る必要もなく、殺した直後に火をつけてすべてが完了だ。ホシの行動には無駄が多いし、むしろ焦ってたように見える」

手の甲で眼鏡を押し上げた鰐川は、少し考えてから神妙な顔を上げた。

「岩楯主任は、ホシに計画性はないと考えるわけですね？」

「殺してから計画が始まったんだよ」

おそらく、殺すつもりはなかったはずだ。なんらかの理由でいざこざが起こり、首を絞めたら死んでしまったというところではないだろうか。とはいえ、犯罪に慣れを感じるというところは、鰐川と同意見なのだが。

「あのお、そろそろ入ってもいいですか？」

気の抜けた声に振り返ると、赤堀は準備万端で、ライトつきヘッドルーペの角度を調節していた。薄汚れた軍手をはめてバンダナを口に巻き、傷だらけの長靴を履いているさまが、熟練した炭坑夫のようだった。

足場に気をつけるように言うと、彼女はオーケーと節をつけながら素早く移動した。床が抜けた場所を軽やかに避け、基礎を伝ってみちるが倒れていた場所へ難なくたどり着く。今日の赤堀を観察しただけでも、机の上だけで物事を解決するタイプではないことが嫌というほどわかった。学者は頭でっかちだという観念が、もはや岩楯の中で崩れ去っている。肥溜《こえだ》めに新種の昆虫がいると聞けば、この女は大喜びで飛び込むに違いない。

赤堀は足場を固めてぶんぶんと捕虫網を振るい、「はっ！」とか「ほっ！」といちいち声を上げながら、瞬く間に昆虫を採集していく。次に、ウエストポーチからピンセットを出し、遺体のあった場所に這いつくばった。腐敗臭がどんなに強烈だろうが、気にする素振りがまるでない。

じっくりと検分を続けていた赤堀は、何を思ったのか軍手を外して、遺体があった場所の油染みを指でこすった。そしておもむろにバンダナをずらし、舌を出して舐めようとしているではないか。

「先生！　いったい何やってるんですか！」

同じく、最悪の光景を見てしまったらしい鰐川が、声を上ずらせて一歩を踏み出した。が、ぐちゃっとおぞましい音を立てて例の液体を踏んづけ、慌てた拍子に胸ポケットから携帯電話が滑り落ちた。はっとした赤堀はしばらく宙空を見つめ、照れ笑いを浮かべながらジーンズに指をなすりつけた。

「ついつい、自分の世界に入り込んじゃった」

「妙にかわいくまとめようとすんなよ。それは体液とガソリンの混ざり物だぞ？」

「うん、いつもの癖で舐めちゃうとこだった。危ない、危ない」

「いつもこんな異常なことを……」と鰐川は喉をごくりと鳴らす。

「虫の死骸は、味で死んだときの状況がわかることがあるから。ああ、これは、わたしが編み出した赤堀オリジナルなんだけどね」

「死んだときの味？　勘弁してくれよ。あんたは野獣か」

「失礼ね。でも、いくらなんでもヒトはまずかったかも。連鎖球菌とか黄色《おうしょく》ブドウ球菌とか、危険な菌がいるかもしれないし」

「そういう問題じゃない」

岩楯は想像して胸が悪くなり、マスクを顎までずらした。

「それに鰐川、顔色が蒼すぎるぞ。おまえ、間違ってもここでは吐くなよ」

「それは大丈夫です。でも、赤堀先生の不意打ちが……」

「耐えろ。人間じゃないと思え」

件の昆虫学者は作業を再開しており、室内の基礎に沿ってゆっくりと移動している。頭のライトをたびたび調節し直し、微物をビニールの小袋に収めていた。その真剣な面持ちに、今さっきまでの能天気な笑顔はない。怖いぐらいに鋭く、自分に近寄るなよ、という不敵な気を全身から発していた。

調査官から詳しい状況を聞いている横で、赤堀は、たっぷり三十分ほどかけて室内を見てまわった。床下の土を掘って袋に詰めたり、焦げた雑草の根まで採集している。さまざまな微物を小分けにしているが、表情は思い切り不満げだ。

「何かお気に障ることでもあったのかい？」

岩楯が尋ねると、赤堀は小さくため息をついた。

「当てがはずれたわけ。この部屋には、動物の死骸があったような形跡がない」

「ペットの死骸から、ウジがみちるへ移動したとか言ってたあれか？」

「そう。むしろ、それがないと計算が成り立たないから困っちゃうの。異常成長したウジは、いったいどこからどうやってきたのか……」

彼女は低い声を出し、顎に手を当てて考え込んだ。

「家の外から入ってきた可能性は？」

赤堀は首を振り、玄関脇についている換気扇を指差した。

「ハエたちはあそこから出入りしたと思う。一応、虫よけのネットが張ってあるけど、じゅうぶんに入れるだけの隙間があったの。くぐり抜けに失敗して、溝で黒焦げになってた子もいたし」

そう言うと、ポーチの中からビニール袋を抜き出した。中には、真っ黒い糸くずのようなハチらしき虫が入っている。

「孵化したウジが、餌場を替えたり離れることは稀《まれ》なんだけど、三齢期にはそれがあり得るの。要は、蛹《さなぎ》になる準備を始める。で、捕食者が来ない場所を見つけるために動き回るわけ。とは言っても、外で湧いたウジが壁をよじ登って換気扇の隙間を越えて、被害者のところまでやってくるなんてことはない。いや、できないね」

「となると、巨大ウジの仮説は？」

「今のところ、まだわかんないって言わせてもらう。次の仮説を探してるところです」

赤堀は肩をすくめた。

法医昆虫学というのは、可能性を潰していく仕事らしい。自分たち警察と似たり寄ったりで、仮説を組み立てて証拠を集め、その道をひたすら突き進む。無駄足がほとんどであっても、片っ端から当たって真実を掴み取る職務だと思った。使命感がなければ、とてもやってはいられない。

　引き揚げ時を鰐川に目配せしたとき、赤堀が、水浸しになった床下に転がっている焦げた空き缶を拾い上げた。飲み口を覗き込んでから臭いを嗅ぎ、顔の横にもってきて中の音に耳をそばだてている。実に野性味あふれる仕種だ。脆《もろ》くなった缶を逆さにすると、軍手の上に砂粒のようなものがいくつも転がり落ちてきた。

「フィールドワークでもそうなんだけど、空き缶とか捨てられた長靴とか鞄とか、そういうものの中に、虫が喜んで棲み着いてたりするんですよ」

　赤堀は、口が裂けそうなほどの笑顔で立ち上がった。不気味すぎる。手をお椀形にして黒い物体を載せていた。

「宝の地図でも探し当てたって顔だな。それは？」

「何かの昆虫の一部だね。焦げてはいるけど、かろうじて形が残ってるの。この事件との関連はわからない。でも、同じような虫の欠片《かけら》がいくつも缶に入ってるなんて、なんだかいわくありげだと思わない？」

「いわくありというより、純粋に気色悪いよ。あんまりぴんとはこないが、そんな焦げた破片を見てなんだかわかるのか？」

「わからないほど間抜けなら、とっくにこんな仕事辞めてるって」

すごい自信だな。そう言って岩楯は笑った。

「とにかく、もうちょっと調べさせて。必ず種を特定するから」

虫の欠片を小瓶に入れ、足許に手をついてバランスを取りながら、彼女は軽業師のような身のこなしで部屋の外へ出た。岩楯もあとに続いたとき、突然、強烈な気配を感じて足が止まった。

視界の隅で何かが動いている。這いずるような耳障りな音が聞こえる。岩楯は、焼け落ちた部屋に素早く目を走らせ、黒焦げの柱と同化している「モノ」でぴたりと止めた。

見たこともないほど巨大な一匹のクモがいた。褐色のまだら模様で、長くて太い八本の脚を放射状に広げている。毛羽立った体は丸々と肥え太り、前脚を上げて飛びかかるような仕種をしていた。

岩楯は動かなかった。動けなかった。クモはじわりと柱を伝い、再び前脚を上げてこちらの気配を探っている。顔の真ん中では、黒曜石《こくようせき》に似た八個の眼がぎらぎらと光っていた。

体中から汗が噴き出し、岩楯は棒立ちになった。

クモの足音が聞こえるはずないだろう。しかし、震えすら起こらないほど全身が強張り、クモの息遣いを耳許で感じていた。一気に血が下がり、顔が冷たくなっていくのがわかる。岩楯は、息が吸えるけれど吐き出せない状態のまま、足許に転がっている木材を手に取った。早く、早く殺さなければ……。

そのとき、落ち着いたトーンの声が耳許で囁かれた。

「岩楯刑事、ゆっくりと深呼吸。大丈夫、ゆっくりと。何も心配ないから」

自分の脇をさっとすり抜け、赤堀は、掌《てのひら》ほどもあるクモを掴んで窓から放り投げた。岩楯は息苦しさでしばらく咳き込み、こめかみを流れる汗を袖でぬぐった。心拍数がなかなか下がらず吐きそうだ。膝に手をついて体を折り曲げていたが、赤堀が背中をさすってくれていることに初めて気づいて、急に気恥ずかしくなった。

「……すまないな。クモが死ぬほど嫌いなんだよ、情けないことに」

「気にしないで。クモ恐怖症の人は意外と多いんだから」

「外国のクモか？　あのでかさは反則だろ」

今になって震えが押し寄せ、声が掠れた。

「外来種で、だれかのペットだったのかもね。このクモは、一部マニアの間で人気があるの。急激に増えるから、もてあまして捨てたのかもしれない」

「捨てただと？　くそ。そいつをぶん殴ってブタ箱にぶち込んでやる」

力なく毒づくと「まあ、まあ」と赤堀は岩楯の背中をぽんぽんと叩いた。「あれは網を張らないアシダカグモっていうの。もちろん毒もないし、人に悪さなんてしない。むしろ、家中のゴキブリを退治してくれる益虫なんだから」

「へえ、そりゃいい。うちでも一匹飼うとするか」

もう一度まともに出くわしたら卒倒するだろう。岩楯は、頭二つぶんほども背の低い赤堀に連れられ、ようやく恐怖の館を出ることができた。心配そうな顔をしている鰐川に、手をひと振りして笑いかけた。

「みっともないとこを見られたな」

「そんなことはありませんよ。昆虫恐怖症は、高所、閉所恐怖症と同じカテゴリーですからね。ごくメジャーなものなんです」

「それは喜ぶべきことなのかね」

相棒が困った笑みを浮かべたと同時に、携帯電話の振動音がした。鰐川の胸ポケットで、着信ライトが点滅している。抜き出して耳に押し当てた瞬間、「うわっ！」と声を上げて携帯電話を放り出した。そのまま茂みにうずくまり、げえげえと吐きはじめた。

「おい、おい。いったいなんだよ」

驚いて電話を取り上げると、モニターやボタン全体に腐敗液がこびりついていた。岩楯も慌てて投げ捨てる。さっき落としたときについたらしい。

「鰐川、今日はお互いにツイてないらしい。諦めろ」

しゃくり上げて咳き込む鰐川を横目に、赤堀は携帯電話を拾い上げて、パーカーの裾でごしごしとぬぐった。「はい」と岩楯に差し出してくる。

「もう臭いはそんなにしないよ」

「そんなわけあるか。死体汁やらガソリンが煮詰まった恐怖の物質だぞ」

岩楯が語った何かの単語に反応したらしい鰐川は、再び草むらに向かって嘔吐した。

「確かに煮詰まった謎の物質だけどね。ワニさん、大丈夫？　もう吐くものはなさそうだけど」

赤堀は、うずくまる鰐川の背中をさすった。

岩楯は捜査員に声をかけ、現場を引き揚げにかかった。体中に燻《いぶ》されたような臭いがこびりつき、喉の奥がいがらっぽい。階段の途中で、「煙草を一本だけ吸わせて」と言ってきた赤堀に賛同し、刑事二人も煙草をくわえて火を点けた。紫煙が肺の隅々にまでいきわたり、脳の奥を痺れさせる。今日はひどい目に遭いすぎだ。赤堀は空へ向けて煙を放ち、小さな輪っかをいくつもつくっていた。

「岩楯刑事のお母さんは、もしかしてクモが大嫌いじゃなかった？」

赤堀が、マイルドセブンを指に挟んで問うてきた。

「まあ、そうだな。部屋にクモが出たら、二時間はそこに入らなかったよ」

「クモの大きさは恐怖に比例してる？」

「ああ。小さければ無視はできる」

「なるほど、こういうことなの。恐怖症にまで発展する虫嫌いの場合、家族の間で伝わることが多い。だいたい、十二歳ぐらいまでに恐怖症が出なければ、一生出ないことが多いわけ」

「じゃあ、俺の場合は一生もんだな。クモが憎かった時期しかない」

岩楯は笑った。

「虫嫌いの人はわざわざ探しちゃうからね。虫を見つけるセンサーが人よりも敏感だから、どこにいてもいちばんに気がつくの。とにかく、岩楯刑事は、気配を感じたらその場を立ち去ること。どこも見ない、いないと信じる。それで大丈夫だから。オーケー？」

岩楯はオーケーと返答し、吸い殻を始末した。

クモ嫌いについて人と話したのは初めてではないが、赤堀にはなぜか気兼ねがない。あっけらかんと大丈夫だと言ってしまえる大らかさが、拍子抜けするほど心地よかった。

それから個々の仕事に戻ることになったが、赤堀は、大荷物や虫捕り網を自転車につけて颯爽と帰っていった。安全第一と書かれた、工事現場の黄色いヘルメットをかぶったまま。

公道に駐めてあるアコードに向かっているときも、辺りにくまなく目を走らせた。道を挟んだ向かい側にある不動産屋も、放火の被害に遭っている一軒だ。看板が燃える程度でほとんど被害はなかったが、黄色に塗られた壁には黒い煤がこびりついていた。

近くに大学があるせいか、学生のような身なりの人間が多い。この地域の地取りは徹底的におこなわれているものの、有力な情報はまだ挙がってきてはいなかった。

ブリキ看板だらけの古ぼけたクリーニング店が目に入った。花柄のエプロンを着けた年かさの女が、カウンター越しに難しい顔で接客している。何気なく通り過ぎてから、岩楯は微かな引っかかりを覚えて歩調を緩めた。

少し先の交差点では、ターコイズブルーのリュックサックを背負った太った男が、信号無視をして堂々と道をわたっている。交通法規にはことさら厳しい鰐川が、舌打ちしながら追いかけようとした。しかし、岩楯は相棒を止めた。クリーニング店がやけに気にかかる。

踵を返して店先まで戻り、ガラス張りのドアから中を覗き込んだ。さっき見た女がひとりと、男性客がひとり。カウンターの奥では、頭にタオルを巻いた店主らしき男が、蒸気を噴き上げるアイロンと格闘していた。ハンガーがけされた衣類や、伝票が山と刺さった台。見た限り、これといったおかしさはないが、ある一点に視線が固定された。

「どうかしたんですか？」

鰐川が後ろから怪訝そうな声をかけてくる。

「金無垢《きんむく》の印章指輪なんて付けてんのは、ローマ法王かマフィアか魔法使いのどれかだと思わないか？」

2

間違いない。写真に写り込んでいた、元美容師であるみちるの恋人だ。

白髪混じりの髪には緩いウェーブがかかり、同じ色の髭が、口許から顎にかけてきれいに蓄えられている。浅黒い肌は色ツヤがよく、深刻な悩みのない生活ぶりが窺えた。彫りの深い顔立ちに、目尻の垂れた大きな目。イタリア人のようだという目撃情報は、すばらしく的を射ていたらしい。

優に十分は喋っていた男が出てきたところで、岩楯は近づいて声をかけた。スパイス系の香水の匂いが、むせ返るほどきつい。

「すみません。警察の者ですが」

手帳を提示すると、男は驚いた面持ちで二人の刑事に目を走らせた。そして、不必要なほど時間をかけて手帳を見つめてから、突然しゅんとして弱々しく微笑んだ。

「ある意味、ちょうどよかったかもしれない。今から警察へ行こうと思っていたんです」

「それはよかった。ぜひ、お話を聞かせてください。向こうに車が駐めてあるんで」

男はしんみりとした様子で頷き、岩楯の前をうつむきがちに歩きはじめた。

麻混らしいアイボリーのジャケットに、赤いチェック柄のシャツを嫌味なく着こなしている。ロマンスグレーの甘いマスクか……。岩楯は頭の先から爪先までを、何度も目で往復した。なるほど、女が放っておかない男の括りでは、じゅうぶんに合格点かもしれない。

数メートル先に駐めておいたアコードの後部座席に彼を乗せ、岩楯は長靴を履き替えて隣に収まった。運転席に鰐川が乗り込んでから質問を始めようと横を向いたとき、男がさめざめと泣いているのを見て面食らった。

「み、みちるが死んだというのは、本当なんでしょうか？」

声を詰まらせた男は、泣き濡れた大きな目を岩楯と合わせた。

「れ、連絡が取れないから心配になってきてみたんです。そしたら、アパートが焼けているのが見えて……」

「失礼ですが、あなたは？」

「わたしは國居《くにい》光輝《みつてる》と申します。みちるの親友なんです」

「親友ね、そうですか。まずは身分証を見せていただけますか？」

國居は、涙をぬぐいながら首を横に振った。

「申し訳ありませんが、そういうものは持ち歩かない質《たち》でして」

「なるほど。でも、あそこの歩道に乗り上げて駐めてある真っ赤なＢＭＷ。あれは、あなたの車じゃないんですかね」

岩楯は五十メートルほど先の歩道を指差し、男のベルトループに引っかけてあるヴィトンのキーリングをじっと見据えた。形の異なる鍵が四本と、ＢＭＷのリモコンキーがぶら下がっている。彼は一瞬だけ険しい真顔になったが、すぐに泣き笑いの表情に戻した。

「ああ、そうだ。すみません、滅多に車には乗らないもので、免許証をもってきたことを忘れてました」

國居は、尻ポケットからモノグラムの長財布を引き抜き、免許証をわたして寄こした。國居光輝、四十八歳。自宅は目黒《めぐろ》区の祐天寺《ゆうてんじ》で、集合住宅の二階らしい。

「勤務先は？」

「お恥ずかしい話なんですが、リストラに遭いまして、今は就職活動中なんですよ」

そうですか、と鰐川に免許証をわたしたとき、國居がまた震える声を押し出した。

「刑事さん、みちるは死んだんですか？」

「残念ですが、亡くなったのは乙部みちるさんに間違いありません」

「う、うそだろう……」

彼は声を上ずらせ、全身をわななかせて拳を握りしめた。

「なんでこんなことになったんだ、なんで……」

歯を喰いしばって掠れ声をしぼり出している。が、劇的効果を狙っているようにしか見えなかった。いつもの自分ならともかく、巨大グモに生気を吸い取られた今は、そんな茶番に付き合ってやれる気分ではない。岩楯は、國居の涙を待たずに質問を続けた。

「乙部さんと連絡が取れなくなったのは、いつからですか？」

窓の外を見つめて涙を流そうと苦心していた國居だったが、それには時間がかかると思ったようで、あっさりと方向性を変えた。

「もう二週間は経つかもしれません」とおごそかな調子で答えた。「一週間以上、連絡が取れないことなんて今までになかったんです。とにかく嫌な予感がして、ここにきたら焦げ臭くて、アパートが骨組みだけになっているのが見えて。と、とても上まで行くことができなかったんです。怖くて」

「それで、クリーニング店で訊いてみたと」

「はい。彼女がよく利用していた店なんです。そしたら、し、焼死したのはみちるらしいと……」

彼は話しながら気分を盛り上げ、二重の垂れ目から大粒の涙をこぼすことに成功した。

「乙部さんは、十月五日から一週間の休暇を取っていたんですが、それはご存知でしたかね？」

「休暇？　いえ、それは初めて聞きました」

「旅行へ行く話なんかは？」

「まったく聞いていません」

「一週間と置かずに連絡を取り合う仲なのに、それはおかしな話ですね」

「本当ですね、僕に言わなかったなんておかしいな。でも、なんでだろう……」

当てこすりや皮肉は、さらりと聞き流せる質らしい。國居はポケットからハンカチを出して目に押しつけ、なんとも解《げ》せないという無邪気な表情をつくった。そして上目遣いに岩楯を盗み見、ためらいながら口を開いた。

「あの、すみません。質問してもよろしいですか？」

「どうぞ、なんなりと」

「刑事さんはさっき、わたしが店から出てくるのを待っていたじゃないですか？」

「ええ。それが何か」

「ええと、へんな質問なんですが、どうしてわたしを待っていたんです？　彼女とわたしの関係を、すでにご存知だったように見えたので」

それは不思議に思うだろう。みちるには徹底して身元を隠していただろうし、一緒に写真に収まるようなヘマもしていないのだから。

岩楯は少し考え、演技過多な男にかまをかけてみることにした。

「乙部さんの職場の同僚からの情報ですよ。聞いていた人相風体が似ていたし、名前も同じだったんでね」

「名前が同じですって?」

國居は心底びっくりしたように声を裏返してから、あたふたとして、すみませんと語尾をかき消した。予測はできたが、みちるには偽名を教えていたらしい。カウンセラーの薫子の読みは正しく、どうしようもない男に引っかかったのだ。

鰐川は鋭い視線で國居の内面を窺いながら、言葉を逐一ノートに書き取っていた。

「乙部さんとの出会いについて聞かせてもらえますか?」

「彼女との出会いは偶然でした。いや、必然と言ったほうがいいかもしれないな。とにかく魂が呼び合うみたいな感じで、強烈に引き合ったんですよ。まるで磁石だ」

「なかなかロマンチックだが、そういう恋愛小説みたいな語りが、この後も長く続きそうだったら教えてください。必要なところだけ聞くようにしますんで」

國居はむっとして咳払いをした。

「せっかちな性格なもんでね。甘ったるい描写は抜きで、『端的に詳しく』お願いしますよ」

「二人の関係については、個人的なことだと思うんです」

「もちろん、そうでしょうね。でも、個人的なことを訊くのが我々の仕事なんですよ」

ぴしゃりと返すと、國居は口ごもって額の汗をハンカチでぬぐった。事実を語ったほうが得かどうか、考える時間を稼ぎ出そうと必死だ。けれども岩楯は、はなから与える気がなかった。

「まずは、どこで出会ったのか教えてください」

「イ、インターネットのチャットで知り合って、意気投合したんです」

「いわゆる出会い系ってやつで？」

「これは真面目なサイトで、刑事さんが思ってるような、いかがわしいとこではありませんよ。何度かメールして実際に会ってみたら、お互いにひと目で惹かれてしまって」

「それはいつですか？　初めて会ったのはですが」

「三年前です」と國居は指折り数えながら答えた。これはうそ。みちるが激変してから一年も経っていないし、彼女が薫子に打ち明けていた内容とも異なっている。

「あなたは元美容師で、乙部さんの髪を切ってあげたということですが」

「ええと、いいえ。そんなことはありませんでしたよ。そもそも、わたしが美容師をしていたことはありませんから。それはどこからの情報です？」

國居はわざとらしく驚いて見せ、顔の前でぶんぶんと手を振った。これもうそだろう。いや、職歴は調べられればすぐにバレることを見越して、この男はある意味真実を語っている。元美容師ではないが、髪を切ったのは事実といったところだろうか。

「結婚の約束なんかは？」

「いえ、そこまでは考えていませんでした。なんせ親友だったんです。でも彼女のことが好きだったし、もしかしてそうなったかもしれません」

「体の関係は？」

「親友と寝るわけがないでしょう」と國居は用意していたらしい言葉を吐き出した。

「そうですか。乙部さんから、悩みなんかは聞いていませんでしたか？　誰かと揉めているとか、身の危険を感じるとか」

「クリニックの院長と、そりが合わないとは言っていましたが、揉めているとかそういう話は聞いていませんね……」

そう答えた國居は、何かに気がついたというように目を大きく見開いた。突如としてわなわなと唇を震わせている驚きの演技は、大型スクリーンにもじゅうぶんに堪えられそうだった。

「ちょっと待ってください。刑事さん、なんでそんなことを訊くんですか？　まさかみちるは、こ、殺されたんですか？」

否定も肯定もしない無表情の岩楯を見てから、鰐川に救いを求めるような顔を向け、ふたたびこちらに視線が返された。顔を赤くした國居は、ばしんと膝を叩いて声を荒らげた。

「彼女は殺されたんですね！　そうなんですね！　なんてことだ、ちくしょう！　いろんな夢をもってたのに！　これからだっていうのに！　どこのどいつがやったんだ！」

ちくしょう、と叫んで何度も膝を叩いた男は、両手で顔を覆ってむせびながら泣いた。打ちひしがれ、指の隙間からは大粒の涙が次々に流れてくる。

なんの前情報もなければ、突然恋人を失った國居を気の毒に思って同情したかもしれない。そのぐらい、真に迫る泣ける演技だった。けれども、この男はうそにまみれすぎている。素早く損得を勘定し、状況に合わせて最善のうそを捻《ひね》り出す能力に長けていた。優しげな目の奥では小狡さが蠢いているし、内側を厳重に固めて心というものを簡単には見せない。

この男は人殺しだろうか。岩楯は、時間をかけて男の横顔を窺った。泣きの演技に入り込んでいる彼は、どこかうっとりと陶酔している。みちるを殺したのが本当にこの男なら、素直に出頭することはないだろうと思う。なんとかして逃げ果《おお》せようとするはずだ。だとすれば、なぜこの時期に現場へ戻ったのだろうか。

うなだれて泣き続けている國居に、岩楯は抑揚のない声で質問を続けた。

「國居さん、十月十一日の深夜から朝方にかけて、あなたがどこにいたか教えてほしいんですが」

男はのろのろと顔を上げて、真っ赤に充血した目に怒りをたぎらせた。

「待ってくれ。まさか警察は、わたしを疑ってるんですか？」

「確認事項として訊いてるだけですよ」

國居はごくりと喉を鳴らし、憤って唇を歪めた。

「僕がみちるを殺すわけがない！　見当違いもいいところです！　本当に冗談じゃない！　いい加減にしてくれよ！」

「悪いが、見当違いかどうかを判断するのは我々の役目なんですよ。十一日の深夜、あなたはどこにいたんです？」

「そんなの、自宅に決まってるでしょう」

「それを証言してくれる人は？」

「いませんよ！」と彼は力み、頭をがりがりとかきむしった。「ひとり暮らしの人間は、警察にとって格好の容疑者というわけですか！　まったく、信じられない。警察というのは、いわば被害者の身内にまで尋問めいたことをするのか。傷ついている人間に対してひどいことだ！　そんなことをして……」

國居がやかましく弾劾《だんがい》演説を続けようとしたとき、唸るようなバイブ音が聞こえて一同は動きを止めた。彼は素早く内ポケットに手を突っ込んで着信を確認し、携帯電話の電源を落としている。それを見た岩楯は、いたって愛想のいい笑みを浮かべた。

「おや？　ケータイは苦手で持たないいんじゃなかったんですか？　乙部さんにはそう言っていたらしいですが」

「いや、これは会社の電話で……」とのせられて言ってしまった國居ははっとしたが、岩楯は間髪を入れずに追及を続けた。

「会社の電話？　今さっきリストラの話を聞いたと思ったが、いったいどういうわけなんだか」

「ええと、それは……そうです。さっきお話しした通りです。言い間違えました。とにかく動揺してるんですよ、ちょっと頭がまわらない。なのに刑事さんが、わあわあと煽るようなことを言うから」

「それは、それは、申し訳ないことをしましたね」

忙しく汗をぬぐう國居は、落ち着こうと必死だった。うそつきのカンとキレを取り戻そうとしているのだろうが、そうさせるつもりはない。この手の人間は徹底的に追い詰めるべし。

「彼女とは、もしかして公衆電話で連絡を取り合っていませんでしたかね？」

「公衆電話？」と男は微かに反応してから首を横に振った。「そんなことはなかったですね。そもそも、連絡をするのはいつも僕でしたし」

「そうですか。國居さん、リストラされて就活中のあなたは、今どうやって暮らしてるんです？」

「どうやってって、貯金をとり崩しながら、節約しながら、倹《つま》しく暮らしてるに決まってるでしょう」

「ほう。でもあなたは、七百万以上はする新車のクーペに乗って、百万はくだらないオメガの時計を着けている。とても倹しくは見えませんが、これは、わたしみたいな貧乏人の考える価値観ですかね。金にはまったく縁がないもんで」

「……さあ。そんなことはわかりませんよ。それに、車はもう売ろうと思っていたところです。刑事さんがおっしゃるように、維持費がかかりすぎるので」

都合のいいことばかり言いやがって。岩楯は鼻白んだ。この男はプロだ。まあ、女のヒモになろうがなんだろうが知ったことではないが、みちるに見抜かれて口論のすえに殺害、ということはじゅうぶんにあり得る話だった。

ともかく、と岩楯は隣を見据えた。

「署へご同行を願いますよ」

「え？　もうお話しできることはありません。まさか、強制ですか？」

「もちろん任意ですが、拒否はしないほうがあなたのためだと思いますね」

有無を言わさない口調にたじろぎはしたものの、國居は、また新たなうそを画策しているような、落ち着きのない光を目に宿していた。

西高島平署でロマンスグレーを捜査員に引きわたし、岩楯と鰐川は着替えてから再びアコードに乗り込んだ。午後二時をまわっている。

昼食を摂るため、相棒おすすめの中華料理店に入ったはいいが、いかにも衛生状態に問題がありそうな狭苦しい店だった。コンクリートが打ちっぱなしの床は油じみてべたついているし、ビニール張りの椅子は破れてスポンジが飛び出している。客商売をする気がないのは、店主の仏頂面を見ても明らかだ。けれども、五卓の席とカウンターはほとんどが埋まっていた。

「昼時は並んでて入れないんですよ。こんなにすいてるのは珍しいです」

「実に楽しみだよ」

なんの期待もなしにラーメンと半炒飯を頼んだが、店の汚さを忘れさせるにはじゅうぶんなうまさだった。魚介らしい出汁《だし》は濃厚なのにしつこくないし、自分の好みにぴたりと合っている。惜しげもなく並んでいる厚切りのチャーシューは、どこか懐かしい甘い味がした。岩楯は、湯気の立つスープを何度も口に運んだ。これは確かに、通い詰めたくなる味かもしれない。

感心しきりで、五分もかけずにすべてをたいらげたとき、鰐川がスマートフォンを操作して目を輝かせた。

「昨日、法医昆虫学を調べてみたんです。ハワイでの事件ですが、サトウキビ畑で腐乱死体が発見されて、回収された虫の中に『シリアカイエバエ』のウジがいたんです。この虫は都市部に生息する種で、しかもほかのウジより大きかった。そこから法医昆虫学者は、市街地で殺して畑に捨てたと踏んだわけです。殺害場所と、死亡推定時刻の両方を割り出した。たったウジ一匹からですよ、すごいことです」

「ラーメンをすすりながらする話ではないな」

まだ続けようとする鰐川の携帯電話が鳴り出して、彼は意気揚々と席を立った。しばらくしてから戻った彼は、いつものノートをテーブルに滑らせた。

「岩楯主任の言った通りでしたよ」

鰐川は声のトーンを落としている。

「國居光輝の乗っていたＢＭＷ３３５１クーぺ。ナンバー登録者は別人です」

「だろうと思ったよ」

岩楯はコップの水を飲み干し、ノートに目を落とした。五反田《ごたんだ》の住所と、女の名前が書かれている。高梨亜美《たかなしあみ》。年齢は二十九歳で、購入は去年の八月だ。

「それにしても、どうやったら二十九の女に大金を貢がせられるんですかね。多少顔がいいとはいえ、四十代後半の無職男ですよ？」

鰐川の声には、非難とわずかな羨望が籠められている。

「まあ、待て。そう悔しがるな。あの甘ったるい顔が、母性本能でもくすぐるんだろう。あとは、國居の涙ぐましい努力だな。物腰が柔らかくて何も否定しない男ってのはは、いくつになってもモテるんだよ。要は、まるっきり相手に興味がないんだが、女はそれを優しさとか包容力と勘違いするわけだ」

「なんだか妙に説得力がありますね」

「その真逆にいるのが俺だからな」

すでに食後の飴玉で頬を膨らませている相棒は、まじまじと岩楯の顔を眺めたすえに、なるほど納得です、と馬鹿正直に答えた。

会計を済ませて車に乗り込み、エンジンをかけてすぐに発進した。

「BMWの所有者は自宅にいますかね？」

「たぶんな。さっき國居にかかってきた電話がそれだ。女の名前が表示されてんのを見た。もちろん、おまえさんも確認しただろ？」

「はい、すべてに注意を向けるのは、捜査の基本ですからね」

「よし、褒美の飴玉をくれてやる。それに、七百万以上の車をぽんと買える二十九の女は、金持ちの娘か天才的な実業家、水商売のどれかだろうな。俺は最後を推すが」

聴取が終わった國居に電話でもされれば、うそを吹き込まれて口裏を合わせかねなかった。とにかく、今の時点でなんの情報ももたない女の話が聞きたい。

「あの男のキーホルダーには、鍵が四つぶら下がってただろ。一個は自宅で、ほかの三個はおそらく女だよ。今から行く五反田と、みちるのアパートの鍵。で、さらにその女の家の鍵だ」

「ある意味、器用な男ですね。よくバレないもんだ」

「プロなら、それぐらい軽くやってもらわないと困る」

混んでいる首都高を抜けるのに、四十分ほどかかった。五反田駅の東側は、企業のビルが並んで車通りも多かったが、道を一本入っただけで静かな住宅街に変わる。世帯数の少ない、単身者向けらしい建物が細々と建ち、ＢＭＷの持ち主のマンションもそれに違《たが》わなかった。

いささか赤すぎるレンガを模したマンションは、エントランスのアーチに干涸びたバラの枝が絡みついていた。生け垣のニオイヒバは暗緑色の葉を繁らせ、全体を陰気くさく見せるのに一役買っている。

岩楯は、いつもの癖で植え込みの奥深くにまで目を走らせた。こんな場所には、間違いなくクモの巣がびっしりと張られているはずだ。しかし、赤堀の忠告を思い出してすぐにやめた。大型のクモがいそうな場所には近づかない、探さない、気配を感じようとしない。まずはこれに徹することにしよう。

エントランスをくぐったすぐ先には、オートロックのインターホンがある。鰐川がノートを確認して部屋番号を打ち込むと、数回の呼び出し音のあとに応答があった。

「西高島平署の鰐川と申しますが、高梨亜美さんですか？」

「は？　西高島平署？　もしかして警察？」

はい、と答えた鰐川は、モニターカメラに向かって手帳を提示した。朝からずっとヘルメットをかぶっていたせいで、薄い前髪がぺたりと貼りついて気の毒なほど寂しげになっている。

「所有されている車の件で、ちょっとお話を聞かせてください」

「車がどうしたの？」

「直接お話しします。すみませんが、下のオートロックを開けていただけますか？」

鰐川が、丁寧だが有無を言わさない口調で話すと、短い間があいて目の前のガラスドアが開かれた。建物内は、ひんやりとした空気が淀んでいて薄暗い。二人は脇にある階段を上り、二階のいちばん手前にある部屋の呼び鈴を押した。

おっとりと顔を出した女は、そばかすの散った地味な顔立ちをしていた。眉がほとんどなく、顔はむくんでいて目は腫れぼったい。深酒した翌日にしか見えないが、おそらく、化粧で劇的に変わるタイプの女だと岩楯は思った。すさんだなかにも、艶《つや》らしき欠片が転がっている。それに、着古したよれよれの部屋着姿が、妙になまめかしかった。

　亜美は、煙草臭い長い髪をバレッタで留めつけながら、岩楯と鰐川に抜け目なく視線を走らせた。

「突然ですみませんね。ちょっとお話を聞かせてください」

　岩楯があらためて手帳を開くと、彼女はスリットのような細い目をいっそう細めて、にんまりと笑った。

「あたしさ、こういう場面にちょっと憧れてたんだよね。いきなり刑事が訪ねてくるみたいな。ナマの警察手帳ってずっと見てみたかったんだけど、ドラマとほとんどおんなじじゃん。ちょっとがっかり」

「そりゃ、期待に添えなくて申し訳なかったね」

「でも、刑事さんはテレビよりもずっとリアルだよ。あ、当たり前か」

　彼女は体を仰《の》け反《ぞ》らせ、豊かな胸を抱え上げるようにしてけらけらと笑った。見るからに大げさだし、目の奥は冷たくて硬い。警察がいきなり訪ねてきた理由を、めまぐるしく考えているのが手に取るようにわかる。こういう女は、のらりくらりと本筋をかわしてくるはずだった。

「それで、あたしの車がどうかした？」

「その件なんですが、國居光輝という男をご存知ですか？」

「國居？」

亜美は小首を傾げて頭をこんこんと叩き、厚めの唇をすぼませた。

「その名前はちょっと出てこないなあ。もしかして、あたしの客？」

「きみの職業は？」

「フーゾク」

彼女は、ピンク色に塗られた長い爪に目を落としながら答えた。そのときの顔に一瞬だけ影が差したが、慣れた感じで消し去っているのが痛々しい。鰐川に目配せをすると、スマートフォンを操作してわたして寄こした。

「じゃあ、この男は知ってるかい？」

鰐川が、クリーニング店の前で撮った写真は鮮明だ。彼女は画面を覗き込んでぱちぱちとまばたきをし、びっくりして目を丸くした。

「これ、マサくんだ」

「ほう、マサくんね」

「あたしのカレシで村沢正行《むらさわまさゆき》。ちょっと、カレがなんかやったの？　まさか、事故ったとか？」

思った通り、あの男はここでも名前を偽っている。女は警戒の色をにじませたが、心配のほうがはるかに上まわっていた。もともと血色の悪かった顔がますます蒼くなり、唇を微かに震わせている。それを見て、岩楯はますます彼女がかわいそうになったし、國居への苛立ちが募った。

「ねえ、事故ったの？」

興奮すると東北訛《なま》りが顔を出す彼女に、岩楯はいいやと首を横に振った。

「なんだ……」と彼女はほっとして息を吐き出し、ふいに挑戦的な目をして顔を上げた。「じゃあ、刑事さんはいったい何が聞きたいわけ？　仕事の用意があるし、あたしだって暇じゃないの。つうか、カレがなんかやったんならさっさと教えてよ。まわりくどくてムカつくんだけど」

「残念ながら、きみが言うようにくどい性格でね。で、彼氏と付き合いはじめたのはいつだい？」

「は？　なにそれ。なんでそんなことまで教えなきゃなんないの！」

「個人的な興味じゃないことだけは確かだよ」

彼女はむっとしてさらにくってかかろうとしたが、すぐに考え直したようで、胸に手を当てて何度か深呼吸をした。

「オーケー、わかった。そういうねちっこい性格なら、反抗してもしょうがないってことだよね。むしろ、ドSの刑事を喜ばせるだけだもん」

「バレたらしいな、残念だ」

「じゃ、今から白状します。付き合いはじめたのは去年のクリスマスね。会えば必ずセックスするし、キスは数え切れないほどしまくってる。それで、ほかには何が知りたい？　体位とかエッチする場所とか、もっときわどいことも教えてあげられるけど」

「まずは刺激が少ないとこからお願いするよ。純情な若手刑事もいるんでね。きわどい話は、個人的にメールでももらおうか」

亜美は、鰐川がきちんと書いたかどうかを伸び上がって確認し、満足そうに微笑んだ。

「今は、同棲中というわけかい？」

岩楯はドアの隙間から部屋の中を窺った。玄関には、男もののスニーカーが二足ほど並んでいる。

「半同棲ってやつ。月の半分は、実家にカレが帰んなきゃならないから」

「なぜ？」

「お母さんが病気なの」

「なるほど。失礼を承知で訊くが、きみはかなり金銭的な援助をしてるよな？　車も名義こそきみだが、実質的には、ほとんど彼が使ってると思うんだよ。そのほかにも、いろいろとありそうだし」

「だからなに？　援助ってなんかの犯罪なわけ？」

「まあ、こっちのほうは個人的な興味だな。五十近い男が、二十代の女に金を工面してもらうのはどういうわけだろうと」

彼女は頬を膨らませてむくれ顔をしていたが、何を思ったのか、突然愛想のいい笑みに変えた。岩楯を上目遣いに覗き込んでくる。

「じゃあ、刑事さんの興味を満たしてあげようかなあ。彼はね、友達の借金を肩代わりしてんのよ。つまり、保証人てわけ。その友達はトンズラしちゃって、たったひとりで何千万も返す羽目になった。とばっちりもいいとこでしょ？」

「そりゃ大変だ。ちなみに、彼の仕事は？」

「なんと、映画監督！　インディーズだから、ほとんど儲けなんてないけどね。でも、絶対に世に出ると思う。なんていうか、すごく切ない映画を撮るんだあ。あたしもそのうち出るんだけどさ、女優デビューすんの」

「ある意味、援助は投資みたいなもんだな」

「そういうこと」と亜美はウィンクをした。

おおかた、無名の映画監督でも調べ上げて名前を使っているのだろう。それにしても、ここまでのうそ八百を、真に受ける女がいることに驚く。なかば呆れはしたものの、すぐにその考えを取り下げた。それだけ國居にはぬかりがないのかもしれない。超現実主義者に見えるみちるでさえ、疑いもしなかったのだから。

「だいたいわかりましたよ。最後にもうひとつ。今週の木曜、十一日の夜から朝にかけてなんだが、映画監督の彼がどこにいたのかわかるかな?」

「ははあ、なるほど。そういうことね。マサくんになんかの容疑がかかってるわけだ。違う?」

「そこらへんは、ご想像におまかせするよ」

「じゃあ、あたしがアリバイを証言してあげよう!」

亜美は腰に両手を当てて、小生意気な感じで顎を上げた。

「なんと、あたしと旅行に行ってたんだな。十一日から二泊ね」

「場所は?」

「京都」

これが事実なら、國居は放火に関与していないことになる。しかしそれならば、みずからさっさとアリバイを主張できたはずだった。亜美と一緒だったことを言いさえすればいいだけだ。複数の女を手玉に取っていることを隠すよりも、殺人容疑を晴らすほうが重要だろう。なのに國居は、いちばんに女との関係を隠すことを選んでいる。

気が動転していたからか？　いつもの癖で、咄嗟にうそが口をついて出た？　岩楯は國居の心情を推し量ってみたが、どうにも納得できなかった。彼には、女との関係を警察に隠さざるを得ない理由があると感じてしょうがない。そこに、みちるがどう絡んでくるのか……。検証を試みるには、圧倒的に材料が足りなかった。

引き揚げ際、岩楯はおせっかいのひとつでも焼こうかと思ったが、すんでのところでやめた。あんな男とは、さっさと別れたほうがいいと忠告したところでなんになる。亜美は馬鹿をよそおっているが、実際はそうでもない。だまされていることなど、とうの昔に知っている……という無機質な目をしていた。

3

國居光輝をひとまず泳がせる。

捜査会議で出された結論がこれだった。ただし、放火当日に京都にいたことが、殺人を犯していないという確証にはならない。みちるの死亡推定月日は未だ不明のままだし、複数犯なら、問題のほとんどがクリアできるからだ。

それに岩楯は、依然として同じところで腑に落ちないものを感じていた。殺人容疑をかけられれば、その嫌疑を晴らすために、なり振りなどかまっていられないはずだろう。アリバイ証明のために喜んで浮気を告白する者もいるし、同時刻に起こした窃盗など別の罪を自白する者もいるほどだ。けれども國居の場合、たかが女のヒモになって暮らしている事実を無駄に隠しすぎる。捜査陣はプライドの高さゆえと受け取っているようだが、岩楯にはそうは思えなかった。限りなくクロに近いねずみ色。いや、「クロ」の箱に入れておくべき男だ。簡単にマークからは外せない。

昨日より五度以上も気温が下がった今日は、十一月中ごろの陽気だとラジオがやかましく告げてきた。岩楯は忙しく動くワイパーを見つめ、漫然と煙草をふかしていた。雨の降りはじめは夜の予想だったのに、昼前には本降りに変わっている。この鬱陶しい空と同じで、岩楯の気持ちも鉛色に沈み込んでいた。

みちるがカウンセリングを担当していたのが十二人で、うち五人は二年以上も彼女のもとへ通い詰めている。患者らから話を聞くのは、本当に骨が折れた。できる限り衝撃を与えないように、過剰に言葉を選びながら、担当カウンセラーの死を伝えるのは不可能に近い。唯一、心の拠り所になっていた人間だ……岩楯は灰皿に吸い止しを捻じ込んだ。声を押し殺したすすり泣きが、いつまでも耳の奥にこびりついて離れない。最悪の訃報を誰かに伝える役目は、何度経験しても気が滅入るばかりだった。

「みちるは、思った以上に慕われていたみたいですね」

鰐川が、巧みに車線を変更しながら言った。雨が激しく、みなスピードを落としている。

「本部は、患者を捜査の中心に据えるかまえです」

「もちろん、そこは外せないだろう。それに、おまえさんが出したキーワードが正しかったな。プライド、熱心、自信、一生懸命。みちるは相馬カウンセラーが感じてた通りの人間だったらしい」

「でも、自分としては患者の中に、殺意を抱いていた者はいないような気がしたんです。岩楯主任はどう感じました?」

「そうだな……」

岩楯は、のろのろと前を走るワンボックスの尾灯を見つめた。患者たちはみな、みちるに話を聞いてもらえるだけでよかった、定期的に会えるだけでよかったと涙ながらに口にした。それが心の回復につながると考えていたのだろうし、みちるも適切なアドバイスをしていたのはわかる。

ただ……。岩楯は、むせび泣くクライアントの悲愴を何度となく思い返していた。あの悲しみようは、患者とカウンセラーという垣根を越えているような気はする。まるで、近しい家族の嘆きだと岩楯は思った。彼女たちの何かを妄信しているような目、一途さを通り越している崇拝にも似た目が、ある事件を彷彿とさせていた。

数年前、大規模な悪徳霊感商法で、修行と称した信者への虐待が発覚したことがあった。取り調べのなかで信者たちは、彼女らと似たような視線を投げかけてきたのをはっきりと覚えている。何を問うても、問題があるのはわたしのほうだと言い、話を聞いてもらえるだけで幸せなんだと真剣に語った。しまいには、自分のいたらなさと霊力のなさが、教団を窮地に追い込んでいると泣き出す始末。どうでもいい神託をもらうために何年も足しげく通い、大金を注ぎ込んで教祖の言葉を忠実に守る。あの熱に浮かされたような目が、みちるの受け持っていた患者たちにも仄見えていた。異常ではあるが、あのときと同じように、殺意の入り込む隙がないほどの妄信だった。

「鰐川、こないだおまえさんが言ってた『転移』ってやつは、洗脳に近いものなのか？」

相棒はちらりと岩楯を見やり、メタルフレームの眼鏡を押し上げた。

「洗脳と転移はまったく別のものです。いわゆる転移は、実際の人物像に患者の主観とか空想、感情を投影してしまうものですね。現実を歪めて見るから、カウンセラーに人間離れした人物を重ねてしまうというか」

「ということは、わざわざ歪めるのが洗脳ってわけだな」

「まあ、そうですね。根底からの洗脳は、薬物がなければ不可能だとは思いますが」

精神の話は、いつもすんなりと頭に入ってはこない。まわりくどくて大仰な哲学と同じで、明言を避ける言いまわしが岩楯にはじれったすぎた。

「なんか納得いかないような顔に見えますけど」

鰐川が、湿気でいつもより貼りついている前髪をかき上げながら言った。

「白黒はっきりしないたぐいの話は苦手なんだよ」

「まあ、精神というのは極めて曖昧なものですからね。明確な説明がつく分野ではないんです」

「あのなあ」と岩楯は、うんざりと吐き出した。「そういう、アホが好んで使うような決め台詞を振りまわすな。おまえさんは、なんでも小難しくものを言いすぎるんだよ。女にもそう言われないか？ 『いったい、宗吾さんは何が言いたいの？ はっきりしない人ね。わたしもう疲れたわ、あなたの気持ちがさっぱりわからない』。結果、ふられると。身に覚えがないとは言わせないぞ」

「さらっとひどいこと言いますね……」

「これが現実だ。いつかは自分を理解してくれる、理想の相手が現れるなんて思うなよ」

「なんだか、大切な夢の一部を、岩楯主任に踏みにじられた気分ですよ」

「それでいい、幻想は捨てろ。で、話を戻すぞ。結局のところ、人が日常的にやってることが転移なわけだろ？ 好意をもった誰かを、こんな人間だと想像する。こんな人間だったらいいなと思う。それが進んでいくと、どんどん好き勝手に理想へ近づけていって、いざ話してみたら全然違うから幻滅する」

前に割って入ろうとしたプリウスにクラクションを鳴らし、鰐川は運転手にひと睨みを投げてから口を開いた。

「岩楯主任が言ってるのは、日常的な勘違いの領域ですよ、転移とはほど遠い。医療現場の場合はもっと切実です。苦しんでいる自分を救ってくれる人たち、という根底がありますから、その期待度は半端じゃないはずです。好意じゃなくて、彼らにとっては実際にヒーローなんですよ」

岩楯はポケットからマルボロを取り出した。

「さっき聴取したみちるの患者だが、入れ込みすぎてるように感じてな」

「みちる本人が、わざわざ転移させているような節がありましたからね。自分の立場の重さを、ちょっと軽く考えていたと思います。でも、精神医療現場では、そんなに珍しいことじゃないんです」

異様にも感じる妄信っぷりは、簡単に説明がつく行動らしい。

それにしても、今回の事件は、すべてにおいてまとまりが悪いと感じる。死因、動機、人間関係、感情、行動、性質。これらがいまひとつ見えないうえに、放火、ウジの異常成長、現場から出た虫の欠片など、さらに、わけのわからない要素が加算されている。自分の中で細かく区分けしている棚には、何ひとつとして、すっきりと事実が収まってはいかなかった。唯一、あふれるようにいっぱいなのは、「未決」と書かれた大箱のみ。そんななかで注目株は、やはり國居だった。

雨粒が先ほどよりも大きくなり、フロントガラスに音を立ててぶつかってくる。成《なり》増《ます》を過ぎた辺りで、本格的な渋滞に巻き込まれてアコードは完全にストップした。土曜日の国道は、苛立ちを募らせた車の群れであふれ返っている。以前、みちるが勤めていた埼玉の病院まで、あと三十分はかかるかもしれない。

岩楯がパッケージから煙草を一本抜き出したとき、胸ポケットで携帯電話が振動した。登録されていない番号が表示されている。

通話ボタンを押して返事をすると、回線の向こう側ではっと息を呑む気配がした。

「あの、すみません。このお電話は、岩楯刑事さんでよろしいですか?」

緊張した女の掠れ声だ。

「ええ、岩楯で合ってますよ」

「わたしは先日お話をさせていただきました、佐伯クリニックの相馬薫子と申します」

「ああ、その節はどうも。どうかしましたか?」

岩楯は、ひどく消沈していたカウンセラーを思い浮かべ、出した煙草を箱に戻した。

「電話をしようかどうか迷ったんですが、乙部さんについて、少し思い出したことがあったので。あ、でも、たいしたことじゃないと思うんです」

「どんなことでも結構ですよ。それで、内容は」

携帯電話を顎で挟み、岩楯は手帳とペンを用意した。薫子は電話の向こうでふうっと息を吐き出し、ぼそぼそと喋りはじめた。

「乙部さんと話したことを、あれからずっと思い返してみたんです。この三年間、わたしたちは同じ臨床心理士として、何を話していたんだろうと思って。最近でこそ、彼女とは恋人の話題が中心になっていましたけど、初めはお互いの信念みたいな話が多かった」

相づちを打ちながら、岩楯はペンを走らせた。

「そんな話のなかで、わたしとしては詳しく聞きたかったけど、彼女が話したがらない内容があったんです」

「どんな内容です？」

「スクールカウンセリングなんですが」

薫子は、遠い昔を思い出すような、ゆっくりとした調子で言った。

「彼女が佐伯クリニックにくる前、埼玉の病院で働いていたんですよ」

「ええ、朝霞《あさか》にある病院ですね」

「はい。そこで、出向してスクールカウンセリングをしていたらしいんです。週に一日程度ですが、公立中学校を掛け持ちで」

これは初めての情報だった。

「隠すようなことには思えませんが、乙部みちるさんは、それを話したがらなかったと？」

「今になって思うと、そうだったのかもしれない。ほとんどがいじめ問題のカウンセリングだったと聞きましたけど、あまりいい思い出がないらしくて」

薫子は、ごくりと何かを飲み下すような音をさせた。

「スクールカウンセリングの制度自体、否定するようなことも言っていました。それがひどく思い詰めたような感じだったから、妙に気になって……」

「思い詰めたというのは、具体的にどんな？」

「スクールカウンセリングに対して、嫌悪というか、憎しみみたいなものもあったような気がしたんですよ」

「憎しみとは激しい感情ですね」

「ええ。でもこれは、わたしが思っただけなんです。彼女がそう言ったわけではないので。すみません、漠然としていて。こんな程度の話なんですよ」

「ちなみに、出向していた学校はわかりますか？」

「いいえ、そこまでは。でも、以前勤めていた病院で聞けばわかると思います」

そう答えて言葉を切った薫子は、しばらく考えるような間を置いて「あの」と続けた。「わたしは臨床心理士なのに、乙部さんの悩みには耳を傾けなかったんです。彼女も同じ立場だから大丈夫だろうって、理由もなく思ってしまった。でもきっと、誰よりも深刻な問題を抱えていたのかもしれない。もう少し親身になっていればよかった」

語尾が震え、洟《はな》をすすり上げる音が聞こえた。みちるの周りで、少なからず心が見えるのは彼女ぐらいかもしれない。薫子は、何度もお願いしますと繰り返して電話を切った。


そこは、ひどく古びた総合病院だった。遠目から見たときには、野ざらしになっている廃病院かと思ったほどだ。L字型の建物には均等に窓が並び、その枠に沿って雨だれ跡が不気味に染みついている。院内もすべてがくすみ、パネル張りの床は所々が欠けていた。通された診療室も、岩楯の予測を裏切らなかった。もとは白かったのであろう石膏《せっこう》壁が、茶色く薄汚れて垢《あか》光りしている。ちょうど、人が触れる位置だけ。

目に入るものすべてに、生気を奪うような仕掛けがしてあるのではないだろうか。空気には消毒液と病巣の臭いが染み込んでいた。

黄ばんだ白髪頭に、同じ色の髭を蓄えた神経科医師は、親指と人差し指をゆっくりと舐めて書類をめくった。青い血管がぼこぼこと浮き出している、節くれた根っこのような指だ。歳のころは五十代の後半で、むっつりと下がった口角が偏屈を表している。整理整頓が苦手らしく、机の周りには、付箋がびっしりと貼られた本や書類が積み上げられていた。

湯呑みに口をつけて喉を潤した医師は、咳払いをしてから顔を上げた。

「乙部さんが亡くなったなんて信じられん。しかも、殺されたとは……」

痰が絡んだようながらがら声で、医師はさっきと同じことをまた口にした。

「とんでもないことが起きたな」

「乙部さんは、こちらの病院に五年間、勤めていたと聞きましたが」

「そうですね。ちょうど五年。若いが、とにかく勉強熱心だった記憶がある」

渋い面持ちの医師は、ため息をついていっそう難しい顔をした。けれども、事件に興味を惹かれているのは明らかだった。ただの野次馬的な好奇心ではなく、医師として検体に魅せられたような目つきをしている。

「いったい彼女は、どんな死に方をしたんです？」

「殺害後に火災に巻き込まれています。詳細は捜査中ですよ」

彼は顎を引いて顔を歪め、なんてことだ、とつぶやきながら首を横に振った。

「犯罪なんかとは無縁の場所にいた人ですよ。ましてや殺人なんてとんでもない」

「まあ、犯罪者は、場所や人間を選ばないとも言えますから」

「そうだが、彼女は真面目で、若いのに浮ついたところがまったくないカウンセラーだった」

「先生個人としては、乙部さんにどんな印象をおもちでしたかね？」

「今話していることが、まさに印象だと思うんだがね」

医師は、皮肉めいた口調で苦笑した。

「わたしは、『本当のところ』をお伺いしたいんですよ」

岩楯は遠慮なく言った。どんなに悪党だったとしても、まずは、死者を悪く言わない慎《つつし》みが日本人の感性だ。遠まわしに思い出話を小突きまわしたすえに、実は……とようやく本音を語り出す。しかしこの男は、それがいかに無駄かということをわかっているだろう。日々の診察で、嫌というほど目にしているはずだった。

医師は白い口髭を引っぱり、ネクタイの結び目を確かめるように触った。品のある小紋柄で、お洒落には気を使っているらしい。

「本当のところね。まあ、ここで出し渋っても仕方ないか」

彼は、キャスターつきの椅子にもたれかかった。

「率直に言えば、人間的魅力に乏しかった。そんな印象はありましたね。表情があまりなくて、口数も少ない。だが、だからと言って冷たい人間ではなかったと思います」

「カウンセラーには珍しいタイプだと？」

「いや、そういうわけでもないですよ。過剰に愛想をふりまく人間のほうが、この業界には少ないものです。毅然とした態度で患者に接する必要がありますから。まあ、あまりとっつきやすい人間ではなかったのは事実ですね」

「問題行動とか言動なんかは？」

「この病院では、問題を起こしたことはありませんでしたよ」

色素の薄い目を細め、彼は続けた。

「駆け出しで入ってきたわけだし、個人というよりグループ治療に加わることがほとんどだった。臨床心理士の資格も、ここにいるときに取得しましたからね。ただ……」

「ただ？」

岩楯が先を促すと、医師は細い金縁の老眼鏡を外して顔をこすり上げた。

「彼女はここを辞めるとき、患者をそそのかしていきましたよ」

「そそのかす？　あまりいい言葉ではありませんが」

「そういう意味で使ったのでね」

医師は、にやりと笑って眼鏡をかけ直した。

「わたしにしてみれば、そそのかすという言葉が適当なんですよ。つまり、何人かの患者を引き抜いて辞めていったんです。ここにいては駄目だ、一緒に新しい病院へ移ろうと言ってね」

信者のような目をした患者の二人は、埼玉から佐伯クリニックまで通っていた。みちる自身がそれを働きかけたというわけだ。

岩楯は、頭の中に入っているみちるの性質を上書きした。患者を思う気持ちが強い反面、過信も強いと感じる。

「乙部さんは、なぜ五年も勤めた病院を辞めたんでしょう。何か揉めていたんですか？」

岩楯が質問を続けると、医師はゆっくりとかぶりを振った。

「揉めてはいませんよ。辞めた理由は当人しかわからないでしょうし」

「金銭的なことは？」

「ああ、金の問題はあるかもしれないな。臨床心理士というのは、資格更新制度もあって難易度が高いわりに、それだけで食っていくのが難しい職業ですから」

「それで、学校カウンセラーを掛け持ったと」

「学校カウンセラー？」と医師は問い返し、きょとんとしてから思いついたような顔をした。「ああ、なるほど、そうだった。そういえば、スクールカウンセリングをやっていたな。今の今まで忘れていましたよ。警察は、ずいぶん細かく調べたようだ」

「我々も思いがけずに情報を得たもので」

「まあ、金銭問題とスクールカウンセリングは関係ないですよ。ほとんどボランティアと一緒で、儲けなんてありませんからね」

「ということは、仕事と学校カウンセラーを掛け持つ理由は、使命感のみというわけですか」

そうなんでしょうね。医師がこっくりと頷いた。

「彼女が出向していた学校を教えてください」

「それは、教育委員会のほうに訊いてほしいがね。うちとは無関係なんだから」

医師は盛大にため息をつき、面倒を隠そうとはしなかった。しかし、書類で膨れ上がったファイルを引き抜き、老眼と戦いながら、時間をかけてその場所を探してくれた。メモ帳に抜き書きして机にぽんと置く。

「わたしは、当時の朝霞市の教育長と親戚関係でして、彼女の希望もあって紹介したんですよ。公立中学の二校に出向していました。ちょうどここを辞めた前年ですね。詳しくは先方から訊いてほしいが、まあ、いろいろあったみたいだな」

「わかりました。最後にもうひとつ。彼女が、患者から恨みを買っていたようなことはありませんでしたかね？　そういう気配も含めて」

「そうだなあ。百パーセントないとは言い切れませんが、そこまで密な関係になっていたクライアントはいなかったと思います。しいて言えば、引き抜いていった患者ぐらいでしょう」

「やっぱりそこですか」

「ともかく、電話でのご要望通り、乙部さんがかかわった患者のリストはおわたししします。ただ、直接連絡を取るようなときは、あらかじめわたしに知らせていただきたい。患者へ説明する必要がありますから」

岩楯は受け取ったメモと書類を鰐川にわたし、丸椅子から立ち上がった。

「先生、今日はどうもありがとうございました」

二人の刑事が会釈をすると、医師も立ち上がって何かを考えるように小首を傾げた。

「思えば、ここを辞めたのは、学校カウンセリングを辞めた直後だったな……」

「学校のほうも、突然辞めたと？」

「いや、学校は契約切れです。一年間の期限だったが、この病院の退職はとにかく急だった。理由も体調不良と言い切っていたしね」

医師の腑に落ちなさを頭に書き留め、岩楯は、再度礼を述べてから診察室を後にした。すぐそこにある朝霞桜坂《さくらざか》中学校でも話を聞きたいところだが、出直しが必要だろう。正式な手続きを踏んで教育委員会を通さなければ、現場の教師はひと言も喋れない。

正面玄関を出て雨の中を小走りし、二人はアコードに乗り込んだ。

4

朝霞桜坂中学校は、なかなか自由な校風らしい。

岩楯は、窓から見える校庭に目をやった。野球やサッカー、テニスなどの運動部員が声を張り上げているが、とてもスポーツをやるような汗臭い見た目ではなかった。長髪でひょろりと痩せた子どもが多く、髪の色もまちまちだ。洒落っ気づいてユニフォームを着流している者もいれば、私服にしか見えないなりの子どもまでいる。顧問は終始笑顔を絶やさず、自分たちのころのように、竹刀《しない》片手に怒鳴り散らす教師は見当たらなかった。

こんな光景を見ると、文句のひとつも言ってやりたくなる。だから根性のない腑抜けに育つんだとか、本当にこれが個性の尊重なのかとか、教師なら親の顔色を窺うんじゃないとか。けれども岩楯は、いつもこう思ってやり過ごすことにしている。時代が違う。自分は歳をとったのだ。

昨日の大雨はすっかり上がり、陽射しを含んだ水たまりが、きらきらとさざめいている。眩しさに目を細めたとき、こもった太い声が耳に入った。相手が話し出すまで、十分以上はかかったかもしれない。

「ほ、本当に、なんて言ったらいいのかわかりません」

年かさの女は口許を手で覆っている。紺色のニットワンピースに包まれたふくよかな体を、ぶるっと何度か波打たせた。

岩楯と鰐川の向かい側には、大理石のローテーブルを隔てて、校長と養護教諭が並んで腰かけている。二人が身じろぎをするたび革張りのソファがこすれ、呻き声のような音を立てていた。

「この学校で乙部さんを知っているのは、今はわたしたちだけなんです」

養護教諭とは対照的な体格である小柄な校長が、おごそかな調子で口を開いた。ペイズリー柄のハンカチを、ぎゅっと握りしめている。

「たった一年でしたが、とても熱心に生徒たちに接してくれました。本当に信じられません、彼女が殺されたなんて……ひどすぎる」

「ええと、四年前、二〇〇八年度の学校カウンセラーですね？」

「そうです。週一日だけの出向でしたが、真面目な方だったと記憶しています」

「校長先生の目から見て、真面目で熱心以外に、何か気づかれたことはありませんかね。仕事上でも仕事外でも、見た目でも噂でもなんでもかまわないんですが」

岩楯は茶碗を取り上げ、黄色っぽいお茶に口をつけた。ぬるいうえに薄く、煎茶の風味よりもカルキ臭さのほうがまさっている。もうひと口を含んで茶托に戻すと、入れ替わりに校長が湯呑みへ手を伸ばした。刑事たちの訪問にとまどいを隠せず、先ほどから落ち着きというものがない。派手に喉を鳴らして一気に飲み干し、くしゃくしやのハンカチを秀でた額に押しつけた。

「正直、何かを言えるほどの交流はなかったんです。一週間にたった一日だけきて、相談室へ詰めている時間がほとんどなので」

「職員室にも顔を出さないと」

「いえ、生徒との面談後には、内容を報告するために、わたしのところへ必ず寄っていました」

「内容というのは、生徒たちの相談内容ですか？」

「違います、違います」

校長は、慌てて顔の前で手を大きく振った。

「生徒たちのプライバシーは完全に守られますよ。ただ、どの生徒がカウンセリングを利用したかは把握する必要がありますので、その報告のみを受けていました」

「ちなみに、乙部さんがいたときは、何人ぐらいの生徒が利用したんです？」

校長はファイルの資料に目を落とし、十六人ですねと答えた。

「素朴な疑問なんですが、生徒がした相談内容がわからなければ、学校としてなんの対処もできないわけですよね？　たとえばいじめ問題なんかは特に」

「もちろん、深刻な場合はカウンセラーからの報告はあります。ただ、生徒の思い込みとか過剰反応という場合もあるし、家庭の問題も大きい。相談しているうちに被害者意識が膨らんできて、ちょっとのことでもいじめにつなげてしまうこともありますからね。思春期とはそういうものなんです」

「なるほど」

まるで申し開きの会見のようだ。たびたび汗をぬぐう校長は、典型的な役人思考の持ち主らしい。何が起きても、学校側はいじめを把握していなかった、と断固として言い切るのだろう。昨日、今日の聴取で唯一はっきりしたのは、みちるがこの手の人間とは合わないということだった。むしろ、真っ向から否定してかかるのではないだろうか。

岩楯は、からっぽの湯呑みに口をつけている校長と目を合わせた。

「乙部さんは仕事の同僚に、スクールカウンセリングにはいい思い出がない、というようなことを打ち明けていたらしいんですが、そのへんはどう思われますか？」

「ええ？　そんなことを言ったんですか？　彼女はどうしたんだろう、わたしはちょっとわかりかねますが」

「では、この学校で問題を起こしたようなことは？」

何かがあったのは明らかだし、全力で隠しにかかっているのもわかる。校長は顔こそ無表情を貼りつけているが、きょときょとと動く目や落ち着きのない手許が、挙動不審者そのものだった。

校長は咳払いをし、落ち着きをよそおった声で、なんの問題もありませんでしたと言い切った。しかしそのとき、隣で沈黙を強いられていた養護教諭が声を震わせた。

「校長先生」

彼女は胸に手を当て、音を立てて大きく息を吸い込んだ。

「乙部さんは亡くなったんです。こ、殺されたんですよ？」

「ちょっと先生、どうしたんですか？　彼女が犯罪の被害者になってしまったことは、さっき聞きましたよ」

「そういう意味じゃありません。犯人だってまだ捕まっていない。何が事件に関係しているのかわからないんだから、あったことはすべてお話しするべきだと思うんです」

「な、何を言うんだ！」とびっくりして声を裏返した校長を遮り、岩楯は彼女に話を促した。

「あったこととはなんでしょう？　そこらへん、詳しくお願いします」

「はい。乙部さんは、こういう学校の体質そのものに業を煮やしていたんです。子どもたちが勇気を出して彼女に相談しにいっても、教師や学校と連携を取らなければ問題は解決しません。ただ個人面接をするのが、カウンセラーの仕事ではないと言っていました」

「正論ですね」

「ええ、わたしもその通りだと思うんです。でも、学校にしてみれば、乙部さんは所詮、よそ者でしかなかったんですよ」

ちょっと、先生、と校長が身を乗り出してたしなめたが、興奮した彼女は糾弾《きゅうだん》をやめなかった。

「いじめで悩む生徒がいれば、いじめている生徒や担任、保護者なんかも交えて話し合わないと、根本的な問題解決にはなりません。でも、言ってしまえば学校は協力しなかったんですよ。そもそもいじめを認めない体質がある」

「そんなことはないですよ」と校長が口を挟んだ。

「いいえ、そうです。そして、面倒なことを言うやつだと、乙部さんを厄介者にしていました。話を大きくしていると決めつけていたし、若いというだけで無能だと切り捨てた。乙部さんが校長先生に相談にいったのだって、一度や二度じゃないはずです。わたしも相談を受けました。彼女は、なんとかして学校の協力を取りつけようと必死だったのに、わたしたちは一年間の任期が切れるのを、ただじっと待っていただけなんですよ」

　一気に話した養護教諭は、目にいっぱいの涙をためて、はあはあと肩を上下させていた。校長はむっつりと押し黙り、テーブルの一点を凝視している。

　この話が直接殺人に絡んでいるかどうかはわからないが、みちるはどんな局面でも信念をもって仕事に打ち込んでいたと言える。いささか乱暴すぎるほどまっすぐだ。ゆえに方々に敵をつくるし、深刻な恨みを買ってもおかしくはないと思えた。

　岩楯は次の質問をせず、しばらく激情の漂う空気をほったらかしておいた。するとしきりに顔色を窺っていた校長が、沈黙に耐え切れなくなって、もそもそと喋りはじめた。

「乙部さんが熱心だったのは認めます。生徒にも慕われていた。ただ、いろんな和を乱す人だ。放っておけば、極論だけで突っ走りかねないし、周りを見ようとしないから、間違っていたとしても気づかない」

「お話を聞く限り、そういうこともあるかもしれませんね。かなりの熱血だ」

「これは、どうしても刑事さんに言っておかなければならない。乙部さんは大げさに騒ぎ立てていましたが、この学校では深刻な問題が起きたことはありません。非常勤というのは、長い目で物事を見ようとはしないんですよ。乙部さんに限らず、そんな傾向があるのは間違いない。どうせすぐ辞めるんだからという前提があるし、言ってみれば後腐れがないんです。当人だけが、問題に鋭く切り込んだつもりになっているんですよ」

「校長先生、いくらなんでもそんな……」

養護教諭が驚いて口を開いたが、今度は視線だけで黙らせた。

「いろんな見解があるとは思います。ですが、問題が起きていないことは事実ですから、くれぐれも勘違いなさらないようにお願いします」

「それはもう、ご安心ください。朝霞桜坂中学校では、いじめが横行しているのに、なんの対策も打たないで野放しにしている。それどころか、非常勤教師の真っ当な意見が悪だと言って無視している。こんなことは、間違ってもよそでは吹聴しませんよ。どうです？　これで満足ですかね」

愛想のいい笑みを浮かべる岩楯に、校長はがばっと顔を上げて反論しかけたが、忌々《いまいま》しげに首を振って押し黙った。

そこからの聴取は、ほとんど実のある話は出なかった。とにかく面倒な人間だったという印象しかない校長は、みちるにも殺される原因が何かしらあったはずだと口を滑らせて、養護教諭の信頼をすべて失った。

みちるのカウンセリングを受けた生徒の名簿を受け取り、二人は礼を述べて校舎の外へ出た。白っぽい陽射しに晒された校庭からは、昨日の雨水が熱気となって立ち昇っている。走りまわっている生徒たちが、陽炎《かげろう》のように揺らめいて見えた。砂埃が舞うグラウンドに沿って歩いていると、鰐川が久しぶりに声を出した。

「まったく、文科省がスクールカウンセラーを推奨しても、当の学校がこのありさまですからね。教育委員会は任期を区切ってころころと人を替えるし、誰のためのカウンセラーだかわかりません」

「どこの業界も同じじってことだ。上が決めたことが末端まで行き渡るには、気が遠くなるような時間と労力が必要なんだよ。今回の捜査本部を見てみろ」

「人間じゃない赤堀先生ですか」

昆虫学者の突飛な行動を思い出して、岩楯は笑った。

「あの先生ぐらいアクが強ければ、どこでも生きていける。無人島でも太れる女だと思うぞ」

「ホントにたのもしすぎますよ。それにしても、みちるは人間関係をつくるのが下手だったんでしょうね。言っていることが正論なだけに、もうちょっとうまく立ちまわればよかったのにと思いますよ」

駐車場のアコードにリモコンキーを向け、鰐川はロックを解除した。岩楯は助手席に乗り込んですぐに煙草をくわえ、相棒は飴玉を口に入れた。

「たぶんな、次の城山《しろやま》西中でも同じようなことを言われると思う。みちるは、人に対する理想が高すぎるんだよ。融通が利かない使いづらい人間だ」

この予測は正しかった。朝霞桜坂中学校で起こったことが、城山西中学校でもそっくりそのまま起きていた。信念を通すための歯止めがきかず、周りの教師と諍《いさか》いが絶えなかったらしい。しかもこっちはさらにひどく、校外で生徒のカウンセリングを強行したことが問題になって、教育委員会から厳重注意を受けたほどだ。

ある意味、病的……。岩楯はどこか、うすら寒さを感じていた。確かに彼女は何も間違ってはおらず、ここまで熱を入れて他人に親身になれるのは、すごいことだと思う。だからこそ、患者からの絶対的信頼を得ていたのだろう。

女たらしの國居には間違いなく裏がある。そして、みちると深く接していた患者たちにも、殺意に通じる火種が少なからずあるらしい。

それから二人は西高島平署へ戻り、膨大な報告書の作成に勤《いそ》しんだ。そんな消耗する事務作業のなかでも、鰐川が細かく書き記した「心ノート」は読みごたえがあった。まるでテープ起こしのような内容は、岩楯の頭の中の整理にも役立っている。このノートを精読することと、スマートフォンで撮られた街の写真に目を通すのが、もはや仕事終わりの日課になっていた。

凝《こ》り固まった肩をまわしているとき、鰐川が小走りに部屋へ入ってきた。

「主任、今までに名前が挙がった全員の経歴を確認しました。それがちょっとおかしいんですよ」

椅子を持ってきて向かい側に腰かけた鰐川は、書類の束をばさばさと繰りはじめた。

「会議でも出ましたが、國居光輝にはマエがありません。被害届の類を徹底的に調べても、何も出ませんでした。そこらじゅうで偽名を使っているとすれば、本名での被害届は出ないでしょうね」

「そりゃ残念だ」

「そして國居の現恋人、風俗店勤務の高梨亜美。彼女は二年前、傷害で書類送検されています」

「傷害？　何やったんだ？」

「店の客と口論になって、ぶん殴ったうえに飛び蹴り、さらに顔を引っかいて傷を負わせてますね」

　岩楯は声を上げて笑った。

「なかなか愉快なやつだな。ああいう女は嫌いじゃない。あの爪で、目をくり抜かれないように注意するよ」

「そして、佐伯クリニックと、埼玉の増子《ましこ》総合病院でみちるが担当した患者たち。彼女らにもマエがある人物はいませんでした。ただ、こっからが問題なんですよ」

　鰐川はぺたりと額に貼りついた髪を払い、難しい顔をして書類を机に並べた。それぞれに、学生服を着た子どもの写真が入っている。

「みちるが学校カウンセリングで面談した生徒か」

「はい。朝霞桜坂中で十六人、城山西中で十人いましたよね。そのなかで、現在五人が行方不明になっています」

「なんだって？」

　岩楯は背もたれから体を起こして、書類を引っ摑んだ。

「行方不明になっている五人全員が、二〇〇八年当時、中学三年生で十五歳。中学を卒業してそれぞれ別の高校へ進学していますが、翌年と翌々年にかけて、全員が家出してるんですよ」

　捜索願の項目に、岩楯はざっと目を通した。五人全員が一般家出人と判断され、特別な捜索活動はされていない。家出人データベースへの登録と、補導や職務質問で気にかけられる程度のことだろう。家出の原因に記されているのは、いじめや人間関係での悩みだった。動機としてはあまりにもありきたりで、ごまんといる失踪人の中に完全に埋もれてしまっている。

「ちなみに、中学校側ではまったく把握していませんでしたよ」

「卒業後の話だからな。それにしても、みちるとかかわった五人が家出か……」

　これはどういうことだ。岩楯は、書類を机に放って腕組みをした。思春期の家出は熱病みたいなもので、みな軽い気持ちで外へ飛び出していくものだ。けれども、だいたいが都会の繁華街で補導されるか、半数は金に困って家に戻ってくる。それか、犯罪者の道を選んで堕ち、重罪で逮捕されるか。

「みちるが家出に絡んでいた線もあると思います」

「だとしても、いったいなんのためにってことになる」

「いじめから子どもを守るためとか、自分の信念を通すためとか」

「馬鹿言え。いくら熱血カウンセラーでも、そこまでやったら犯罪だ。しかも、子どもらはちゃんと高校へ進学してるし、絶望的な毎日を送ってたわけじゃないだろう」

「そうなんですが、僕の中ではしっくりとくるんですよ。今までのみちるの思考からすれば、暴走してもおかしくはないと思うんです。子どもたちが、それを望んでいると考えたのかもしれない」

幼い顔立ちの少年少女の写真を、岩楯はじっと見つめた。

「まるで、ハーメルンの笛吹き男みたいな話だな」

「子どもたちは、家族に宛てて何かを残したわけではないんです。でも、捜索願によれば、着替えが持ち出されていたということですから、家出には違いないでしょうね」

みちるが本当に絡んでいるのか？　あまりにも大掛かりすぎるが、確かに、今まで知り得た人物像からはそう離れてはいない。

みちるはいったい、何者なのかがわからなかった。職務と信念に燃えるカウンセラーには、何か裏の顔があるのだろうか。岩楯は、取り憑かれたような目をした患者たちを思い出し、背筋がぞくりと寒くなった。

午前零時をまわりそうだが、三鷹《みたか》にある我が家の窓には電気が煌々《こうこう》と点いていた。

岩楯はオートロックを解除してエレベーターに乗り込み、七階の角にあるドアに鍵を突っ込んだ。こないだ錆止めをスプレーしたばかりなのに、また滑りが悪くなっている。いっそのこと、鍵穴から一式防犯錠に替えたほうがいいかもしれない。中に入ってチェーンをかけると、何かが煮詰まったような匂いが漂ってきてむせ返った。

廊下を歩いてリビングへ行くまでに、すべての部屋の電気を消してまわった。寝室、納戸、書斎、トイレ。もはや、毎日の日課になりつつある。家に暗い場所があると思うだけで耐えられないと言うが、逆に神経が疲れないのだろうか。リビングを隔てる磨《す》りガラスのはまったドアを開けると、さっきの匂いがますます強くなって岩楯は反射的に息を止めた。

「お帰り。遅くなるなら電話してって言ったじゃない」

キッチンから顔を出した麻衣《まい》は、不服そうに口を引き結んでいる。浅黒くてつるりとした丸い顔には、乾き切っていない洗い髪が貼りついていた。

「電話がないと、予定が立たないでしょ」

「なんの予定だよ」

「ごはんをあったため直す時間、お風呂を沸かす時間、入る時間。わたしだっていろいろと困るわけ」

「それは悪かったが、いい加減、妙なもんをつくるのはやめろって」

岩楯は、首を伸ばして寸胴鍋《ずんどうなべ》の中身を覗き込んだ。緑とも紫ともつかないどろどろの何かが、弱火でぼこぼこと泡立ちながら煮立っている。強烈に青臭い湯気が立ち昇っているのを見て、慌てて首を引っ込めた。

「おまえは魔女か」

「何言ってんの。この野菜スープはね、薬と一緒なんだよ。ああ、薬なんかよりずっと上だね。体の中の毒素を全部抜いてくれるんだから」

「そうかい。今日のはミミズとかヤモリも入ってんのか？　猫とか犬とか、大物はさすがに勘弁してくれよ」

「気持ち悪いこと言わないでよ。祐也が言うと、冗談に聞こえないの」

材料の説明をしはじめた妻の声を聞き流し、岩楯はダイニングテーブルの椅子に荷物を置いた。ジャケットを脱ぎ捨ててネクタイを緩め、シャツのボタンを外しながら脱衣場へ入る。湯船にはなみなみと湯が張られていたが、あまりにも疲れすぎていて、のんびりと浸かりたい気分ではなかった。それよりも、一刻も早く布団に潜り込んで死んだように眠りたい。

岩楯は熱めのシャワーを浴びて髪を洗い、体も洗って髭も剃った。首筋が凝り固まっているし、背中も強張って痛んでいる。肩をまわして関節をボキボキと鳴らすと、しばらく頭から湯をかぶって、さっさと風呂場から出た。

Ｔシャツに袖を通してスウェットを穿き、頭をタオルでごしごしとふきながら、冷蔵庫の扉を開けた。それだけで、麻衣は非難がましい顔をする。何かを言おうと口を開きかけたところで、岩楯はこれみよがしにビールのプルトップを開け、彼女の言葉を無言のまま封じ込めた。

リビングのソファに腰を沈めて、点けっぱなしで誰も観ていないテレビへ目を向けた。おそらく、テレビも一日中、垂れ流されているのだろう。あまりのやかましさに電源を落としたとき、麻衣がお盆を抱えて部屋に入ってきた。白い深皿をローテーブルに置いている。さっきのどろどろだ。

「とりあえず食べてね」

冗談じゃない。「夕飯は食ってきたんだよ」とすぐに切り返した。

「何を？」

「定食屋で適当に」

すると彼女はため息をついて、腰に手を当てた。均整の取れた体は鋼《はがね》のようにしなやかで、無駄な肉はついていない。どんな天候でも欠かさない、ジョギングのおかげだろう。胸と尻は適度に盛り上がっていて健康的だが、色気のたぐいがまるでないのがすごいと思う。まるで鍛え上げられたアスリートだ。

「あのさ、何回言ったらわかってくれるのかな」

麻衣が、警告をはらんだ低い声を出した。

「なんのことだよ」

「外食は体に悪いっていつも言ってるでしょ。塩分に糖分に脂肪分に、そのほかどれほどの化学調味料が使われてると思ってんの？」

「そんなこと気にしてたら、食うもんがなくなるだろ」

「なくならないの。だいたい、煙草にお酒に食事の不摂生。それに働きすぎ。祐也は、体に毒なことしかやってないじゃない。いったいなんのつもりなの？　緩やかな自殺？」

岩楯はビールを一気に飲み干し、空き缶をテーブルに置いて大欠伸をした。すると麻衣は真向かいに座り、むっとした顔を向けてくる。端整な部類に入る造作だろう。切れ上がった眉端はどこか日本画みたいな趣きがあり、あまり大きくはない目許によく合っている。今年で三十六歳になるが、見た目は出会ったころとあまり変わってはいない。

「今日、五回もメールしたんだけど」

麻衣はぶっきらぼうに言った。

「ああ、悪いな。忙しくて見てないよ」

「うそばっかり」

正解だ。本当は見ていたが、返す気にもなれない内容だったのだからしょうがない。

「一昨日が排卵日だったから、明日になると高温期に入っちゃうの。五日間、ずっと同じこと言ってるのに、なんで今日も遅いわけ？」

「しょうがないだろ、仕事なんだから」

「ああ、そう。仕事ね、仕事！」

彼女は掌を上に向け、皮肉めいた笑いを漏らした。

「そうやって仕事仕事って、そのほかは全部ほったらかし。だから子どもだってできないんじゃやない」

「なあ、こんな時間から勘弁してくれって」

岩楯はうんざりして立ち上がり、冷蔵庫からビールをもう一本もってきた。

「子どもができないことと、仕事はなんの関係もないだろ」

「関係ある。祐也は事件とか殺人とか、どうしようもないことを見すぎてるから、体の中に、どろどろした毒素がたまってるんだよ」

「いったいなんの話だよ。頭大丈夫か？」

「真面目に聞いて。普通じゃないってことを言ってるの。人の悪意みたいなものは、体の中に入ったらなかなか抜けない。じわじわと蝕《むしば》まれていくんだよ？　自分からそれに身を晒すなんて、どうかしてるんだからね。ちょっとは周りを見て考えれば？　殺された死体を見たり、人でなしの殺人犯と喋ったりする人が、世の中にどれだけいると思う？」

「悪いが、ここでまたおまえの嫌いな言葉が登場するわな。それが俺の仕事だよ」

「いつも言ってるけど、転職を本気で考えてくれたことは？」

「ない」

「ほらね。だから、少しでも浄化できるようにがんばってるんじゃない」

麻衣は、テーブルの上のどろどろへ目を向けた。冷めると固まりかけて、ことさらひどい色になる。

「食生活を変えるだけで、いろんなことが上向きになるの。これだって、真剣に考えたことある？　あなたは自分の意見を通すだけで、わたしの話なんて聞かないじゃない」

「おまえの話は、ある意味ファンタジーだからな。受け答えが難しいんだよ」

「それは祐也に素直さがないからでしょ。この野菜スープで、癌が治っちゃった人だっているんだからね」

「ほう。そりゃ、すばらしい奇跡だな。病院へ行って、そいつを末期癌患者の口にねじ込んでやりたいよ。ちなみに、癌が治ったのはどこのどいつだ？　その後の経過も調べてやるから、名前と住所を教えてくれ」

　手をひと振りした妻は、苛々と長い足を組み替えた。

「ああ、もう！　そうやってなんでも疑ってかかるのも、刑事の仕事の延長なわけ？　頭にくる！　話にもならない！」

　それはこっちの台詞だったが、疲れすぎていて口に出すのも億劫《おっくう》だった。今、最短で話を切り上げられる言葉はなんだろうか。岩楯は水みたいに薄く感じるビールを飲み下し、缶を潰して膝の上で手を組んだ。

「あのなあ、麻衣。落ち着いて聞いてくれ」

「わたしはいつも冷静だけど」

「誰にそそのかされたのかは知らんが、そういうのを宗教って言うんだぞ。何かをやらないと死ぬとか、こうしないと不幸になるとか病気になるとか。その手の悪徳カルトに、世界中でどれだけの人間がだまされてると思ってんだ？」

「そんなのと一緒にしないでくれる？　わたしだって馬鹿じゃないの。お金を要求されてるわけでもないんだから、全然悪徳じゃないじゃない」

「いや、甘いな。そういう連中はカモを見逃さないんだよ。どっぷりとはまって抜けられなくなったとこで、次のステージに進むんだからな。だいたいおまえ、刑事の嫁がカルトにだまされるとか、洒落にもならないだろ」

「じゃあ、祐也は子どもが欲しくないの？」

「論点をすり替えるな。それとこれとは話が違うんだよ」

違わない！　そう声を震わせた麻衣は、挑むような目をこちらに向けた。瞳の奥には、結晶化した憎しみのようなものさえ仄見える。岩楯は首にかけたタオルで顔をこすり、諭すような口調でゆっくりと喋った。

「医者も言ってたけどな、不妊の原因は互いの体の中にはない。これは受け止められるだろ？　そういう切羽詰まったような焦る気持ちが、いろんなことをうまくいかなくしてるんだ」

「そうじゃない、みんな間違ってるよ」

「いや、間違ってない。俺は、薬を使ってどうこうするとか、がんじがらめに計画を立てるとか、そういうことをするつもりはないし、させるつもりもない。結局は、おまえ自身がダメージを受けるだけだからな」

彼女はきっと睨みつけて唇を震わせたが、自嘲気味にふふっと笑った。

「知らないとでも思ってるの？　あなたが、わたしと結婚したことを心の底から後悔してるってこと。今すぐにでも別れたいと思ってること」

「だから、なんでそっちに話をもっていくんだよ」

「だって祐也は、わたしのことなんて見てないじゃない。今まで、一回だって見たことがある？　あなたは、従順な妻っていう飾り物が欲しいだけなのよ！　馬鹿！」

麻衣はすっくと立ち上がり、けたたましく歩いて寝室のドアをバタンと閉めた。岩楯はがりがりと頭をかきむしり、脱ぎ捨てたジャケットのポケットから煙草を取って、ベランダに出た。

柵にもたれて煙草をくわえ、真っ黒い空に向けて煙を放った。思ったよりも冷たい夜気が、半袖から出ている腕に絡みついてくる。ぽつぽつと散らばる住宅街の明かりを見下ろしながら、岩楯はぼんやりと煙草をふかした。

上司からの紹介で、麻衣と結婚したのが五年前。そもそも仕事漬けの毎日で、結婚や恋愛などは二の次と考えていた時期だ。けれども麻衣は、結婚にしか夢をもてない無邪気で幼い感性の女だった。生活のすべては家と自分を中心にまわり、物語のヒロインでいるためなら、どんな苦労も惜しまない。今でさえ、悲劇的な状況に酔いしれている節があった。想像できないぐらい狭い世界に生きる女だったが、それはそれでいいと思っていた。岩楯の帰る場所をきっちりとつくり、主婦としての完璧を求める麻衣は、伴侶として理想だとさえ思えたのだから。実にあさはかだ。

何かが足りないとすれば心だろう。情はあるが愛に乏しい岩楯の本質を見抜き、目に見える絆を追い求めるようになるのは時間の問題だった。異常に子どもを欲しがる彼女は、単に愛情を求めているだけだ。そこまでわかっていながら、ずるずると放置していた自分がふがいないのだ。

だからと言って、気持ちが変えられるなら世話はない。表面的な努力はできても、自分の中身をどうにかすることができなかった。出発地点で生じていたささやかな誤差は、今では取り返しがつかないほど大きくて深い亀裂になっている。そこへ立ち戻って修復を試みるほどの情熱が、どうしても岩楯にはもてないのだった。

それを麻衣は敏感に察し、ますます頑《かたく》なになっていく。この家は冷ややかに乾燥し、足場が揺れていて崩壊の寸前だ。子どもで何かをつなぎ留められる時期は、とうに過ぎていると思うし、二人はこれからも他人以上になれはしない。

岩楯は植木鉢の縁で煙草を揉み消し、土の中へ吸い殻を突っ込んだ。左手の薬指にはまる、傷だらけの指輪をくるくるとまわす。自分はいくつになっても大人になり切れない、内面が不安定で不完全な冷たい人間だ。岩楯は、つくづくそう思った。

第三章　虫の囁《ささや》き

1

小屋のような研究室分室の奥には、ずんぐりとした小太りの男がたたずんでいた。ぴちぴちの赤いパーカーにくたびれたチノパンをはき、横に広がった獅子鼻の頭に玉の汗を浮かべている。今どきちょっと見かけないようなマッシュルームカットには、なんらかの主張が籠められているのだろうか。そして極めつけは、見慣れない顔立ちだ。

岩楯は、ほぼ一直線につながっている濃い眉を見つめた。彫りの深さは美術室にある石膏像にも引けを取らないだろうし、一度見たら忘れられないほどのくどさをもっている。メキシコ人、いや、中東あたりの人間だろうか。この置物のような男は、いったいなんだ？

二人の刑事が入り口で立ち止まっていると、男は茶目っ気のある笑顔を見せて、さっと立ち上がった。

「岩楯刑事と鰐川刑事ですよね？」

その口から流暢《りゅうちょう》な日本語が出て驚いた。そのうえ、おもむろに右手を差し出され、岩楯はたじろぎながらも握手に応じることになった。

「お噂は赤堀から伺ってます」

「ええと、赤堀先生は？　というか、あなたは？」

「赤堀は、忘れ物を取りに本校舎へ戻ったんですよ」

彼は、パーカーのポケットから名刺を抜いてわたして寄こした。

「僕は辻岡大吉と申します」

そう言いながら、なぜか運転免許証も提示してくる。

「偽造じゃないですよ、不法滞在の外国人じゃありませんから。こう見えても正真正銘の日本人です。行く先々で職質にかけられて困ってるんですけど、いったいどうしたらいいですかね？」

ははっと笑った大吉の全身に、素早く目を走らせた。この風貌で、職務質問を回避できたら奇跡に近い。それにしても、おそるべき自己主張のもち主だ。刑事と聞くと、一瞬なりとも身構える人間がほとんどだが、物怖じするどころか前に出てくる人間は珍しかった。

岩楯は興味をそそられ、わたされた名刺に目を落とした。

「昆虫コンサルタント……。聞き慣れない職業ですね」

「害虫の駆除がメインですけど、虫のレンタルとか企画シミュレーションもやってますよ。ゆくゆくは、そっちを主流にしたいと考えてるもんで」

「虫をレンタルしたい人間がいるってことですか。なんだかマニアックだな」

大吉はどうぞ、と言って丸椅子を二脚出し、岩楯と鰐川を促した。

「マニアな話でもないんですよ。つまり、昆虫を労働力として使いこなすんです。僕のところで、毎年貸し出してるのがミツバチですね。くだもの農家の授粉作業は、人手も時間も膨大にかかります。でも、ミツバチを放てば、過酷な労働を喜んでやってくれるわけですよ。経費は十分の一以下で」

「なるほど、そういうことか。虫媒《ちゅうばい》というやつですね」

「ええ、そうです」

「ちなみに、企画シミュレーションというのは？」

「たとえば、桃をだいなしにするカメムシを退治するのに、寄生バチを使う方法があるんですよ。カメムシの幼虫にハチを寄生させるんですが、寄生バチを放して二、三年の間にカメムシはほとんどいなくなります。しかも、寄生バチはそこを生息地に決めて、害虫をずっと監視してくれる。それだけじゃなくて、農薬を使う量が九割も減るんですから」

「それは画期的ですね！」と鰐川は感心し、大吉の言葉をノートに書き留めた。「環境汚染も軽減できますよ」

「そういうことです。まあ、管理とかいろんな課題は残されてますけど、環境を浄化できるのは自然界の摂理しかない。この大変な時代には、いちばん必要なことだと僕は思うんです。ああ、だからと言って、偏った自然崇拝者じゃありませんよ。科学の分野との共生は、必要不可欠ですからね」

大吉は、キノコ頭をかきながら笑った。

「ということは、コンサルタントの主な商売相手は農家というわけだ」

「いえ、いえ。最近ではゴキブリとハエも貸し出してますよ」

「何かの聞き間違いですかね？　浄化とは対極にいる害虫の名前が出たのは。もしかして、実はゴキブリも何かを監視してくれる益虫だったらびっくりだが」

「まさか！」と大吉は、分厚い手をばしんと叩いて大笑いした。「貸し出したのは、ホラー映画で使われるヤマトゴキブリですよ。無菌で一万匹育て上げたんですが、ケージがすっかりからになりました。映画の出来上がりを観たら、それはもう、ものすごい迫力でね。排水口から、僕が大事に育てたゴキブリが限りなく湧き出してくるんですから。ＣＧなんかじゃ、あのリアリティは絶対に出せませんよ。それに、砂嵐みたいなハエだらけの地下室！」

熱っぽく語る大吉は、胸の悪くなるような描写を交えて、こと細かに場面の説明をした。あまりの克明さに、鰐川が鼻の付け根にシワを寄せたほどだった。

「大学の考古学教室にも、ある甲虫を貸し出してますよ。骨格標本を作るときに、骨を傷つけないできれいに組織だけを取り除けるのは、虫しかいませんからね。つまりは、残ってる肉を食べさせるんですけど」

情熱的な変人だ。ゆえに、間違いなく赤堀の知人ということになる。嬉しそうに話す大吉は、突然、何かを思いついたとばかりに身を乗り出した。

「そうだ、刑事さんにぜひ紹介したいやつがいるんですよ」

「今までの流れからいくと、虫を紹介したいってことだろうな」

「そう、そう、有能な虫を売り込ませてください。カイコガの雄は、数十キロ先からでも、雌のフェロモンを嗅ぎわけてやってくる能力があるんです。すごいでしょう？」

いったい、なんの話だろうか。興奮すると勝手に動いてしまうらしい腕は、先ほどよりも激しさを増していた。まるで指揮者だ。

「つまり、こういうことなんです。カイコガの遺伝子の一ヵ所をいじくると、別の匂いに反応するようになる。麻薬に反応する受容体が見つかれば、事件現場や空港なかで大活躍するはずなんですよ。麻薬を隠し持ってる人間とか場所に、ひらひらと飛んでいってとまるんですから。麻薬探知犬みたいに訓練がいらないし、一匹あたりのコストが五十円、いや、大まけにまけて三十八円以下。どうです？」

バタくさい目をきらきらと輝かせた大吉は、肉厚の手をしきりに揉み合わせた。岩楯は無邪気な男に脱力して笑った。

「その営業力なら、案外、本当に採用されるかもしれないな」

「今、全力で研究中なんです。近いうちに必ず実現して見せますよ。麻薬探知のほかに、病気とか遺棄された遺体の探知もできると踏んでいます。昆虫の潜在能力は未知数ですから」

今回の事件捜査で赤堀を担当しなければ、こんなに濃い虫の話は聞くこともなかっ

ただろう。今までの人生で、いちばん昆虫のことを考え、そして感心させられている
かもしれない。
そこへ、大量のファイルを抱えた件の昆虫学者がやってきた。慣れた様子で、器用
に尻でドアを閉めている。
「岩楯刑事、ワニさん、こんにちは。遅れてすみません」
大荷物をどさりと置き、顕微鏡がセットされている机の前に座った。チェックのシ
ャツにジーンズをはき、肩ぐらいの髪を無造作にピンで留めつけている。あいかわら
ず化粧気はなく、むき卵のようなつるりとした顔をしていた。
「彼の自己紹介は終わりました？ウズベキスタン人なんだけど」
「違います。ハーフの日本人です」
大吉がすかさず訂正した。
「害虫に詳しいから来てもらったの。昆虫生態学博士ね」
「ということは、火災現場の空き缶から見つかったおかしなものは、害虫だったのか
い？」
「害虫ではないんだけど、世間一般から言えば害虫になるというかなんというか」
赤堀は曖昧な感じでにごし、大きなナイロンバッグから、コルク蓋のついたガラス

瓶を取り出した。中には、ぶんぶんと耳障りな羽音を立てている虫が入っている。一・五センチ足らずで、はっきりとした白黒の縞《しま》模様。小型で色合いは違うものの、見た目はスズメバチによく似ていた。胴体のくびれに、綿を縒《よ》ったような糸がぶら下がっている。

「これはクロスズメバチっていうの。今朝、千葉の山に入って捕ってきた子ね」

「なんだかよくわからんけど、ご苦労さんだな。胴体にくっついてる、その紐みたいなやつは？」

「ああ、これは、巣に案内してもらうためのものですよ。働きバチを一匹捕まえて、これをつける。で、逃がして目印を追っていけば、住処《すみか》を楽に見つけられるから」

「楽にねえ……」

岩楯は、袖のまくり上げられた赤堀の腕に目を這わせた。決して楽ではなかったはずだ。首筋や手の甲にあるいくつもの赤い腫れは、ハチに刺されたものだろう。山の中を、赤堀が野生動物のように動きまわっている絵が頭に浮かんだ。ハチに攻撃されながらも、嬉々として笑っている光景も楽に想像できる。

ともかく、これを見てください。そう言った彼女は、座っていた場所をあけて机を手で指し示した。岩楯は言われた通り、双眼タイプの大型顕微鏡を覗き込んだ。レンズの奥には、真っ黒く焦げた丸い物体が転がっている。じっくりと時間をかけて見ても、ゴミか土くれのようにしか思えなかった。が、しいて言えば、種から芽が出かけているような、幾重《いくえ》にも重なった層のようなものが認められた。

「で、こっちも見てくださいね」

赤堀に言われるまま、隣に並んでいるもう一台の顕微鏡にも目を当てた。こっちは焦げてはいない。薄い黄色で、表面が複雑な形で重なり合っている丸い物体。なんとも説明のし難いものだ。ツヤがあって生々しい感じはするが、まったくなんなのかがわからなかった。岩楯が困り顔を上げると、赤堀は机の上に置いた紙をぽんと叩いた。

「これは顕微鏡で撮影したものです。焦げて崩れてるからわかりにくいけど、この部分」

拡大された物体の下の部分を、赤ペンでぐるっと囲んだ。

「これが顎。この下の内側に上唇があって、微かに咽頭腺のようなものが見える。この構造から、何かの幼虫の口器《こうき》だってことがわかったの。右の顕微鏡が新しい幼虫の頭で、おそらく同じ種だと思います」

「じゃあ、火災現場の空き缶の中にごっそりと入ってたのは、全部イモムシの頭なのか？」

「まあ、そういうこと」

「ちょっと待ってください！」と鰐川が両手を挙げて話を止めた。「今までの話をまとめますよ、いいですか？　異論はないですか？　いきますよ？」

「いいから、さっさとまとめろ」

もったいぶっている鰐川に岩楯は顎をしゃくった。

「被害者が死亡した現場の床下にあった缶の中で、イモムシを食べて生活していた別の生き物がいる。状況的に見て、そういうことですよね？　しかもその生き物は、頭だけ食べ残す習慣があった。とんでもなく気色の悪い話ですよ」

鰐川が、唇の端をぴくぴく言わせながら身震いをした。

「幼虫を食べて、しかも、頭は食べ残して生活していた生き物がいる。ワニさんの指摘通り、そこまでは正解ね」

「ぜひその生き物を教えてくれるか？　そこらへんで出会ったら、たまったもんじゃないからな」

「会いたくても、もう二度と会えないの。幼虫を好んで捕食してた生き物は、被害者の乙部みちるさんだと思う」

「おい、おい。いったい、どういう飛躍なんだ」

岩楯は、顕微鏡写真と赤堀を交互に見比べた。突拍子もないうえに、話の進む方向がまったく見えない。

「みちるがイモムシを食ってたって？　夜な夜なか？　いったいなんのために？　そんなもんは、化け物が出てくる怪談か都市伝説だろうよ」

「まあ、まあ。正確にはイモムシじゃなくて、これはクロスズメバチの幼虫なんですよ」

赤堀はスポーツバッグの中から、水玉模様の弁当箱を取り出した。蓋を開けると、規則正しい六角形の穴に収まった、白っぽい物体が見えた。しかも、それぞれがちょこんと頭を出して、うねうねと動いている。ハチの巣だ。鰐川は、呻きながら椅子をずらして立ち上がった。

岩楯は全身に鳥肌が立ったが、土にまみれたそれから目が離せなかった。掌ほどのハチの巣の中身は幼虫だけではなく、真っ黒い蛹や、幼虫から成虫になりかけた褐色のハチもどきもいる。それがどうにも気味が悪く、生理的に受けつけない。にこにこと、満面の笑みで弁当箱から巣を鷲掴みしている赤堀を、あらためて信じられない思いで見た。

「みんな丸々と太って元気そうだね」

彼女はペン立てからピンセットを抜き出し、六角形の穴にそっと差し込んだ。微妙なひねりを加えながら、クリーム色の幼虫を摘み出して掌に載せている。一センチ程度で、どっちが頭か尻かもわからない見た目だった。

「これがクロスズメバチの幼虫で、通称ハチの子ね。岩楯刑事も、聞いたことぐらいあるでしょう？」

「なるほど、そういうことか。昔の人間にとっちゃ、貴重なタンパク源。その程度の知識しかないが」

「そう、そう。幼虫の頭が入った空き缶は床下に転がってたけど、火事で床が抜けて落ちただけだね。きっと被害者は、日常的にハチの子を食べてたんじゃないかと思うわけ」

赤堀は、別のタッパーを開けて机の上に置いた。巣から取り出されたハチの子と蛹、成虫になりかけの虫も一緒くたになっている。

「さっき、研究室で素揚げしてみたの」

はい、と特大の笑顔で差し出されたが、当然ながら手に取る気にはなれなかった。昆虫には慣れているはずの大吉ですら、身を強張らせて手を出す気配がない。赤堀は、わざわざ大きめのを選んでから、ためらいなく口へ放り込んだ。人間業《わざ》ではない。

「ミディアムレアね。火の通りはちょうどいい感じ。さ、どうぞ」

「いや、いい」

「ちょっと、いきなり拒否してどうすんの。これは立派な捜査活動ですよ。被害者が食べたかもしれないんだから、刑事さんたちも体験すべきです」

「めちゃくちゃな理屈だな……。ちなみに、今どうしても一個だけは確認したい。この虫は何を喰って生きてるんだ？」

「ほかの虫とか動物の死骸とか。夏場だとセミが多いですよ。働きバチが、死んだセミの筋肉組織だけを選りすぐってもってくるからね」

なおさら食べられるわけがないだろう。

「ほら、大吉も食べなって」

「いいえ、僕は捜査とは無関係の人間だから結構です」

彼は出口のほうへ一歩後退した。

「まったく、こんなにおいしくて栄養満点なのに、いい大人たちが何わがまま言ってんの。図体ばっかり大きくて情けないね。砂糖を絡めてあるから、お菓子みたいな感じなのに」

　赤堀は唇を尖らせて不満げな顔をした。岩楯はむかむかとする胃のあたりを撫で、横で怯えている相棒に顎をしゃくった。

「鰐川、いけ」

「僕ですか！」

「ああ、おまえだ。砂糖が絡めてあるから得意のはずだろ？」

「得意って、ちょっと待ってくださいよ！　どんなバツゲームですか！　というか、なんでバツを受けるんですか！　いくらなんでも、これは無理ですって！」

「いや、大丈夫だ。捜査活動の一環として、みちるの内面心理を探ってこい。まさに、おまえさんの進む道だぞ。ちなみにこれは、業務命令だからな」

「パ、パワーハラスメントだと思いますが……」

「パワハラでおおいに結構」

「そういう鬼みたいな岩楯刑事、わたし嫌いじゃない」

　赤堀は耳まで裂けそうなほど口角を引き上げて笑い、鰐川の目の前に幼虫の素揚げを突き出した。相棒は大騒ぎして全身で拒んでいたが、赤堀の理不尽な叱咤《しった》を受けて終《しま》いには口に入れた。鼻を摘んだ手を、彼女に振り払われている。

「どう？　結構いけるでしょ？」

「味なんてわかりませんよ！　甘くて……うわ、なんかどろっとしてます」

「幼虫の体の中は、体液のスープでいっぱいだからね」

「た、体液のスープ。うっ、駄目だ。すみませんが、水をいただけますか！」

「ごめんね、ないの」

「涼子先輩、本当にひどいですね……」

大吉は気の毒そうな目を鰐川に向けている。

「ああ、ワニさん。吐くんだったら表でお願いね。穴掘って埋めといて」

喉につかえながらなんとか飲み下した相棒は、虫の一部を手に吐き出した。すると赤堀が、嬉しそうにほらやっぱりね、と声を上げた。

「幼虫の顎の部分は少しだけ硬いし、そこが気になる人もいるわけ。きっと被害者も同じ理由で、頭だけ食べ残して空き缶に入れたんだと思う。ワニさんが身をもって立証したね」

「お言葉ですが、この立証にはなんの意味があるんですか？」

鰐川は咳き込みながら疑問を呈した。

「被害者の習慣をひとつ解き明かした。これには、大きな意味があるはずでしょう」

岩楯は赤堀の理屈を耳に入れながら、ファイルを開いて火災現場の写真を見ていった。みちるが遺体で発見された場所の近くには、「テーブル」と書かれた札が置かれている。燃え尽きて天板の一部しか残っていないが、その近辺には、ビールらしい空き缶が五本ほど転がっているのが確認できた。床下に落ちていたハチの子入りをプラスすれば、全部で六本もある。

「先生は、みちるがハチの子を食べたときに、誰か別の人間もいたと思ってるわけか？」

「そう。ロング缶も含めて、ビールを六本もひとりで呑むには多すぎる。それに、被害者が殺されたのは、ハチの子を食べて晩酌をしたその日の可能性が高いと思う」

「呑み終わった空き缶を、テーブルの上に何日も放置はしないだろうからな」

岩楯がつけ足すと、赤堀は大きく頷いた。

「ハチの子は、五十グラムぐらいで千円以上はする高級珍味なの。もちろん、このへんでは売ってないから、ネット通販か直接注文で買ったと思う。それか、訪ねてきた誰かが手土産でもってきたとか」

みちるのインターネットログと振込み記録を調べれば、そのあたりはわかるかもしれない。そこで何も出なければ、赤堀の言う手土産説も可能性としてはゼロではなかった。

「このハチの子は、どこで捕れてどこで売られているものなんだ？」

「クロスズメバチは、日本全国で幅広く生息しています。だから、全国に幼虫が存在することになりますね」

大吉が説明役を買って出た。

「ただ、ハチの子を食べる文化は、岐阜と長野、あとは静岡あたりが代表的なところでしょう。現にこの三県が、クロスズメバチの幼虫を販売している主な場所ですね。市町村ぐるみで、ハチを守るために山を保護区域に指定したりしてますから」

「みちるは長野出身だし、これを食べる習慣はもともとあったわけか……」

岩楯は、瓶の中のハチに目を据えた。奇妙な事実が浮かび上がったけれども、果たしてどこに通じているのか見当がつかない。ただただ、みちるはハチの子を食べていた、というところで行き止まりの可能性もあった。いや、おそらく、無駄足になる確率のほうが高いのではないだろうか。

「ちなみに先生。腹の中で見つかった巨大化したウジだが、みちるがハチの子を食ってたこととと、なんかの因果関係があるのかい？」

「まったく何も、一ミリたりとも関係ないですよ」

「念押しに感謝する」

赤堀は、憎らしいぐらいに晴れ晴れと返してくる。そもそも、彼女が見つけなければ素通りされた物証だし、意味をもたせようとするのが間違いなのかもしれない。けれども赤堀と接するうちに、よそ者に現場を踏み荒らされるという苛立ちの気持ちは、すっかり消えてなくなっている。むしろ、プロ根性を剝き出しにするこの女を、できる限り自由にさせたいと願っている自分がいて戸惑っていた。

2

夜は、ほんの少しだけ初冬の匂いを含んでいた。空気がぴんと張って、街灯に照らされた街を静かに監視している。微かに聞こえてくる甲高い拍子木の音が、妙に時代がかっていて物悲しかった。警察のていたらくに業を煮やしていた板橋区の自治組合が、今も地域の見回りを続けているらしい。

岩楯は吸い殻を灰皿に押し込み、冷たい風が吹き込んでくるアコードの窓を閉めた。今しがたまで読んでいた資料の活字が、瞼の裏側に焼きついてちらついている。目頭を指で押して残像を追い払い、裏道を進んでいる助手席のシートに体を預けた。

みちるに悩みを打ち明け、その後に失踪した五人の子どもたち。いったい今、どこにいるのだろうか。生きているのか死んでいるのか、その気配さえもかき消えている。

岩楯は、聞き込みをした子どもたちの家族の顔を、ひとりひとり思い浮かべていた。みな突然の警察の訪れに驚き、最悪の結末を予期してうろたえ、覚悟し、そして進展のない事実を聞かされて、安堵と苛立ちを順番に浮かべた顔だった。ある日突然、子どもが消えて数年が経った今では、なんらかの結論が欲しいというやり切れない感情が気の毒なほど膨らんでいた。

みちるが子どもたちとの約束を守り、相談内容の一切を親にさえ漏らさなかったことも、その後の足がかりを失う原因になっている。

それにしても……。岩楯は、みちるの行動原理をしつこいほど何度も考えた。彼女の評判や印象は、総合するとある一点に行き着いている。誰よりも熱心かつ有能でありながら、人一倍傲慢。スクールカウンセラーの枠を勝手に飛び越え、個人的に生徒の自宅へ訪問までしていた。まあ、みちるならば当然やるだろうとは思っていたが、それを情熱や使命と解釈することにはいささか抵抗があった。規則と常識は彼女にとってはどうでもよいことで、患者には何が最善なのかを常に考えている。一見するとすばらしい慈善者だ。けれども、自身の手腕を試しながら検証しているような、実験的な側面も見え隠れして仕方がなかった。

家出した子どもたちと、その後もどこかでつながっていたはずだ。岩楯はほぼ確信していたが、みちるの通信記録を調べても不審なものはない。勤務先の行き帰りと國居との関係だけが、唯一、目に見える彼女の生活動線だった。

もしかして自分は、見当違いのところに固執しているのだろうか。みちるの内面が事件の中心にあると思えるのは、彼女の性格があまりにも特殊だからだろうか。

この堂々巡りを何度となく繰り返しているが、今、確かなのはたった二つしかない。みちるが抵抗しないで殺されたこと。犯人が放火に見せかけて遺体を燃やしたこと。結局は、一歩も前に進んでいないことになる。

岩楯は資料の束を後部座席へ放り、内ポケットからマルボロの箱を出した。

「ハチの子を購入していたような記録はありませんでしたね。ネットも電話も、クレジット、通帳、すべてにおいてですが」

鰐川が、署への近道になる北町《きたまち》住宅街を細かく折れながら言った。十時半を過ぎた街は静まり返り、すでに眠りの準備を始めているように見える。すれ違うのは、仕事を終えた足取りの重いサラリーマンばかりだ。

「現場から奇妙な物証が出たのは間違いないが、みちるが食べていた確証はない。言ってみりゃ、全部が当て推量だからな」

「まあ、そうですね。捜査本部でも、虫に関する情報はもてあましてる感じだし」

岩楯は笑った。

「今ごろ偉いさんは、あの先生を捜査陣に加えたことを後悔しはじめてるぞ。ハチの子のくだりのときの、理事官の顔を見たか？」

「しまった……て感じでしたね。一課長は妙に訳知り顔でしたけど」

「うちの課長は、はなから自分と部下以外は信用してないからな」

「岩楯主任はどう考えてるんです？　赤堀先生のことですけど」

箱から抜いた煙草を弄びながら、岩楯は答えた。

「半信半疑だが、あの説得力は買う。ウジにしてもハチの子にしても、今の時点で何ひとつ確証をもって断言できることはない。なのに、蚊帳《かや》の外に置くのが惜しい気がするんだよ。まあ、俺ももてあましてはいるがな」

「話を聞いているうちに、へんに納得させられるんですよね。これから先生が出す結論は、ぜひともいちばんに聞きたい心境ですよ」

「巨大ウジとハチの子。このけったいなもんを、どうやって事件と結びつけてくるのか」

おかしな縁だった。あれほど煩わしく思っていた部外者に、しかも、これといった成果も出せていない虫博士に、仄かな期待と信頼を寄せている自分がいる。妙な仲間意識さえ芽生えていた。

「分析計の数値も奇妙ですね。ここにきて、新たな加速剤が出ましたから」

鰐川が、丁寧に一時停止をしながらため息を混じらせた。

「灯油とガソリン、今度はシンナーだからな。みちるのアパート下にある不動産屋の小火だけ、なんでシンナーをまいたのか」

「みちるを殺した人間が、ガソリンとシンナーを使ったということでしょうかね。ちょっと考えられませんけど」

「ああ、考えられんな。灯油は簡単に手に入るが、シンナーはそうでもない。なんせ、混じりっけなしのアンパンだ。吸飲目的以外には、外へ持ち出さないだろう」

「使われたのは、十月六日の夜中に起きた小火だけですからね。たぶん、そこいらの不良が、遊びでやったんでしょう」

その線が濃厚ではある。が、今この時点で、偶然の入る余地があるのかどうかには疑問が残った。

指先でくるくるとまわしていた煙草を口へもっていったとき、左側、脇道の先にある古ぼけた街灯が目に入った。車が通りすぎざま、一瞬のことだ。岩楯の脳裏に閃光《せんこう》が走った。蒼白い光の下に、ターコイズブルーのリュックサックを抱えた人影があった。辺りがぱっと明るくなるような、極彩色《ごくさいしき》の鞄だ。

鰐川、車を駐めろ。

岩楯は間髪を入れずにそう言い、ブロック塀に沿ってアコードを駐めさせた。シートベルトを外し、体をよじって後部座席のファイルを取り上げる。資料の束で膨れ上がったページをめくって、放火関連の項目を開いた。

みちるのアパートが、真っ赤な火柱を上げて燃えている一枚の写真に目を凝らした。混み入った宅地が火明かりに照らされ、近所の住人が、不安と恐怖におののいているのが克明に写し出されている。岩楯は室内灯を点け、何枚にもわたる写真のコピーを見ていった。そして一ヵ所でぴたりと視線を止め、炎の熱で顔を赤く染める人々を見据えた。

「鰐川、覚えてるか？　火災現場の検証に行った帰り、信号無視して道をわたってた男。おまえさんが血相変えて追いかけようとしたんだが」

「ああ、はい。ふてぶてしい感じの太った男ですね」

岩楯は興奮を抑えかねて、かぶせるように口を開いた。

「そのふてぶてしい野郎が、放火の野次馬写真にも小さく写ってる。でな、そいつに似てる男が、なんと今、すぐそこの角にいるんだよ」

「なんですって？」

「ぜひとも話を聞いてみたいだろ？　こんな夜更けにいったい何やってんだか。俺は、二度目の偶然は認めない主義なんでな」

二人はアコードを降りた。今きた道を戻って右側の路地へ折れたが、さっき男がいた街灯付近には誰もいない。奥へ小走りし、細い路地を手分けして一本ずつ見てまわった。

男はすぐに見つかった。通りの先にいる鰐川に手を上げて合図を送ると、彼は足音を立てずに走ってきた。件の男は、キーホルダーが鈴なりについたリュックを肩掛けし、大柄の体を揺らしながら、のしのしと歩いていた。横幅があるぶん大きく見えるが、身長は百七十センチぐらいしかないだろう。黒いTシャツに黒いジーンズをはき、ゴム底の分厚いスニーカーは、外側だけが極端にすり減っていた。

見かけほどのろまではないかもしれない。太ってはいるが、力士と一緒で瞬発力がありそうだ。

男は路地があれば必ず覗き込み、塀の上から伸び上がって民家の様子を窺っている。サザンカの生け垣の前でしゃがみ、下から中を覗いたところで不審者に確定した。岩楯はしばらく男を歩かせ、街灯が並ぶ明るい私道に出てから声をかけた。

「すみません、ちょっといいですかね」

跳び上がるほどびくりと体を震わせた男は、たたらを踏みながら岩楯に向き直った。上気した丸い大きな顔には汗が伝い、丸い鼻先から雫が滴りそうになっている。鰐川が警察手帳を提示したとき、落ち着きなく動いていたつぶらな目が、まん丸く見開かれた。

警察の者ですが……相棒が言葉にできたのはそこまでだった。男はポケットから何かを取り出し、鰐川に押しつけた。ほとんど何も確認できないほど、その動きは素早かった。しかし、街灯に反射した手許を見たとき、岩楯は怒声を張り上げた。

「鰐川！」

小型のナイフを握り締めた男は、さっと踵を返して走り出している。岩楯は鰐川の両肩を摑み、乱暴に体を向けさせた。

「おい、鰐川！　刺されたのか！」

鳩尾のあたりを押さえていた鰐川は、今まで見たこともないような険しい目を合わせてきた。

「ジャケットだけです！　大丈夫です！」

同時に二人は駆け出した。男は転がるように走り、電柱を軸にして右側の路地へ滑り込んでいる。待て！　岩楯は怒鳴り、心の中でものの しり声を上げた。

不用意に近づきすぎた。あと数センチ立ち位置がずれていれば、鰐川はナイフの餌食になっていただろう。のろまではないと踏んでいたのに、相棒を危険に晒してしまった。

岩楯は、ブロック塀に肩をぶつけながら路地へ曲がった。静まり返った道には、二人の刑事の靴音と、何かがぶつかり合うような金属的な音が響いている。男がリュックにつけていたキーホルダーの音だ。鰐川に男の後ろを追うように伝え、岩楯は手前の角を右に折れた。

じゃらじゃらという音が道しるべになっている。岩楯は耳に神経を集中し、次の角は曲がらずに直進した。建物を隔てた向こう側に男はいる。ちょうど平行に移動していると感じた。距離は着実に詰まっている。入り組んだ次の角を左に折れようとしたとき、突き当たりが袋小路になっているのを見て舌打ちした。

くそ！

身をひるがえして別の私道へ入り、民家の軒先で急停止した。脇腹がきりきりと痛み、喉は焼けるように熱いし、心臓が肋骨に叩きつけられている。岩楯は唾を飲み込んで呼吸を整え、できる限り耳をそばだてた。

火打ち石のような甲高い音を響かせているのは、鰐川の革靴だ。ゴム底のスニーカーを履いた男の足音はない。それに、さっきまでは派手に聞こえていた、じゃらじゃらという音がまったくなくなっていた。

隠れたな……。

岩楯は、目に入りそうな汗を振り払った。足音を忍ばせて移動し、塀の向こう側や民家の隙間など、巨体を潜められそうな場所の気配をじゅうぶんに窺った。息を殺してじわじわと路地を進み、反対側からきた鰐川と合流した。

「こっちにはいません」

「思った以上に素早い野郎だ。たぶん、この近くにいるぞ」

この私道を抜けたところが、アコードを駐めた公道だ。行き止まりの多い住宅街に潜んでいれば、いずれは見つかることぐらい馬鹿でもわかる。必死になって、この迷路を抜け出す算段をしているに違いない。

鰐川に公道で待ち伏せるように告げ、応援要請の指示を出した。二手に分かれよう

とした とき、あるものが目に留まった。コンクリートで囲われているゴミ捨て場の隅に、原色に光る塊が落ちている。千切れた細い鎖の先には、夜光塗料の塗られたキーホルダーが束になってついていた。

「抜け目のない野郎だよ」

忌々しい思いで吐き捨てたと同時に、公道のほうからシューッという空気の抜けるような音がした。今度はなんだ。二人は全力で走り、通りへと躍り出た。アコードの脇に、屈み込んだ太った男がいる。あろうことか、タイヤにナイフを突き立てていた。

「ちょっと待て！　何やってる、この野郎！」

男は身軽に立ち上がって逆方向へ駆け出した。

岩楯は間を置かずに追いかけ、一気に距離を詰めた。身軽だが、男の足は遅い。あとひと息。伸ばした腕が空を切ったが、二度目は外さなかった。Tシャツの背中を鷲摑みし、勢いにまかせてのしかかった。男はわめきながらもんどりうって倒れ、引きずられて咄嗟《とっさ》に手をついた岩楯は、マンホールにごっそりと皮膚を剝ぎ取られることになった。けれども力を緩めず、男の背中に思い切り膝を落とした。

ぐえっという何かが潰れたような声と、鰐川がナイフを持った男の手を踏んづけたのは同時だった。岩楯は手錠を取り出し、肉のつきすぎたくびれのない手首に、きつく食い込ませた。

「い、痛い、痛い、痛い！　た、助けて、誰か！」

「やかましい！　て、手間かけさせやがって、こ、この野郎」

三人とも極度に息が上がり、しばらくぜいぜいと荒い息を吐いて肩を上下させた。岩楯は、背中に膝を落としたまま血の味がする唾を吐き出し、手首の時計を確認した。

「じ、十一時十四分。こ、公務執行妨害と傷害、器物破損、じ、銃刀法違反で現行犯逮捕」

なかなか息が整わない。後ろ手に拘束した男を仰向けに転がすと、割れた眼鏡をずらしてひいひいと涙を流していた。額は擦りむけ、強打したらしい団子鼻から二筋の鼻血が流れている。贅肉まみれの体は、八十キロを優に超えているだろう。さっきの凶暴性がうそのようで、しきりにごめんなさいと謝っていた。

岩楯は男のズボンのポケットを探り、リュックを開けて財布を取り出した。免許証などの身分証明書はないが、レンタルビデオ店の会員証が入っていた。

「おまえ、名前は？」

「じ、淳太郎《じゅんたろう》です」

「名字」と岩楯は無造作に言った。

「か、勘弁してください……」

「勘弁してもらえると思ってんのか？」

「ほ、本当にすみませんでした。ボ、ボク、どうかしてたんです。こんなこと、するつもりじゃなかったんです、本当です、信じてください」

「そうか。素直に反省できたんだな、偉いぞ。だからといって、勘弁してやるほど俺は優しくないんでね」

　岩楯は鰐川へ顎をしゃくった。ジャケットとシャツの腹のあたりが真一文字に切り裂かれており、広がった隙間から白っぽい肌が見えている。そこに赤いペンで描いたような細い線が、すっと横に走っていた。紙一重とはこのことだろう。かろうじてつながっているネクタイが、頼りなくぶらぶらと揺れている。鰐川が拾い上げた両刃《もろは》のナイフを見て、あらためて冷や汗がにじんだ。

「ボ、ボクは、いったいなんの罪で捕まるんですか？」

「罪状はさっき言った通りだ。なんならそこに、坊主頭の罪も上乗せしてやろうか？」

淳太郎は眉の端を下げて、泣きそうな情けない顔をした。

「おまえは、警官の内臓を道端にぶちまけるつもりで刃物を振りまわした。しかも、戦闘用のダガーナイフでな」

「い、いや、それは、か、狩られると思ったからなんです」

「狩られる？　何言ってんだよ」

「ま、前にもカツアゲされたことがあって、こ、このへんは不良が多いんです。だから、危険から身を守ろうとして。せ、正当防衛というか……」

「どこが正当だ」

ビデオ店の会員証を鰐川にわたし、岩楯は涙を流している淳太郎を手荒に立たせて車へ放り込んだ。隣に収まり、至近距離から睨みつけた。

「今は、おまえの与太話に付き合う気分じゃない。夜更けに全力疾走させられた挙げ句に、タイヤ交換までする羽目になったんだからな」

鰐川は助手席に乗り込むなり、名前と住所を照会中です、と言った。ぼろぼろのジャケットのポケットから、ハンカチを出して差し出してくる。

「手の怪我が結構ひどそうですよ」

そう言われてようやく気がついた。右の掌は赤い肉が露出し、黒っぽい血がズボンを汚している。礼を述べてハンカチを巻きつけ、隣で鼻血を流している淳太郎に、大量のティッシュを押しつけた。

いくつもの赤色灯が、深夜の下町をただならぬ気配に染めている。何人かの住人が、不安気な面持ちで玄関先から顔を出していた。淳太郎は手を前にして手錠をかけ直され、紐を通されて腰にまわされている姿だ。辺りを検証している警官たちをアコードの中から眺めては、隣に座る岩楯の様子をおどおどと窺っていた。

「マエがありました」

鰐川は、無線を切ってすぐに口を開いた。

「坂下《さかした》淳太郎、三十歳。今年の二月、傷害です」

「よし、話を聞こう。淳太郎、おまえは何をやったんだ？」

岩楯はマルボロをくわえ、鼻先にライターの火を近づけた。

「あ、あれは、ちょっとした行き違いだったんです。傷つけるつもりもなかったし、じ、実際、傷つけてもいません。し、傷害なんて、ひどい濡《ぬ》れ衣《ぎぬ》です」

「だから、何やったんだよ」

淳太郎は、尻を何度も浮かせて身じろぎをし、乾いた鼻血がこびりついている頬を肩口に押しつけた。もごもごと口の中で何かをつぶやいているが、まったく要領を得ない。鰐川に目をやると、小さく頷いてからメモを読み上げた。

「人気女性アイドルグループの握手会で、突然、その中のひとりに襲いかかったそうです」

「ち、違う！」と淳太郎は、いきなり声を裏返した。「ボ、ボクはレイちゃんを襲ったりしていない！　あれは、同意の上だったんです！」

「同意だ？」

「そうです。ボ、ボクは、前の日にレイちゃんのブログにコメントしておいたんです。あ、握手会で、もらいたいものがあるんだって。彼女だってコメ欄を見てたはずなんですよ。二人の中では、伝わっていたんです」

「以心伝心ってやつだな。で、レイちゃんの下着でももらおうとしたのか？」

淳太郎は心外だといきり立ち、鼻息を荒くして早口で捲《まく》し立てた。

「そんな下品なことを言って、神であるレイちゃんを貶《おとし》めないでください！　い、いくら刑事さんだって許しませんよ！」

「そりゃ悪かったな。おまえみたいに上品じゃないから、ついつい口が滑ったよ。それで、下着じゃなかったら何をもらおうとしたんだ？」

「か、髪の毛です」と男は、まるで高尚な行為だとばかりに堂々と胸を張って言い切った。「彼女の髪の毛をもらおうとしたら、警備員とかほかのファンに袋叩きにされたんだ。このボクが、あんなザコキャラどもに……」

岩楯は煙草をふかしながら目を細め、顔を真っ赤にして憤る淳太郎の様子を窺った。こいつは、現実的な会話が成立しないタイプの人間だろうか。

「ちなみに、髪の毛なんかを引っこ抜いてどうする気だったんだ？　食ったり舐めたりしてもろもろの欲望を満たしてから、家宝にでもするつもりだったのか？」

「そ、そんな下劣でレベルの低い発想はボクにはない。目的はひとつ……ＤＮＡの採取ですよ」

淳太郎は、目を据わらせて不気味にふふっと笑った。

「レイちゃんの遺伝子を隅々まで解き明かして、内面の美しさを証明するんですよ。それに、遺伝子を冷凍保存しておけば、クローン技術が発展した未来に、完璧なコピーがつくれる。すごいことでしょう！　主《あるじ》に従順なコピーですよ！　これは、ボ、ボクの命を懸けた研究なんだ。選ばれし者なんだ。ボ、ボクは、単なるアイドルオタクじゃない。神聖なる使命を背負った人間なんですよ」

短くなったマルボロを最後に大きくひと吸いし、後部座席の灰皿にねじ込んだ。そして振り向きざま、淳太郎の坊主頭を思い切りひっぱたいた。男はひいっと声を上げ、反対側の窓に頭をぶつけている。それを見た鰐川は、とても満足そうに大きく頷いた。

「おまえ、三十にもなって何ぬかしてんだ。神聖なる選ばれし者だ？　馬鹿も休み休み言え。おまえは選ばれし変態だろうよ。レイちゃんなんかを馬鹿面下げて追いかけてないで、ちっとは世の中の役に立つことでもやれ」

「や、役に立つでしょう？　じ、人類の未来を変えるかもしれない研究なんですよ」

「うるせえぞ」

この手の人間が多すぎる。岩楯はため息をついて、凝り固まった肩を揉んだ。現実社会から逃げまわるだけではなく、生活のすべてを架空の世界とリンクさせながら生きている。ひ弱で腑抜けに見せていて、ナイフを躊躇なく突き出せる異常さには、感情の波も昂ぶりもなかった。ただただ、目の前の面倒な現実を消したいという欲求のみで、思考ががらりと切り替わる。殺意のない殺意。岩楯はそう思っていた。

すると鰐川が、耳打ちするように声のトーンを落とした。

「主任、車が待ってます。あとは担当者が署で聴取するそうですが」

「悪いが、引きわたしはちょっと待ってもらってくれ。こいつともう少しだけおしゃべりがしたいんでね」

岩楯は、二人の刑事を盗み見ている男に満面の笑みを投げかけた。

「さて。ともかく、レイちゃんはおいといてだ。おまえ、なんでさっきは逃げたんだ？」

「お、追われれば逃げるのが人の摂理、本能です」

「あんときは、まだ追いかけてなかったろ。優しく笑顔で声かけただけで」

淳太郎は、絶え間なく噴き出す汗をたびたび肩口で拭いながら、きょときょとと忙しく目を泳がせた。さっさと答えろ。そう威嚇したが、男は口をつぐんで縮こまったままだ。岩楯がリュックを取ろうと手を伸ばすと、また殴られると思った淳太郎は、ひいっと声を上げて、か弱い防御の体勢をつくった。

「そんなに怯えるなよ。もう手は出さんから」

リュックサックの中身を見て、岩楯は驚くと同時に呆れ返った。

「スタンガンに折り畳み式ナイフ、ロープ、ガムテープ、鉄梃《かなてこ》、ペンチ、軍手。なんなんだよ、これは。小間物屋でも開くつもりか？」

淳太郎は何かを言いかけたが口を閉じ、ひっきりなしに体を揺すっている。落ち着きのなさは病気かと思うほどで、岩楯の神経を逆撫でした。

「この界隈《かいわい》で放火が頻発してんのは知ってると思うが」

なんの前触れもなくいきなり切り出すと、男は震える息を吐き出した。

「おまえは板橋区西台《にしだい》の実家暮らし。なのに、夜更けに線路の反対側までわざわざやってきて、人気《ひとけ》のない住宅街をうろついていた」

「ち、ちょっと散歩してたんです」

「なるほど、ちょっとした散歩か。警察をじゅうぶんに納得させられる理由で安心したよ。ちなみにこれなんだが」

そう言って岩楯は、リュックの中から丸まった軍手を取り出した。

「薄汚れたこの軍手が、油臭いのはなんでだ？　つうか、このリュック自体が油まみれだと思うんだが」

底のほうに、どす黒い油染みが広がっている。淳太郎は、言い訳をひねり出すべく頭を回転させているようだったが、岩楯はそれをさえぎった。

「おまえもＤＮＡだのクローンだの言ってんなら、日本の科学捜査が、どれほど進んでるのかも知ってるよな？　このリュックの油と放火現場から出た油。二つを照合するなんてのは、あっという間にできるんだ。どうやら、俺にもツキがまわってきたみたいだな。なんせ、世間を騒がす連続放火魔を逮捕できるんだから。ここらの住人も、さっさと吊るされることを望んでるだろうし、めでたいことだよ」

「ち、ちょっと、吊るす？　待ってくださいよ！　これは陰謀なんです！　おそろしい陰謀なんですよ！」

「今度は陰謀説かい？」

男は、熱を発する体を乗り出した。

「正直に話します！　こんな濡れ衣は我慢できない！　確かにボクは、ち、ちょっとした小火を起こしたことがある。でもそれはほんのちょっとで、人に害なんてない程度なんですよ！」

「害がないだと？」

「そ、そうです！　ゴミに火をつけたりしたけど、絶対、家には燃え移らないように気をつけてたんだ！　優しさを残したんですよ！　だけど、ここ最近の火事は、どっかの馬鹿が、ボクに罪を着せようとしてやったことなんです！　し、信じてください！」

岩楯は汗まみれの胸ぐらを掴み、淳太郎と間近で目を合わせた。どこまで身勝手なのだろうか。ぶん殴りたい衝動を抑えるのに、かなりの精神力が必要だった。

「いい加減にしろよ、この野郎。優しさを残しただと？　放火は未必《みひつ》の故意だ。火を放った時点で、おまえは人が死ぬ確率もしっかり勘定に入れてんだよ」

「そ、そんな。死ぬ確率なんて……」

ぶるぶると震えている男は、つぶらな目に涙を盛り上がらせた。自分のためだけに流す涙ほど、鬱陶しいものはない。

「人がいるのをわかって火をつけるなんてのは、殺人と一緒だ。間違っても、小火だから軽い罪で許されるなんて思うなよ。なんでも都合よく考えるんじゃねえ」

もうひと睨みしてから淳太郎を突き飛ばすと、うつむきながらごめんなさいとつぶやいた。

「さっきはあそこで何をやってた？」

岩楯はすぐに同じ質問をした。男は洟をすすり上げ、涙を流しながら声を震わせた。

「ボ、ボクは、放火魔を捕まえようとしてたんですよ。誰かがボクに罪を着せようとしてんのがわかったし、そ、その汚いやり口が許せなかった。だから、夜に街を見まわってたんです」

「ご苦労さんだな。いつから自警団みたいなことをやってるんだ？」

「先々週の火曜から毎日です」

となれば、みちるのアパートから火が上がった日も、街に繰り出していたことになる。

「おまえ、なんか見たな？」

岩楯は確信を籠めて言い切った。淳太郎は、迷うような怯えるような面持ちでちらちらと様子を窺い、終いにはこっくりと頷いた。

「十一日のあの日、ボクは徳丸のあたりをまわってたんです。二日前に北町で小火があったから、今度は線路の北側で起こるんじゃないかと思ったんですよ。つまり、徳丸地区です。予想はバッチリ当たりました」

淳太郎は、いささか得意げに顎を上げた。

「あそこの急な階段を、駆け上っていくやつを見ました」

「時間は？」

「たぶん、夜中の三時になったかならないかぐらいだったと思います」

岩楯は捜査ファイルをめくった。火災発生の入電は午前三時四十二分。その人間に間違いないだろう。死体が転がっている部屋に入り、黙々とガソリンをまいている犯人の姿が目に浮かんだ。

「でも……」と男は、さも悔しそうに舌打ちをした。「ボクはその場を離れたんだ。

火が上がる気配もなかったし、さっきのやつが下りてくる気配もなかったから、放火魔じゃないのかなと思ってしまって」

「顔とか人相はわかるか？」

「はい。黒っぽい服を着た、背の高いやつでした。マスクをしてたから、顔まではちょっとわかんないですけど、痩せ形ですらっとした体格です。刑事さんよりは背が低いと思いますけど、百八十に近いような感じで」

「歳のころは？」

「たぶん、それほど若くはないんじゃないかな。あくまでも印象ですけどね。それにもうひとりは……」

なんだって？　淳太郎の肩を摑み、岩楯は手荒にこちらを向かせた。

「ちょっと待て。おまえ今、もうひとりって言ったか？」

「は、はい。もうひとり……」

気圧《けお》されて語尾を引っ込めた男に、舌打ちを投げかけた。

「そんな大事な情報を、今の今まで出し惜しみしやがって。顔は見たのか？」

「はい、いや、いいえ」

「どっちなんだよ！」

「く、暗かったし、帽子を深くかぶってたから、顔まではよくわかんないですよ。でも、百五十センチぐらいしかないようなやつでした。子どもかと思ったし」

「子ども！」と鰐川が思わず声を張り上げた。

「まさかガセじゃないだろうな？」

「ほ、本当です。たぶん、中学生とか高校生とか、そのぐらいに見えたんですけど。すごくおどおどしてる感じで、もうひとりの後を必死に追いかけるみたいに小走りしてました。暗くて遠いのに、上下関係だけははっきりとわかったな。まるで、服従してる仔犬みたいだなと思ったから」

　失踪した子どもたちの顔が頭をよぎった。顔見知りでもあるし、スクールカウンセリングで熱心に接していた子どもなら、みちるは必ず家に入れるだろう。そこで何かが起こり、発作的な殺人が起きたとしたらどうだ。岩楯は仮説を吟味した。失踪した当時は十六歳で、今の年齢は十九歳。小柄ならば、あどけなく見えても不思議ではなかった。

　しかし……岩楯は腕組みをした。主導権を握っているらしい、もうひとりの人間とはいったい誰だ？　複数犯の可能性も頭の隅には置いていたが、また新たな人物が登場している。すけこましの國居の顔が浮かんだが、痩せ形ですらりとはしていない。

「おまえがそこいらに放火したとき、何をまいて火をつけたんだ？」

「ああ、ええと、灯油です。ストーブの中に残ってたやつで。すみません」

「ほかの油を使ったことは？」

「いいえ、灯油だけです」

調べればわかるが、これはうそではないだろう。淳太郎が灯油で、殺人犯はガソリンを使った。では、たった一度だけ使われたシンナーは、誰の仕業なのだろうか。可能性を片っ端から検証しているとき、「あのお……」という遠慮がちな声が聞こえて横を向いた。「夜も遅いんで、もう帰ってもいいですか？　知ってることはみんな話しましたから」

「この期《ご》に及んで、おまえは家へ帰りたいと言う」

「だって、こういうのを司法取引って言うんですよね？　重要情報と引き替えに、罪を帳消しにしてもらえる制度があると思うんですけど」

よくも、こんなとぼけたことが言えると思う。おもねるような不気味な上目遣いを見て、岩楯はもう一発を頭にくらわせた。さっきよりも五割増しだ。淳太郎はひいっと得意の声を漏らし、恨みがましい顔をこちらに向けた。

「さ、さっき、もう殴らないって約束したじゃないですか！」

「他人を簡単に信用すると、痛い目を見るって教訓になっただろ？　それに残念だったな。日本には司法取引なんてもんはないんだ。おまえの罪を、びた一文まけてやるつもりはない」

岩楯は、待機していたパトカーに淳太郎を引きわたし、うんざりしながら替えのタイヤとジャッキをトランクから引きずり出した。

3

午前零時をとうにまわっている。

岩楯は、ひっくり返りそうなほどの睡魔と戦いながら報告書を書き上げ、トレイに突っ込んで洗面所へ向かった。壁に貼られた鏡の中では、冴えない顔色の男が睨みをきかせている。目の下にはくっきりとクマが浮き出し、のびかけた髭が顎のあたりを黒ずませていた。どうしようもないほどの悪人面が嫌になる。

蛇口をいっぱいまでひねり、左手で水をすくって顔にかけた。右手の傷は熱をもってずきずきと痛むし、酷使した目の奥も強張って疼《うず》いている。とにかく、布団に潜り込むまでは、頭を起こしておく必要があった。

岩楯は気の済むまで冷水を顔に浴びせ、くしゃくしゃのハンカチで適当にぬぐった。前髪から水を滴らせながら洗面所を出たとき、誰かにぶつかりそうになって咄嗟に脇へ避けた。

「ああ、びっくりした。出合い頭って、こういうことだよね。あれ、だれかと思えば岩楯刑事じゃないですか」

赤堀だった。肩ぐらいの髪を下ろし、珍しくスカートを穿いて薄化粧をしている。それだけで、まるっきり別人のように見えた。

「おかしな場所で会うもんだな。こんな時間にどうしたんだ?」

「報告書をまとめて提出しにきたの。溜めてたらおこられちゃって」

「だれもが一回は通る道だ」

「もう何回も通ってるんだけどね」

二人は笑いながら廊下を歩きはじめた。

「岩楯刑事も、こんな時間まで大変ですね」

「まあ、いろいろとあってな。とあるアイドルオタクのせいでさんざんだったんだよ。普段はもうちょっと早いんだが」

「今日のキーワードはアイドルオタクか。帰りがけのワニさんにも入り口で会いましたよ。岩楯刑事とまったくおんなじことを言ってたけど」

「俺より鰐川のほうが、さんざん度は上だろうな。先生に虫も食わされたわけだし」

岩楯は刑事部屋の前で立ち止まり、頭二つぶんほど違う赤堀を見下ろした。

「もちろん、今から帰るんだよな？」

そうですよ、と返してきた彼女を残し、部屋へ入って鞄と上着をもって戻った。

「どうやら、送っていく定めらしい」

「ああ、気を遣わないで。わたしなら大丈夫だから」

「大丈夫ではないだろ。もう終電もないんだし」

「ええ。でも、自転車なんですよ。終電は関係ないの」

あらためて彼女の全身に目を走らせた。薄手のブラウスにカーディガンを羽織り、膝小僧が出る丈のスカート姿。岩楯の視線を受けた赤堀は、モスグリーンのカーディガンの裾を摘んでひらひらと振った。

「ちょっと夕方から人と会う用事があってね。終わったら着替えようと思ってたんだけど、着替え一式を研究室に忘れてきたってわけ」

「とにかく送るって。その格好で工事現場のヘルメットをかぶるとか、さすがに勘弁してもらえるか？　鰐川を見習って、女には幻想をもつようにしたんでね」

「そんなこと言われると、幻を粉々に打ち砕いてやりたくなるけど」

赤堀は、ぺこんと頭を下げて笑った。「じゃあ、お言葉に甘えます」

頑なに遠慮しない人間は好きだ。

岩楯は彼女をつれてエレベーターに乗り、人気のない地下駐車場へ下りた。リモコンキーを押すと、奥に駐めてある黒いアテンザが数回瞬いてから返事をした。彼女を助手席に乗せて地上へ出てから、警察署の真ん前に横づけしてある、折り畳み式自転車をトランクへ入れた。

「家は阿佐ヶ谷《あさや》だったよな」

「そう。なんか、ナイスなタイミングで来ちゃったみたい」

「まったくな。だが、通り道だからついでだよ」

岩楯は高島《たかしま》通りの交差点を右折し、笹目《ささめ》通りへ入った。この時間の国道は、轟音を上げる大型トラックに占拠されている。けれども車は順調に流れ、アテンザも滑るように走った。走行車線を行きながら煙草をくわえて箱から抜き出すと、赤堀が、さっとライターの火を差し出してきた。

「送ってもらうついでに、一本もらっていいですか?」

「あいかわらず、おかしな日本語だな」

岩楯が差し出したマルボロを指に挟み、火を点けて深呼吸でもするように大きく吸い込んだ。

「異常成長したウジだけど、まだなんの結論も出てないの」

赤堀は窓を細く開け、口を小さくすぼめて煙をふうっと吐き出した。

「今のところ、いろんな仮説を立てては捨てることを繰り返してるだけ」

「あれから進んでないわけか。ちなみに先生の中で、巨大ウジの重要度はどんなもんなんだ？」

「最高ランクね」

そうかぶせるように即答した。彼女の見解は、以前と少しも変わっていないらしい。

「あのウジたちがもってる情報は、事件の根っこにつながってるような気がしてる。まあ、なんの根拠もないんだけど、はずれてはいないかな」

「その自信をぜひ見倣いたいもんだ」

岩楯は、くわえた煙草を揺らしながら笑った。みちるの中から出たウジは、焼死ではなく殺人であることをみなに知らしめた。ならば成長速度の違うウジも、何か別のことを伝えたがっているのだろう。

「警察が、法医昆虫学に重きを置いてないことは知ってるの。今回のコラボだって、きっとだれかの思いつきみたいなもんでしょうね。で、予算の関係もあるし、未だにこれといった結果も出ないし、一回限りでポイ捨てしようかって上層部は思いはじめてる。どう？　わたしの読みは当たってる？」

「なかなかいい線いってるよ、はずしちゃいない」

「あーあ、あっさりと認めちゃうんだもん。これで警官はみんな敵じゃん」

「みんなじゃないだろ。『ほぼ』みんなだよ」

「ありがとう、追い打ちをかけてくれて」

赤堀は、にんまりと攻撃的な笑みをつくった。

「岩楯刑事は、その『ほぼ』の中に入ってるわけ？」

「まあ、正直なところ半々だな」

「ありがとう、情け容赦ないことを言ってくれて」

どういたしまして、と言って煙草を揉み消すと、赤堀もそれに倣った。

「先生の仕事には、使い道があると警察は認めた。だがな、ほとんどの連中は捜査の一部じゃなくて、目先が変わったおかしなもんだと見なしてる。悪いが、これが現状だ」

「そっか」とそっけなく答えた赤堀には、気落ちしている様子がない。それどころか、不敵な笑みが浮かんでいるのを見て岩楯はおもしろくなった。

「とにかくね、歯痒くてしょうがないの。未だに虫の声が聞こえない自分は、きっと聞こうとしてないだけだと思うから。つまり、警察組織っていう外野に気を取られてるのね。本当に小さい声だけど、あの子たちは必死に伝えようとしてるのに。困ったな」

対向車のヘッドライトが、赤堀の白い顔をたびたび浮かび上がらせる。途方に暮れている頼りなげな子どものようでいて、頑丈な意志が立ち昇っているのはいつもと変わらない。言うほど困ってはいないのだろう。頭を整理するために、あえて言葉に出している。そんなふうに見えた。

岩楯はアクセルを踏み込み、前のトラックに続いて環八へ左折した。

「たぶん、そっちこっちで同じことを訊かれてると思うんだが、つまらん質問をしてもいいかい？」

「どうぞ、なんなりと」

「先生は、なんで虫を職業にしようと思ったんだ？」

「好きだから」とひと言で返してきた赤堀は、こちらを向いてふふっと笑った。「いつもなら、そんな『つまらない』質問にはこう答えるかな。先を説明するのもめんどくさいし」

「できれば、その先をぜひとも聞かせてもらいたいね」

「母親が、わたしを生んですぐに死んだから」

隣をちらりと見やると、彼女は前のトラックの尾灯をじっと見つめていた。

「兄弟もいなかったし、ずっと父と祖父との三人暮らしだったの。子どものころ、わたしの世界は裏庭だけだったな。雑草が生えた小さい庭には、数え切れないほどいろんな生き物がいた。きっとね、あの場所を調べようと思ったら、一生かかっても終わらないほどの種類がいたと思う。アリにムカデにケラ、ボウフラ、ダンゴムシ、コガネムシ、ミミズ、カマドウマ、ヨコバイ、コオロギ。もっともっと、こんなもんじゃない。東京のど真ん中だって、見ようによっては自然豊か。もちろん、今、このときもね」

旧早稲田《きゆうわせだ》通りに入ると、工事現場に並ぶ赤色灯が、赤堀の瞳に映って妖しく瞬いている。意外にも、しんみりと家族の思い出に浸るような面持ちではなく、わくわくとして自分の言葉を心から楽しんでいるように見えた。それがとても活き活きとしているから、裏庭の冒険の続きが聞きたくてたまらなくなった。

「虫ってのは、この世に全部でどのぐらいいるんだ？」

「特定されてるものだけで、だいたい九十五万種。実際には、三千万種を超えると推定されてるわけ」

「驚異的だな。ちょっと想像ができない」

「こういうことなの。人を含めた全動物の九〇パーセント以上が虫。もっとわかりやすく言えば、人ひとりに対して、虫は十億ね」

一対十億。途方もなさすぎて、やっぱり想像は難しかった。

「昆虫のほとんどは、死んでも形状が変わらないじゃない？　きれいな形を保ったまま、いつもわたしを楽しませてくれた。それに、こっそりと家にもって入れるメリットもあるしね」

「それはわかるよ。俺もガキのころに、カマキリの卵を机の中で孵化させたことがあったな。精密なミニチュア模型みたいな子どもが、わんさか引き出しから出てきて、親にこっぴどく叱られたよ」

「机とか鞄の中で、生き物を孵化させてこそ子どもってもんでしょ。とにかく、虫の生命力はすごいからね。当時、わたしは真っ白いうさぎを飼ってたの。でもあるとき病気で死んじゃって、裏庭にお墓をつくって埋めた。でも、かわいがってたからどうしても諦め切れなくて、しばらくしてからお墓を掘り返したの」

「おい、掘り返しちゃいかんだろ」

あっさりと、とんでもないことを言う。赤堀は、きらきらと輝いていた瞳をいささか曇らせた。

「お察しの通り、うさぎはひどいことになっていた。隙間もないほどウジが湧いて、白い毛皮だけを残して中身がもぞもぞ動いてた。小さい体の中は、肉を食べてるウジでいっぱいだったの。うさぎのかわいかった面影なんてなくて、目が空洞になってひどい臭いで、腰を抜かしてひっくり返ったと思う」

「普通はトラウマだ。話だけでもぞっとするよ」

「そうだね。ショックで何日か寝込んだけど、どうしてもその後が気になって仕方なかった。で、一年ぐらい経ったある日に、思い切ってまた掘り返してみたわけ」

「本当に懲りないやつだな……」岩楯は、ステアリングを切りながら言った。

「そしたらなんと、うさぎはきれいに消えていた。真っ白い小さな骨だけを残して、なんにもなくなってたの。周りにはさらさらした土があって、臭いも何もしなかった。虫たちが、すっかり土に返してたから、なんだかすごく安心したのを覚えてる」

「安心？　なんで？」

「きっと死んだお母さんも、さらさらの土に返ったんだと思ったからかな」

赤堀は、本当に優しい穏やかな顔をしていた。裏庭での冒険は、彼女にとってどうしても必要だったのだろう。誰もが必ず興味をもつ、なんで昆虫学者になったのか……という質問には、やはり「好きだから」のひと言で返すべきだと岩楯は思った。なんとなくだが、この話を独占していたい。

「そこからの法医昆虫学者か。ある意味、天職だし道理にかなってるわけだ」

「そうなんだけど、虫を職業にできたのは別の理由がある。つまりは、真っ当な道から外れたひとり娘を、父が何も言わずに送り出したことだね」

「確かに。最高におもしろい親父だな」

彼女は嬉しそうに笑った。夜更けの車内が、じわじわと明るくなるような笑みだった。水分をたっぷりと含んだ土みたいな女だ。ほどよい冷たさがあって、力強くて温かい。どんな突拍子もない話でも、赤堀にかかれば、何かしらの芽を出して見せるのだろう。

中杉通りを右折すると、阿佐ヶ谷駅の北口が見えてきた。西高島平署から、三十分程度。赤堀のマンションは、阿佐ヶ谷南の閑静な住宅街にあった。落ち着いた薄茶色の外壁をした、十世帯もないような三階建ての小さな建物だ。岩楯は車を降りて、トランクから自転車を下ろした。

「どうもありがとうございました。本当に助かっちゃった」

彼女は丁寧にお辞儀をした。

「礼には及ばない。虫で進展があったら、いつでも電話してくれ。じゃあな」

右手を上げてアテンザをまわり込もうとしたとき、赤堀に袖口を摑まれた。その手は手首へと移動し、ついに指先をぎゅっと握ってくる。いったいなんだ。岩楯がたじろいでいると、彼女は難しい顔を上げて目を合わせてきた。

「怪我したの？」

見れば、右手に巻いた包帯が血でぐっしょりと濡れていた。ハンドルを握るには、少々無理があったらしい。

「軽いすり傷だよ」

「軽いってことはないでしょう。かなり血が出てるし、なんで早く言わなかったの？」

咎めるように言った赤堀は、手を引いてマンションのエントランスをくぐろうとした。

「おい、ちょっと待てって」

「とにかく包帯を替えるから、めんどくさい抵抗なんてやめてよね」

「いや、無理だ」

「いったい何が無理なわけ？　人間じゃないと思えって、ワニさんに言ってたくせに」

赤堀は、非難のにじんだ不気味な笑みを浮かべた。聞こえていたのか……。

「こんなとこで揉み合ってると住人に通報されるから、さっさと歩く！」

オートロックを解除した彼女は、目の前のエレベーターに乗って三階まで上がった。有無を言わさずすたすたと奥まで進み、部屋の鍵を開けている。いろんな意味で言い訳できない状況だが、赤堀の部屋への興味のほうがはるかに上まわっていた。

もしかして、中は虫だらけなのだろうか。放し飼いか、いや、さすがにケージには入れているだろう。ワシントン条約違反の珍種がいたらどうする？　とりあえず、三回までは見逃そうか。まさか、クモはいないだろうな。

さまざまな憶測で頭を膨らませつつ、靴を脱いで暗い廊下をまっすぐに進んだ。ハーブのような、爽やかな青い匂いがする。彼女が手探りで壁に触れると、リビングの明かりがぱっと灯った。

こぢんまりとした部屋を、岩楯はぐるりと見まわした。間接照明が部屋の四隅にあり、茜色ににじむ暖かそうな空間をつくり上げている。予測に反して、壁を這いずっている虫もいなければ、ずらりとならんだケージもなかった。白い壁には、小さな桃色のチョウばかりを集めた標本が飾られ、ノートパソコンやたくさんの書類が白木の机に置かれている。二人がけのカウチもカーテンも卵色をしていて、柔らかな日だまりを思わせる部屋だった。工事現場のヘルメットを平気でかぶる、あけすけな赤堀の気配は一切ない。岩楯の胸が妙に騒いだ。

「そこに座ってくださいね」

岩楯は、促されるままカウチに座り込んだ。

この部屋も静かだが、自宅の静けさとは種類が違う。張り詰めたものが何ひとつなかった。たまに外を通る車の音と、風が街路樹をなぶる音しか聞こえない。

赤堀は、赤黒いシミになった包帯を慎重に外した。親指の付け根あたりの傷がひどく、皮が厚くめくれて赤い肉が盛り上がっている。彼女は顔を近づけてまじまじと観察し、血に濡れた生傷を怖がったりはしなかった。

「どうしたの、この傷」

「転んだんだよ」

「それにしては、かなり深い擦過傷《さつかしよう》だね。親指を動かしてみて」

岩楯は、言われた通りに動かして見せた。ぴりっと痛みが走り、傷が引き攣《つ》れる。

「神経と骨は大丈夫そうだけど、治るのに時間がかかりそう。右の掌っていうのがいちばん面倒な場所だし、こんな適当な応急処置じゃなくて、ちゃんと医者に診てもらったほうがいいと思う。こっちに来て」

彼女につれられて洗面所へ行き、傷口をぬるま湯で丁寧に洗われた。再びリビングに戻ると、赤堀は奥の部屋へ駆けていって、救急箱やタオルを抱えてすぐに姿を現した。箱の蓋を開けて油紙や軟膏を取り出し、ピンセットでガーゼを摘んでから、消毒用エタノールを染み込ませる。

血や傷口など見慣れているはずなのに、自分のものはまた別らしい。赤堀がガーゼでこびりついた血をぬぐうのすら、なかなか直視ができなかった。

「大丈夫だからね」と彼女は目を合わせてきた。「あんまり痛くないでしょう？」

「痛いよ」

「痛くない、心配しないで」

クモを追い払ってくれたときと同じだ。アルトの声が心地いい。赤堀は、傷にガーゼがくっついてしまわないように軟膏を塗りつけてから、油紙を手早く当てて、新しい包帯をしっかりと巻いた。

「ずいぶん手際がいいんだな」

「そう？　フィールドワークに怪我はつきものだから、慣れちゃったのかもね」

赤堀は包帯を巻いた手をいつまでも離さず、屈んで足許から見上げてくる。黒目がちな瞳の中では照明が反射して、透明度の高い深い琥珀《こはく》色に変わっていた。

「ここには、ひとりで住んで長いのか？」

「それを今すぐ確認したいですか？」

「できれば今すぐに聞きたいね。恋人と鉢合わせでもしたら、状況的にぶん殴られそうだからな」

赤堀は、長い睫毛を揺らして笑った。

「岩楯刑事、恋人はいるのかって率直に訊いたらどう？　遠回りするようなことじゃないと思うけど」

「別に、そこが知りたいわけじゃないんだが……」と柄にもなくもごもご語尾を濁した。

「ここにひとりで住んで五年目。恋人はいない。ゆえに、あなたがぶん殴られることも、返り討ちで相手を落としちゃうこともないってわけ。安心した？」

この女は捉えどころがない。少年のようにはしゃいでいたかと思えば、野生動物に似た攻撃性を全身に宿して人を遠ざける。それでいて柔らかく笑い、ふいに孤独を噛みしめているような苦しげな顔をした。この存在感には抗《あらが》えない自分がいる。むりやり腹をこじ開けて、ずかずかと中に入ってきてしまう厄介な女だった。

赤堀はまだ手を離さず、合わせた目も逸らさない。透けるように白いとはよく言ったもので、手の甲の血管は、青白いレース模様になっている。まさか誘っているのか？　よくわからない。何かを懐かしむような表情に見えるのは、自分の思い違いだろうか。その不思議なまなざしに吸い込まれそうで、岩楯は手を外した。

血と消毒薬と煙草とハーブの匂い。それらは混じり合って悩ましく嗅覚を刺激し、シャツの襟元から入り込んできて、背筋や脇腹を優しく引っかいた。

岩楯は、膝立ちになっている赤堀を抱きしめた。そうする以外にはなかった。ふっと熱の匂いを感じ、まわす腕に力が籠もった。

自分はいったい何をやっている？　内面を見ようともしない妻への当てつけか？　あの家からの逃げか？　ただの欲求か？　場の空気に流されているのか？　それとも、本当に赤堀を独占したいのだろうか。

華奢な体を預けていた彼女は、軽く身じろぎをしてから岩楯の胸に手を置いた。

「岩楯刑事。二人とも、ちょっとおかしくなってる。それにわたし、ファザコンの気があるし」

「だから？」

「困ったことに、年上で人相の悪い男に惹かれる質《たち》なの」

「なるほどな」

岩楯は現実と理性だけを過剰に意識して、温かな赤堀から体を離した。びっくりするほど抵抗感がある。

「その手の男がいれば、今みたいに誘いをかけてくると」

「何それ」

赤堀はさっと顔色を変え、怒りを隠そうともせずに声を尖らせた。

「じゃあ、あなたは、チャンスさえあればどんな女にでも抱きつくと」

「そんなわけないだろ」

「わたしだって、そんなわけないでしょ」

さらに応戦しようと思ったが、開きかけた口を閉じて頭をかいた。女との押し問答は、果てしなく気力を消耗する。だいたい、こんな夜更けに、二人して何をとち狂っているのだろうか。本当にどうかしている。岩楯は顔をこすり上げ、カウチから立ち上がった。

「ごめんな、きっと疲れてんだよ」

「お互いにね」

「とにかく、傷の手当をありがとう。今さっきのことは、忘れたほうが互いのためだ」

「どうぞご勝手に。わたしはすぐ忘れる脳なんて持ち合わせてないからさ」

「それは、それは、優秀な脳をお持ちで羨ましい限りだよ」

むくれ顔の赤堀に苦笑いを投げかけ、岩楯は部屋の外へ出た。ここにいては駄目だ。けれども、玄関のドアを閉めるという行為に、これほどの自制心が必要になるとは思わなかった。今すぐに、暖かい部屋へ引き返したくてしょうがない。岩楯は感情の波に呑まれる前に、階段を数段抜かしで駆け下りた。

4

ガラス製のシャーレの中では、丸々と太ったハエの幼虫が活発に動いていた。餌である牛の肝臓には目もくれず、器の縁を這い上がって外へ逃亡しようとしては、ころんと転がり落ちている。ついに三齢の後期、徘徊期に突入したらしい。自然界ではきる限り餌から遠ざかり、木の上や高所への大移動が始まる時期だ。理由は狩られずに生き延びるため。このウジは間もなく動きを止めて、蛹になる準備を始める。

赤堀は色ツヤのよい健康な幼虫を見て、はあっと大きく息を吐き出した。書類や実験器具でとっ散らかった机の天板を、人差し指でとんとんと気忙しく叩いた。

朝からウジを眺めては書物や文献をひっくり返し、苛つくことを繰り返している。隣のシャーレにいるのは、採取時に初齢だったウジだ。こっちはようやく三齢の前期まで成長していた。が、餌を食べる速度や量などは平均的で、予測できる成長の範囲にきっちりと収まっている。同じ遺体の同じ環境下で発見されたのに、巨大ウジほどの食欲はもっていない。

いったい、なぜこれほど目に見える変化が現れているのか……。

赤堀は、飽きもせずに同じ疑問へ舞い戻った。虫が持ち込まれたその日から、このハードルを未だに越えられないでいる。初めて目にする特殊な種ならまだしも、このウジはクロバエ科の幼虫だろう。おそらくオビキンバエ。遺体に湧く虫の常連であり、自分の体と同じぐらい、隅々まで見知っているというのに。

ひとつだけ確実なのは、食欲旺盛な巨大ウジの成長速度は、過去のデータがまるっきり通用しないということだった。通用しないどころか、参考程度にもならない。

赤堀はノートパソコンのキーを弾き、今までに知り得たデータを、あらためて入力してみた。コンピューターは唸りを上げながら考える間を取っているが、どうせまたあのメッセージを返してくるのだろう。まんじりともせずにモニターを見据えていると、間抜けなビープ音とともに文字が現れた。

《エラー：入力数値を間違えています。または、この幼虫は存在しません》

「間違えてないって！　幼虫も存在してるって！」

ばんばんと机を叩き、思いつく限りの悪口をわめき散らした。どうすれば、この状況から抜け出せるのだろうか。シャーレからの逃亡に挑んでいる巨大ウジに顔を寄せ、赤堀は声を張り上げた。

「ああ、もう！　おまえにはいったい何が起きてるわけ？　納得できるような説明を聞かせてよ！　ほら、もうちょっと大きい声でさ！」

赤堀は頭をがりがりとかきむしり、天井を仰いで、背もたれをきしませながら椅子に寄りかかった。視線の先には、正方形の天窓がある。汚れたガラスには枯れ葉が降り積もり、その隙間から見える空は陰気くさい鈍色《にびいろ》だった。すっきりとしない今の気持ちを、天候で表せなどと頼んだ覚えもない。

「岩楯警部補め」

苛々の鉾先を、憎らしい刑事に向けてみた。

「悪党面め」

思ったよりなかなかいい感じだ。胸がすっとする。赤堀は椅子をくるくるとまわしながら、流れるように言葉を続けた。

「横柄、冷酷、口が悪い、秘密主義、慇懃《いんぎん》無礼、ぶっきらぼう、深読み屋、偏屈、自信家、マイペース、自己流、根暗、クモ男……」

言っていながら、正反対の言葉もぽんぽんと頭に浮かんできた。まるで、自分の中に、強力な擁護派が住み着いているようだった。

温厚、情に厚い、正直、公平、信頼、正義感、使命、厳しさ、優しさ、懐かしさ。正の言葉は途切れなくこぼれてきた。

赤堀は枯れ葉の隙間から覗く空を眺め、薄く微笑んだ。岩楯のもつずっしりとした物怖じしない雰囲気は、亡き父親にそっくりだと会った瞬間から思っていた。どこか暗い陰があるところも似ている。言葉少なに自分を見守り、決して根底から否定することはない。けれども常に自問自答をしていて、誰よりも冷静にことを見極めようとする。そしていつも、何気ない道しるべになってくれた。

　今の自分のポジションを、赤堀はじゅうぶんに把握しているつもりだった。試しに使ってもらっている、期限つきのよそ者法医昆虫学者。きっと今ごろは警察上層部の眼中にもないだろうし、たとえ結果が出せなくても、誰も興味など示さない程度ののだろう。そもそも、はなから期待などされていないのは百も承知だった。数ヵ月後には、一枚の紙切れが送られてくるのも想像がついている。

　予測できる表題はこう――契約終了通知書。

　岩楯が、捜査本部の否定的な意見を塞き止めているのも、なんとなくだがわかっていた。単なる自分への気遣いからではない。新しい専門分野への興味と理解がそうさせていると思っている。積極的に赤堀を信頼しようとしているのは、彼だけかもしれない。

　だから岩楯に、特別な感情を抱いたのか？　無関心な人間だらけの中で、唯一、言葉をかけてくれる対象だから仔犬みたいになついてしまったのか？　赤堀は顎に手を当てて考えた。大好きだった父と似た空気を感じるから？　単に重ね合わせる誰かが欲しいから？　それとも、久しく忘れていた恋愛欲求だろうか。

　厄介だった。心の中で誰かの影が膨らみはじめたら、もう、自分ではどうすることもできないのだと思う。アリ地獄と一緒だ。もがきながら滑り落ちて足先から喰われていくさまを、情けない思いで受け入れるのみ。ただ稀に、うまく共生してしまう虫もいるのだけれど……。

「アホらしい」赤堀は自嘲して首を横に振った。

岩楯は妻帯者だ。ほとんどの小理屈は、この最強のカードを切れば終わる。愛だの恋だのという浮ついた気持ちのほうは、倫理感とかいう鎖で縛りつけておけばいい。いずれは腐り落ちて消滅するだろう。

赤堀は、甘くて重苦しい思いをぱっと手放した。今は目の前の仕事に集中しよう。いつの間にかシャーレの縁にたどり着いていたウジを戻し、仮説を書き出しているレポートパッドを開いた。

びっしりと書き込まれたノートには、ほとんどに二本線が引かれて消されている。なかなかいいところまでいっていたものもあったが、どうにも最後の詰めが甘く、資料やデータがそれを裏づけてはくれなかった。おそらくだが、このウジの状況は、新説なのではないだろうか。赤堀は、本気でそう思いはじめていた。今まで、どの研究者も出くわさなかったから、何もヒットしないだけかもしれない。

横を向くと、壁に掛けられた鏡の中の自分と間近で目が合った。顔が赤くなり、桃の表面のように産毛が逆立っているのが見える。新説かもしれないことを考えると、わくわくして胸が躍った。世界中で一番目に、解き明かす権利が与えられているのが自分だ。赤堀は自身と目を合わせ、よし、とうなずいてから頭を切り替えた。

生き物が異常に成長したり行動する裏には、必ずと言っていいほど、人がつくり出した環境問題がある。自然破壊や大気汚染は、知らぬ間に遺伝子へ絡みついてしまう深刻な枷《かせ》だった。ダイオキシンや環境ホルモンの影響で、生き物の姿が変わってしまうように、このウジに関しても外的な要因があるのではないだろうか。

これは、当初から考えていたことだった。ただし、腑に落ちないこともある。環境問題と変異の関係を研究している学者なんて、世の中には山のようにいるということだ。なのに、前例として何も報告されていないし、赤堀の打診に対してのかんばしい返答もない。これを考えると、みちるの周りだけが特殊な環境下にあった可能性も、あながちはずれてはいないように思えるのだが……。

赤堀は、本棚の上段へ腕を伸ばして機能分化の文献を引き抜いた。ようやく数値化が完了した、ウジの解剖分析資料と突き合わせてみる。なんらかの要因で起きる、ホルモン異常の線はどうだろう。囲蛹殻《いようかく》形成ホルモンは蛹化を促進するから、ここに異常があれば成長速度にも影響が出るかもしれない。それとも、休眠ホルモンか。

目が痛くなるほどの細かい数値を指で追い、脱皮に影響するエクジステロイド、代謝調節の神経ペプチドなども見比べた。正常な数値を流すようにざっと見ていたとき、引っかかりを感じて動きを止めた。

いや、ちょっと待てよ。赤堀は定規を置いて、横に並ぶ数字を順番に見ていった。代謝調節の数値が跳ね上がっている。誤差では済まされないほど急激だ。素早くほかの項目にも目を走らせたが、おかしな点はここのみだった。

まさか、幼虫の先天的な異常？

赤堀は、赤いペンで数字を囲んで腕組みをした。桁外れの食欲で体に取り込んだ栄養分を、桁外れのスピードで代謝していたことになる。結果、さらに食べることへつながり、成長の速度が上がった。先天性だとすれば説明もつくけれど、赤堀は納得がいかなかった。遺伝子配列を見る限り、異常成長したウジは、同じ親の卵から孵《かえ》った子どもばかりではないからだ。みちるの周りに限って、先天性異常の個体が複数発生するとは考えられない。ということは、産み落とされたあとの問題。幼虫が成長する段階で、なんらかの影響を受けて代謝が急激に上がったと考えられる。

膨れ上がったファイルを留めていた輪ゴムを外し、みちるの解剖写真を取り出した。口の中を接写したものに拡大ルーペを当て、スタンドの明かりに近づけて細かく見ていった。

白っぽい舌骨の端がかろうじて残り、舌本体は肉を削ぎ落とされたようになっている。火による損傷もあるだろうが、ほとんどウジたちに喰われたものだろうと思われた。頰の内側や上顎にも欠損があり、咽頭はぽっかりと開いた丸い穴になっている。

写真を見る限り、眼孔や鼻孔にもウジがいた形跡はあったが、体内への侵入経路はほとんどが口だと言っていい。口内に産みつけられた卵が孵化し、そのまま喉を通って中へと進んでいる。

写真を一枚めくった。肋骨が外され、皮膚をめくられて胴体の中身を生々しく曝け出しているものだ。脂肪層と筋肉は熱で炭化しているが、内臓はかろうじて原形を保ち、肺以外に際立った損傷がない。

赤堀は、スタンドの前に六つ切りサイズの写真をかざした。一般的に、口や鼻の開口部から体内に侵入したウジは、無秩序に内臓を喰い荒らしながら進むはずだった。大好きな体液を含んでいて柔らかいし、一気に体内へ散らばって内側からむさぼられることになる。保冷剤や冷房などで遺体が冷やされていたなら、なおさら温度が高い内側へ向かうだろう。なのにみちるの遺体は、そんな死後経過の基本すらも守られていない。

次の写真には、紐状になって千切れた器官が写し出されている。切断面はぎざぎざで、焦げて気味の悪い赤に変色していた。食道から胃にかけては完全に消滅し、きれいに何もなくなっている。口から体内に入る過程で、ウジが組織を食べながら進むのはわかる。けれども、影も形もなくなるまで、胸郭上口の消化器官のみを喰い尽くしているのは、不思議としか言いようがなかった。

「夢中になるほど、よっぽど胃袋がおいしかったみたいだね……」

赤堀は写真を見ながらつぶやいた。ウジの成長速度と食べられた部位。このへんに重大な見落としがあるのかもしれない。

警察資料をばさばさとめくり、科研から挙がってきた組織検査一覧に目を通した。みちるのアパートからはイブプロフェン系の鎮痛剤と、抗不安剤のエチゾラムの燃えカスが見つかっている。しかし組織検査では、それらの薬物は体から検出されていない。

どうにも、中途半端に映って困る。おかしな点はいくつもあるのに、決定打に欠けるためにすべてが行き止まりだった。

赤堀は根気よく書類と向き合った。みちるのアパートで発見された、燃え残った物証リストに再び目を落とす。虫に影響を与えそうなものは、人の生活空間の中では数限りない。洗剤、シャンプー、防腐剤、ワックス、除菌スプレー、化学調味料……。快適で便利な生活に欠かせないのは、何につけても化学物質がかかわっているからだ。赤堀は、そんな中にあるひとつに注目した。トリクロルホンという薬品名が印字されている。

これは確か、有機リン系の殺虫剤ではなかったか。赤堀はすかさずネットのブラウザを起ち上げ、薬品名を検索した。すぐにヒットした内容を見ていくと、なるほどなと納得した。みちるの部屋からは、金魚か熱帯魚を飼っていたらしい小さな水槽が見つかっている。トリクロルホンは、観賞魚の寄生虫駆除に使われる薬だった。

赤堀は期待しながら、分厚い資料文献を棚から引き抜いた。有機リン酸塩は、シナプス間の神経インパルスの伝達を制御する。この伝達を阻害されるから、直接、神経系に作用するはずだった。つまりは、吸い込むだけで神経中毒を引き起こす。

ハエの場合は、まず最初は興奮して落ち着かなくなり、ぶつかりながらやみくもに飛びまわる。そして震えと痙攣が始まって、しまいには死にいたる。誰もが見たことのある状況が起きるわけだ。

ますます期待が膨らんだ。確かウジは、この殺虫成分の毒に耐えられたはずだ。しかも、代謝と発育に異常をきたすのではなかったか。もしかして、この薬剤をウジが摂取したのでは？　心臓がどきどきと音を立てた。となると、みちるが毒物を服用した線も浮上することになる。自殺か、それとも飲まされたすえの他殺か、なんらかの事故か……。

赤堀は猛烈なスピードでページを繰り、該当の箇所に顔を近づけた。指で追いながら食い入るように読みふけったが、ある一文を見つけて急激に意気が萎《しぼ》んでしまった。それよりも、統計の数値を見れば明らかだろう。ウジは毒性に耐えて成長するが、三齢前期にはほぼ死滅する。

赤堀は持っていたペンを投げ、頭を抱えてため息を吐き出した。シャーレの中のウジは、死ぬどころか憎らしいぐらい元気に動きまわっているではないか。無駄に時間だけが過ぎているようで、自分の無能さに嫌気がさしてきた。こうしている間にも、みちるを殺した犯人は、足がつかないように周りを固めているだろう。二重、三重に予防線を張り巡らせて、社会の雑踏にまぎれてしまう。遺体に火をつけた証拠隠滅が成功し、警察なんてちょろいと大笑いしているかもしれなかった。顔が熱くなるほど頭にくる。

しかし、ちょっと落ち着け。赤堀は頬を両手でぱんぱんと叩き、深呼吸を繰り返した。今までやってきた数々の予測が、すべて見当違いだとは思えない。きっと少し、ほんの少しだけ道がずれているだけだ。もっと幅広く、一歩引いて物事を見てみたほうがいい。自分はこの道のプロだ。素人が意識しないで何かをやった結果、奇妙な事態が起きているだけだと考えろ。

赤堀は、目を閉じて気持ちを落ち着けた。研究室とは名ばかりの、プレハブ小屋の外では風が吹き荒れているらしい。覆いかぶさるように枝葉を伸ばしている樫の木が、鞭《むち》打つような音を立ててトタン屋根を叩いている。縄張り争いをしている猫の声が遠くから聞こえ、軒下に棲み着いているつがいのハトが、こもった鳴き声を上げていた。この場所はいつも通りだ。自分ひとりだけ、勝手に迷宮に入り込んでいるのがおかしくなった。

赤堀は目を開けた。口から侵入したウジたちは、胃を中心に食道をすっかりたいらげた。なぜ？　さっき自分でも言っただろう、ほかの組織よりもおいしかったからだ。では、なぜほかよりもおいしかったのか。ウジの食欲を刺激する何かがそこにあったから。

シャーレの中で、半ば飛び跳ねるように動いている幼虫をじっと見た。自分は、科研が挙げてきた資料と数値に、囚われすぎているのかもしれない。みちるの体はガソリンまみれで、焼け焦げて腐敗して、何かを伝えようとしても邪魔が多いのだ。今の時点で、彼女をいちばん知り尽くしていたのはだれかを考えてみればわかる。もちろん、犯人の企みをかわして生き残ったウジたちだった。

スチールの引き出しを開け、小袋に入った判定キットを項目別にいくつか取り出した。ラテックスの手袋をはめ、元気すぎるウジをトレイの上に載せた。

「わたしに本当のことを教えて」

赤堀はそうつぶやき、ウジの背中にメスを入れた。黄色っぽい体液が弾けるように飛び散り、ウジは何度か身をくねらせてから動きを止めた。判定キットの袋を次々に破り、ピペットで体液を吸い上げてプラスチックの窪みに滴下する。

机の上に、五個の判定キットが横一列に並べられた。赤堀はそれらをじっと見つめ、身じろぎもせずに結果が出るのを待った。キットの中央にある浸透窓には、CとTのアルファベットが記されている。コントロールとテスト。これを見て陰性と陽性を判定するのだが、三分ほどが経過したとき、右端のキットに変化が現れた。

赤紫色の二本線。大麻代謝物は陰性だ。赤堀はノートに書き込んだ。間を置かずして、次々と結果が現れる。覚醒剤の成分である、メタンフェタミンとアンフェタミンも陰性。モルヒネも陰性だ。真ん中の判定キットだけ反応が遅かったが、六分が経過したあたりで反応があった。Cのほうだけに、赤紫の一本線が表示されている。

赤堀は睨むようにそれを凝視し、十分が経つまでじりじりと待った。けれども、それきり結果に動きはなかった。

微かに震える手で判定キットを取り上げた。コカインが陽性だ。

「でもなんで……」

赤堀は警察資料を開き、薬物と毒物検査の結果を確認した。コカインを含んだ二十項目以上の結果すべてに、マイナスの記号が記されている。科研の検査は今やったような簡易的なものではなく、ガスクロマトグラフィーにかけているはずだった。腸や膵臓、筋組織など、比較的火災の影響を受けていない複数の組織で検査されており、何も出ないことなどあり得ない。

キャスターつきの椅子を撥《は》ね飛ばして立ち上がった赤堀は、シンクの脇に屈み込んだ。小型の冷蔵庫に似た恒温器の扉を開き、異常成長をしている幼虫と、正常な幼虫を一匹ずつ取り出した。今とまったく同じやり方でテストすると、巨大ウジは陽性、正常なウジは陰性という結果がもたらされた。

赤堀は狭い室内をぐるぐると歩きまわり、重ねた本や段ボールにけつまずいた。

「ちょっと落ち着け。まずは落ち着け」

そう言い聞かせて椅子に腰かけ、一本線の判定を再確認した。

コカインを摂取したウジだけが、異常に成長して代謝が急上昇した。同じ体内から出たウジなのに、一方は薬物に汚染されていない。

食べたものが違うからだ。

赤堀の頭の中では、さまざまな事実がつながりはじめ、全身にぶるっと大きな震えが走った。携帯電話を引っ摑み、登録されている番号を呼び出して耳に押し当てた。きっとそうだ。虫で全部がつながっている。忙しく貧乏揺すりをしながら待ち、回線がつながると同時に声を張り上げた。

「岩楯刑事!」

電話の向こうでは、呻き声が聞こえた。

「なんなんだ。そんな大声出さなくても聞こえてるよ」

「こないだ岩楯刑事が言ってたでしょ? 巨大化したウジと、ハチの子には因果関係があるのかって」

「ああ、言ったかもな」

「因果関係があるかもしれない。異常成長したウジから、コカイン反応が出たの」

電話の向こうが一瞬だけ静かになり、岩楯の低い声が返された。

「なんだって？」

「ウジからコカインが出た。つまり、被害者がコカインを使用したことになる」

「ちょっと待て」と言った岩楯は、何かをめくるような音をさせた。「科学捜査資料によれば、みちるから薬物反応は出てないんだぞ？　あそこの連中は完璧主義者の集まりだ。コカインなんて大物を見逃すようなヘマはしないんだよ」

「もちろん、見逃したわけじゃない。検査した組織には、コカイン成分が入ってなかっただけ」

「あのな、先生。薬は常用してれば髪の毛にまで蓄積されていくんだ。あらゆる場所の組織を徹底的に調べてんのに、まったくの無反応なのはあり得ないんだよ。もちろん、こんなことは先生だってわかってるだろうが」

「知ってる。でも、検査できなかった場所があるじゃない」

再び沈黙が訪れ、煙草の煙を吐き出すような音が耳に届けられた。

「食道から胃袋にかけてか……」

「そう。それに、被害者は薬物中毒者じゃない。きっと、コカインを初めて摂取した直後に殺されたから、体中にまわってないんだと思うの」

赤堀は、一本線がくっきりと浮き出した判定キットを取り上げた。

「そもそも、人は恐怖を感じると消化が止まる。胃に流れるぶんの血液を、抵抗とか防御のほうへまわそうとするからね。被害者には防御創がないとはいえ、首を絞められている間は必死に抵抗したはず。それともうひとつ。コカインは吸飲でも注射でもなく、経口していると思う。ウジの活動動線を見る限り、口から胃にかけての損傷がひどいからそうだと言える。コカインを食べたウジだけが、活動レベルを増大させて、さらにその場所を喰い荒らす。だから、薬物が残っていた消化器官だけがなくなってる。無理なく筋が通る説だと思うの」

一気に喋り、相手の反応を待った。

「ハチの子との因果関係については？」と岩楯が質問した。

「きっと、コカインに汚染されていたのはハチの子だと思う」

「どういうわけで、ハチの子が汚染されるんだよ」

「誰かがハチの幼虫にコカインを詰めたとか。新手の麻薬売買組織みたいな」

岩楯は突然噴き出し、げらげらと笑った。

「ちょっと、真面目に聞いてくれる？」

「悪い。だが、いたって真面目だよ。コカインは、一グラムあたり六万円以上はする代物だ。そんな高価な薬を、幼虫なんかに仕込むか？」

「虫に詰めて密輸した事例があったと思ったけど」

「ああ、あった。だがな、薬はすぐに取り出せる状態じゃなきゃしょうがないし、運ぶリスクを考えれば、ちょっとずつ仕込むなんてこともしないはずだ。できるだけ少ない回数で済むように、薬を多く詰めようとする。てことは、それだけで致死量だぞ。みちるのアパートから見つかったハチの子の残骸は、全部でいくつあった？」

「十二個」

「一匹に五百ミリグラムしか入れなかったとしても、十二匹で六グラム。致死量はだいたい一・二グラムだから、食ってる途中でショック死するよ」

確かにそうだった。

「みちる自体に薬物反応が出なかったのは、過去に摂取した経験がないからだろう。これは先生の見方が正しいと思う。だが、もし、犯人が食わせたんだとしても、メリットが何ひとつもない」

「殺すために致死量のコカインを与えた線は？　薬物反応を警戒したからこそ、遺体を燃やした」

「薬物反応を警戒するぐらいなら、初めからほかの方法で殺すだろう？」

岩楯が言っていることは理にかなっていて、反論の余地がなかった。けれども、真相に限りなく近いところにいると思えてならない。

「とにかく、ウジからコカインが出たのは事実なんだ。みちるは知ってか知らずか、麻薬とかかわりがあった。科研にそのウジを送っておいてくれ」

「了解ですよ」

「しかし、先生のおかげで、すかした連中の慌てる様子が見れるな。ああいう自信満々の頭脳派集団を、言い負かして悔しがらせるのが大好きなんだよ。あんたももちろん、ぞくぞくするほうだろ？」

赤堀は携帯電話を耳につけたまま、にやりと笑った。

「そういうSっ気丸出しの岩楯刑事、嫌いじゃない」

第四章　解毒スープ

1

「まさに法医昆虫学の醍醐味ですね。僕は感動しましたよ！」

鰐川が、大げさに頷きながら口を開いた。

このたぐいの言葉を聞くのは、今日で五回目ぐらいだろうか。相棒だけではなく、捜査員の中でも素通りしていた足を止め、赤堀の話に耳を傾けようかという者が出はじめたぐらいだ。

「誰にも突き止められなかったガイ者のコカイン摂取を、ウジを介して検出、証明して見せた。これはすごいことですよ。今後の捜査のあり方が、根底から覆るような事態ですからね。つまり、科研だけでは不完全だということです」

「まあ、完璧なんてものはないからな。なんだって、複合的な見方が必要だろ」

検屍、捜査現場、科研。そもそも不必要なほどの縦割りで、横を見通せない組織体制に問題があるということだろう。赤堀の気転と熱意によって事実があぶり出されはしたものの、この程度では、みなが感心するだけで終わってしまうだろうと岩楯は悲観的に考えていた。彼女の立場を揺るぎのないものにするためには、もっと決定的な何かが必要だ。

「虫にコカインを仕込んで売買してるっていう説はどうですかね。前例としてはなくはないですが」

「どう考えても特殊すぎるだろう。銃薬《じゅうやく》の連中もまったくの初耳らしいし、噂でもそんな情報は挙がってきてない。本当にヤク入りハチの子が出まわってるとすれば、逆に隠しておくのは難しいぞ」

「確かに。密輸にしたって、目立つぶん、すぐに足がつきますからね」

「だが、赤堀は、コカインの出どころはハチの子だと断言してる。いい度胸してるよ」

「それにしても、先生が一課長に根拠を求められたとき、見てるこっちがハラハラし通しでしたからね。なんせ大笑いしながら、『根拠なんて何もありませんよ。わたしの勘がそう言ってるだけだもん』って答えですよ？」

「まったくなあ、心臓に悪い女だよ」と岩楯は、首を横に振った。「あれほどの怖いもの知らずを見たことがない。正直俺も、扱いに困ってるよ。まあ、どういうわけで虫に薬が入ったのか。あの先生ならではの、自由な見解を捻り出すんだろう」

鰐川は、すでに二個のガムシロップを入れたアイスコーヒーに口をつけ、顔をしかめてから、さらにもう一個を投入した。シロップがグラスの下に溜まり、いくらストローでかき混ぜても、しばらくすると砂糖だけが下に沈んで透明の層になっていた。そこまでして、コーヒーを選ぶ意味がわからない。見ているだけで口の中が甘ったるくなってくる。岩楯はブラックのコーヒーをひと口含み、国道を挟んだはす向かいにある陰気くさい喫茶店へ目を向けた。

建物全体に暗緑色の蔦《つた》が絡みつき、張り出した軒からぼさぼさと垂れ下がったそれは、まるで縄のれんのようだった。三角屋根のてっぺんには風見鶏がついているが、体《てい》のいいカラスの止まり木になっている。古い洋館の趣きを狙っているのはわかるが、寂れた遊園地にある、ハリボテの化け物屋敷にしか見えなかった。

オレンジ色の明かりが洩れる窓際の席には、二人の女が向かい合って座っている。ひとりは体の線を強調するような、ぴちぴちの真っ白いTシャツを着ていた。襟元が大きく開いていて、腕組みするたびに豊かな胸がこぼれそうだ。赤茶色の巻き髪をしょっちゅうかき上げ、向かいに座る女を見下すように顎を上げていた。

一方の女は終始うつむき加減で、しきりに小さく頷いている。長い黒髪を無造作に束ね、飾り気のない茶色っぽいカーディガンを引っかけていた。蔦の陰になっていて、顔はよくわからない。しかし、斜め後ろから見ても、とても痩せていてあまり若くはない印象を受けた。

女たちが喫茶店に入ってから、三十分が経っている。痩せた女がバッグから茶封筒を取り出したのを見て、岩楯は立ち上がった。

「よし、そろそろエンドロールが流れるころだな」

いつでも出られるように、入り口付近で様子を窺っているとき、白いTシャツ姿の派手な女が店の外へ出てくるのが見えた。レモン色のバッグを振りまわしながら上機嫌で歩き、地下鉄戸越《とごし》駅の階段を下りていく。口笛の音が、ここまで聞こえてきそうだった。岩楯と鰐川は店を出て信号をわたり、蔦に寄生された喫茶店へと急いだ。

オーク材の重いドアを開けるなり、びっくりするほど大きなベルの音が鳴ったが、店主はカウンターから顔を出す気もないらしい。店内は薄暗く、X字に脚が組まれたどっしりとしたテーブルが五つほど置かれていた。調度品は暗褐色のニスを絡めた木彫りの馬ばかりで、色褪せた西部劇のポスターが壁を埋めている。

岩楯は窓際の席へ目をやった。茶色いカーディガンを着た女は、テーブルに両肘をついて、祈るような格好でうなだれていた。客は彼女ひとりきり。

カウンターをまわってコーヒーを注文してから、二人は、女の脇に立った。

「すみません、ちょっとお話をお聞きしたいんですが」

のろのろと顔を上げた女は、提示された警察手帳を見てはっと息を呑み込んだ。骨張った顔は蒼白で、薄い唇がわなわなと震えている。会釈をして向かい側に腰かけると、彼女は自身を抱きしめるように腕を絡ませた。

「す、すみませんでした。わたし、知らなかったんです。本当です。お子さんが病気のことも、亡くなったことも……」

今にも泣き出しそうな彼女の名前と住所を訊き、岩楯は落ち着くように言った。看護師をしているという三十九歳の女は、現実をまったく把握できていないらしい。岩楯が隣に目配せをすると、鰐川はファイルから写真を抜いてテーブルに滑らせた。

「あなたが付き合っていたのは、この男で間違いないですか？」

金無垢の印章指輪をはめている國居光輝の写真を、彼女は苦しげに見つめた。

「ま、間違いありません。すみませんでした。か、彼女が通報したんでしょう？　ああ、本当にどうしよう。わたしが逮捕されることは、実家や職場へも連絡がいってしまうんでしょうか」

「逮捕？　あなたをですか？　どうしてまた？」

「だ、だって、結婚していることを知りながら彼と付き合って、そのうえ、お子さんを死なせてしまったんだもの。ほ、本当にすみません。謝って済む問題じゃないのはわかってるんです。わたしもう、どうしたらいいか……」

なんとか涙を我慢しようと、唇を嚙んだり天井を見上げたりしていたが、とうとう堪え切れなくなった女は、手で顔を覆ってわっと泣き出した。そこへ禿げ上がった年かさのマスターがコーヒーを運んできて、人でなしでも見るような目を二人の刑事に向けた。

「まあ、まあ。落ち着いてください。我々はあなたを逮捕しに来たわけではありませんから」

興奮状態の彼女は、しゃくり上げてしばらく泣き続け、言葉も満足に出せないありさまだった。能天気なカントリーミュージックが流れるなか、岩楯は根気よく気遣いと慰めの言葉を口にした。とにかく時間がかかった。ひとしきり泣きじゃくった彼女は、ハンカチで涙をぬぐってようやく腫れた目を上げた。

「今さっき、ここで話をしていた女は誰です？」

「か、彼の奥さんです」

「どういう用件だったのか、この男性のことも含めて最初から説明をお願いしますよ。あなたを助けられると思いますから」

端の下がった眉をいっそう下げ、彼女は目の前の刑事たちを何度も目で往復してから、目頭に強くハンカチを押し当てた。

「か、彼とは一年前から付き合っているんです。わたしが勤めている二子新地《ふたこしんち》の病院に彼が診察に来て、そこで知り合って。彼は離婚問題で揉めていました。もうお互いに冷め切って別居までしてるのに、奥さんが離婚してくれないって。お子さんがいるから、法外な養育費と慰謝料を請求されて困っていたんです。すでに貯金全額の七百万をわたしていたし、月々二十万近くを二年間も払っているような状況で」

彼女は真っ赤に腫れた目に怒りを燻《くすぶ》らせ、唇をぎゅっと引き結んだ。

「彼は、精神的にも肉体的にもぼろぼろだったんです。このままどこかへ逃げたいとよく言っていました。でも、お子さんのために、それはできない。裁判で争いたくもない。月々のお金は入れなくちゃいけないって。昼も夜も働き詰めで、とても見ていいられないほどだったんです」

岩楯は、しらけた顔にならないように表情を固めた。

鮮やかとしか言いようがない。みちるとは正反対の手口で彼女に近づき、恋人どころか妻子がいることをネタに選ぶとは。しかも、働き詰めで体を壊した設定が、彼女には絶妙に効いている。國居という男は、女のタイプを的確に読んだうえで、プライドをくすぐれるプロだった。世話焼きの看護師を狙うなら、人生の悲劇や健気さを前面に押し出すべきだと考えた。逆にみちるの場合は、自分の内面を読まれることを、いちばんに警戒していたのは明らかだ。冴えない日常からの脱皮という、彼女自身の変身願望にうまく目を向けさせている。

彼女は細い首に手を置き、痛みに耐えているようにごくりと喉を鳴らした。

「彼はわたしとの結婚を望んでいて、そのためにがんばると言ってくれたんです。でも、わたしは現実的に無理だと思いました。お金の亡者になった奥さんがいる限り、簡単に放してもらえるわけがない。だから、まとまった手切れ金をわたすことを提案したんです。きちんとした文書で証拠を残せば、あとから奥さんが騒いでも対処できますから」

「手切れ金の額は？」

「一千万円です」

「それはあなたが用意したと」

彼女はこっくりと頷いた。鰐川は思わず舌打ちをしたが、咳払いでなんとかごまかした。

「奥さんが納得してくれそうだと聞いたので、わたしはほっとしました。でも……」

彼女は口をつぐみ、細い目から再び涙をぽろぽろと落とした。

「今日になって突然、奥さんに呼び出されたんです。わたしを訴えるって。お、お子さんが、喘息《ぜんそく》の発作で亡くなったって。離婚することを子どもに伝えたら、衝撃で発作を起こしたらしくて」

「今さっき、あなたは女に何かをわたしていましたよね？」

「お、お金です。慰謝料請求の裁判を起こして、わたしたちを破滅させてやるって。勤め先とか実家へも行って、わたしがしたことを言いふらすって脅されたんです」

「いくらわたしたんです？」

「に、二百万です。それしか用意できなかったけど、それじゃ足りないから街金で借りてこいって言われて、もう、どうしていいかわからなくて……」

妻役がいれば、駄目押しで金を搾り取れると踏んだわけだ。なかなかいい目のつけどころだ。今まで、どれだけの人間をだまして荒稼ぎをしてきたのだろうか。しかも、今このときにも、別のだれかを物色しているはずだった。

よし、喜んで牢獄へ送ってやろうじゃないか。岩楯は彼女をできるだけ落ち着かせてから、まんまと結婚詐欺に引っかかったことを告げた。そして被害届を出すように言い、民事訴訟で金を取り戻せることも伝えた。うろたえて泣きはしたものの、聡明そうな彼女の中では、すでに意志が固まっているように見えた。これから存分に、國居をやり込めるに違いない。

二人はコインパーキングに入れてあるアコードに乗り込み、すぐにエンジンをかけて発進した。鰐川はちらばった前髪を整えることさえ忘れ、飴玉を舐めながら乱暴にステアリングを切っている。

「まったく、許せません。ああ、腹が立つ。僕は、詐欺師ってやつが大嫌いなんですよ。刑事告訴されても、証拠不十分で立証できないような、法の隙間をちまちまと衝いてくる。今の彼女だって、國居の本名も住所も何ひとつ知らされてなかったわけですからね」

「詐欺師は、金も手渡しが基本だからな。なんの証拠も残さない。気づいたときには、搾り取られてトンズラされてるって寸法だ」

「腹立たしいことに、常習の詐欺師には魅力的な人間が多いのも事実ですよ。反社会性人格、サイコパスの定義に当てはまる。でも、共犯の女のほうは違いますね。ただただ幼い印象がします」

「だな。ここらで、泣くまでお灸《きゅう》をすえてやろうじゃないか」

岩楯は、マルボロをポケットから取り出した。

「正直、連日で尾行する意味があるのか疑問だったんですよ。僕もまだまだです」

「今回は直感だけで動いたからな。それにしても、妻の役づきだったとは、おそれ入ったよ。久しぶりに、気持ちいいほどころっとだまされた」

けれどもこれで、ようやくいろいろなことが動き出したことになる。ガスの切れそうなライターを、何度もこすって煙草に火を点けた。

五反田駅の東側には土地勘ができた。先週から、時間さえあれば張り込んでいた結果だった。近所のコンビニから青山のブランドショップ、高級菓子店にまでついていったから、ドルチェ・デリツィア・リモーネとかいう、スイーツの名前まで頭に入っている。しかし、それもこれで終わりだった。

アコードから降りた岩楯は、エントランスに入ってオートロックの部屋番号を押した。しばらくすると、「はあい」という節をつけた陽気な返事がマイクから流れてきた。嬉しくて仕方がないといった声色だ。

「警視庁の岩楯という者ですが」

手帳をカメラに提示すると、ことさら晴れやかな声が聞こえてきた。

「ああ、なんだ。刑事さんか。ヤッホー、元気？」

「きみの元気を分けてもらいたいぐらいだよ。高梨亜美さん、ここを開けてもらえるかい？」

「うーん、今取り込んでるんだよねえ。あとじゃ駄目？」

「今すぐに会いたいんだよ」

「ちょっと、なんかその台詞ぞくっときた。超いいね。ほかの女にも言ってるの？」

「いいや、きみだけだ」

「刑事さん、ノリもサイコー」

そう言うなりオートロックが解除された。二人が二階へ上がると、ドアからすでに彼女が体半分を出していた。大きい畝《うね》の巻き髪をかき上げ、ゴムフィルムのように貼りつくラメ入りの白いTシャツを着ている。着替えたらしい色褪せたジーンズにいたっては、目のやり場に困るほどの短いホットパンツだ。以前会ったときの地味さは完全に消え失せ、濃厚な化粧をほどこした顔は、エキゾチックで華があった。

「まるで裸同然の格好だな。スマホで隠し撮りするなら協力するぞ」

鰐川に耳打ちすると、相棒は顔を赤らめて咳払いをした。

「カレならいないよ」

「そのようだな、表に真っ赤な車はなかったから。ともかく、部屋に上がらせてもらってもいいかい？」

岩楯がひょいと中を覗き込むと、彼女は慌てて後ろ手にドアを閉めた。一瞬だけ見えた部屋の床には、くしゃくしゃの紙切れが散乱していた。万札だ。気の毒な看護師からだまし取った札束を、部屋中にまき上げて大騒ぎしていたのだろう。

「部屋は散らかってるから無理」

「そのようだ」

「それで、今日はなんの用？　本当にセックスの体位を訊きにきたとか？　あれ、その手、怪我したの？　ダイジョウブ？」

彼女は、包帯の巻かれた岩楯の手を興味なさそうに見やり、豊満な胸を抱えるように腕組みをした。うかつに刑事を入れてしまったことを、今になって後悔しているらしい。ルビーのはめ込まれた文字盤の小さな時計に目を落とし、忙しいことを大げさに伝えてくる。國居といい亜美といい、よくもこう、わざとらしい小芝居ができるものだと思う。

岩楯は鰐川からスマートフォンを受け取り、女の目の前に突き出した。

「今さっきのことで話を聞きたいんだよ。部屋の中にぶちまけられてる札束も含めて」

亜美は目を丸くして口をぽかんと開き、オレンジ色の爪で画像を指差した。

「ちょっと、なにこれ！　あたしをつけてたの！」

「そういうことになるな」

「ていうか盗撮じゃん！　信じらんない！　おまわりのくせに、こんなことやっていいと思ってんの！」

「あいにく、ありとあらゆる権利を与えられててね。だいたい、この写真にきみは写ってないと思うんだが」

岩楯がにやりと笑うと、彼女は小さく舌打ちをした。スマートフォンには、蔦まみれのレンガの一部が写っているだけだ。亜美は目を泳がせていたが、大きく息を吸い込んでからふてぶてしい態度で顎を上げた。

「ふうん、なるほど、わかった。早速、あのずうずうしい女が、おまわりにチクったってわけだ。でも、あたしは全然悪くないと思うよ」

「ほう、なんで？」

「だって、どっからどう見ても被害者じゃん。恋人を取られそうになったから、攻撃に出ただけ。そしたら、向こうはお金で解決しようとした。あたしもそれで納得した。以上、終了」

「終了じゃないよ、お嬢さん。こっからが始まりだ。だいたい、喘息もちの子どもはどこにいるのか教えてくれ」

「なにそれ」

亜美はきれいに整えられた爪に目を落とし、太陽にかざしたりこすったりしながら、時間を稼いでうそを練り上げようとしていた。

「おまえさんがやったことは恐喝だ。当然、わかってると思うが」

「あの女がなんて言ったかわかんないけどさ、あたしは脅しなんてやってないよ。だいたい、証拠なんてどこにあんの？　あの女が騒いでるだけじゃん」

「よし、まず先にひとつ訊きたいんだがな」と岩楯は、小柄な亜美を高圧的に見下ろして話を変えた。「今回の恐喝は、國居の指示なのかい？」

「だから、恐喝もしてないし、誰の指示も受けてないいって」

「そりゃそうだよな。こんな頭の足りない場当たり的なやり方では、詐欺師のライセンスを取り上げられるだろうから」

「なんですって？」と彼女は、さっと目に怒りをたぎらせた。

「だってそうだろ？　警察からマークされてるさなかに、危ない橋をわたってまで女から金をせしめようなんてのは馬鹿のやることだ。ほとぼりがさめるまで大人しくしてんのが、利口なプロってもんだろ」

亜美は険しい顔をつくろうとしていたが、それはもう無理だろう。つけ睫毛の下から覗く瞳は、怯え一色に染まっている。

「特別にもう一個だけいいことを教えてやると、あの看護師は、おまえさんとの会話を録音してたそうだよ。まあ、当然と言えば当然だ。男は信用しても、金の亡者には敵意しかないだろうから」

「サイテー……」

そうつぶやいた彼女は、ことの重大さにようやく気づいたようだった。心細そうな顔をして、サンダルばきの素足に目を落としている。

もともとは、亜美も國居に引っかかったくちだろう。そして、善悪の観念が薄くて幼い女は、扱いやすいと國居は踏んだ。欲しいものはすべて彼女の名義で買えば、自分の名前が表に出るのを防ぐことができる。抜け目なく、罪を亜美に着せる算段もしているはずだった。

逆に彼女のほうは、國居に愛情を求めるからこそ一緒に悪事を働いている。金よりも感情のほうがはるかに上だ。そして國居に利用されていることも、当然だがわかっているのだろう。ねじ曲がった純粋さをもつ女。それがなぜか妻と重なるところがあり、岩楯の気持ちを重くした。

三人は、場所をアコードに移した。後部座席にちんまりと収まった亜美は、剥がれかけたペディキュアを不安気に眺めている。けれども、突然顔を撥ね上げて、何かがふっ切れたような清々しい笑みをつくった。その面持ちはいささか不安定だったが、年齢が一気に十ぐらい若返ったように見えた。いったい今度は何を企んでいるのか。

「刑事って、やっぱドラマと一緒だね。ある日突然やってきて、ずばりと鋭いこと言って、いろんなことばんばん暴いちゃうみたいな。でもまあ、いいや。もうカレとも駄目になりそうだったし、刑事さんはわりとタイプだから正直になっちゃおうかなあ。ああ、あんたじゃなくて、こっちの刑事さんのことだからね。へんな勘違いのないよーに」

彼女は岩楯を指差し、手帳にペンを走らせている助手席の鰐川に必要のない念を押した。相棒は眉間にシワを刻み、唇の端をぴくぴくと痙攣させた。

「刑事さんが言ったみたいに、カレには、余計なことをするなって釘刺されてたんだ。板橋の事件が解決するまでは、普通に生活するようにって。でもなんか、それっておかしいじゃん。警察はあたしをマークしてるわけじゃないし、完璧なフリーなんだよ？　それにもともと、あの女からは徹底的に金を搾り取ろうって計画してたわけ。だからさ、札束を見せて、カレをびっくりさせたいかなって」

「そりゃ、泣くほどびっくりするだろ」

「だよね」と亜美はけらけらと口を開けて笑った。「でも、これだけは言っといてあげないと」

彼女はすっと目を細めて真顔に戻した。

「カレは板橋の女を殺してないよ」

「そうかい？　単に、ほかの誰かに先を越されただけだと思うんだがね」

「はあ、なにそれ？」

亜美は反論しようと勢い込んだが、岩楯はそれをさえぎった。

「あのなあ、ボニー&クライドにでもなったつもりなのか？　これ以上、無意味なうそをつくんじゃない。國居はきっと、全力でおまえさんに罪を着せてくるぞ」

「そんなことしないよ」

「いいや、する。あいつはな、必死になってかばうほどの男じゃないんだよ。もちろん、かばったところで愛情の見返りだってない。期待するだけ無駄なんだ」

こんなことを、わざわざ言ってやる必要がないし、自分は亜美に対して熱くなりすぎている。しかし、この女の不幸が、とても身近に感じられて仕方がなかった。

亜美はまた爪を眺めはじめ、上の空を全身でアピールした。指先が微かに震え、目にいっぱいの涙をためているくせに、強情さだけは初めから少しも変わっていない。内面を揺さぶられるのが、心底嫌だと全身で語っていた。

岩楯は、ため息とともに言葉を出した。

「もういい加減にしろ」

「なにが？」

「自分にとっての幸せを考えたらどうだ、てことを言ってるんだよ」

「なにそれ、かなり笑える」

「これでも、おまえさんを心配してるんだがな」

「はあ？　いい加減にしろはこっちの台詞！　余計なお世話！　なに人情デカみたいな寒いこと言ってんの！」

彼女は顔を撥ね上げ、胸を波打たせながら岩楯を睨みつけた。

「あたしは好きでやってるんだし、他人にとやかく指図されんのが大っ嫌い！　へんな哀れみとか説教もムカつく！　フーゾク嬢だからかわいそうとか思ってんの？　まともに生きられない女だから、ちょっと優しくしてやろうって？」

「そうじゃない」

「だいたい、あんたみたいな正義の味方には、絶対にわかんない世界だっていっぱいあるんだから！　あんたになんて、なにもわかるわけない！　生きてるステージが、まるっきり違うんだ！　生まれたときから違うんだ！」

「生きることに階層なんてない。それにな、手に取るようにわかるんだよ。おまえさんの気持ちは特にな」

愛情を求めて喘ぐ女の目はみな似ていた。憎悪と寂しさとむなしさが、点滅信号のようにめまぐるしく切り替わっては消える。そして、知らないうちに空洞化が進んでいくように思えた。今の亜美と同じ目を、妻もあの部屋でしているのだろうか。

岩楯は、興奮して涙をにじませた亜美としっかり目を合わせた。

「知ってることを話してくれるな？」

「やだ」

「じゃあ、別の警官になら喋れるのか？」

「……無理」

「じゃあ、やっぱり俺に喋ったほうがいいぞ。これといった嬉しい特典はないが」

「なにそれ」

亜美に決心させるのに、だいたい二十分が必要だった。彼女はこぼれる涙を指先でぬぐうと、うつむきながらぼそぼそと声を出した。

「板橋の女は、カレにぞっこんだった。美容師だってうそついたら、ずっと伸ばしてた髪を切らせてくれたって自慢してた。信じらんない。釦《ボタン》だってつけらんないぐらい、超不器用男に髪を切らせるなんてぞっとする」

彼女は赤くなった鼻ですすり上げ、怯えた顔を上げた。

「初めは、いつもみたいに結婚詐欺をしかけるって言ってたのに、そのうちカレが、保険金を狙うって言い出したの。なんか、勧めたら高額な生命保険にあっさりと入りそうだったみたい。だから、今回は本気でいくって。時間をかけて、い、命取りにいってもいいかもって……」

「おまえさんの役割は？」

「女が住んでる街に火をつけること」

早口で言った亜美は、グロスを塗りたくった唇を舐めた。

「板橋で放火が続いてるから、それに見せかけてアパートに火をつけようって計画したの。あたしは、いろんな場所で前もって小火を起こす役目。そうしたほうが、火事で女が死んだときに説得力が出るからって」

放火を発端にして、同じようなことを考えた人間が二人いたわけだ。國居は計画的に進め、もう一方は場当たり的に進んでいる。

「実際に火をつけたよな？」

亜美は素直に頷いた。

「アパートの下の道にある、不動産屋の看板。そこのオヤジの顔が嫌いだったから、ターゲットに決めた。下見に行ったときも、エロい目であたしを見てたし」

「どうやって火をつけたんだ？」

「シンナーかけた。仕事場にトロにはまってるジャンキーがいて、その子にもらったの」

鰐川は、小さな目を光らせていた。アイドルオタクである淳太郎は灯油、亜美は加速剤にシンナーを使った。残るはみちるを殺し、ガソリンをまいた人でなしだけだ。

よし、ここからだ。岩楯は、亜美に発作的なうそをつかせないよう、ひと時も目を離さなかった。

「火をつけた日時を覚えてるな？」

「十月六日の夜中」

「ずいぶんと即答だな。確かか？」

「うん。ずっと観てた連ドラの最終回がある日だったから、はっきり覚えてる。行くのやだってカレと喧嘩になったからね。板橋に着いたのは、たぶん、一時過ぎてたと思う」

ドラマのタイトルと時間を、鰐川が手帳に書き取った。

「そこで誰かを見た――」

岩楯が感情を籠めずに断言すると、亜美は青ざめた顔を上げ、アイラインのにじんだ目許をこすった。

「あ、あいつはアブナイやつだと思う。そんな感じだった。あたしは看板に火をつけたあと、誰にも見られてないか確認したの。さっさとトンズラしようとしたとき、なんか嫌な視線を感じて振り返ったんだ。すごくぞっとして、鳥肌が立つような感じ。そんで、周りをきょろきょろ見て、高台になってる住宅街のほうに顔を向けたら……」

彼女はごくりと喉を上下させた。

「真っ暗い中に誰かいた。後ろに白っぽいタイル張りのアパートがあったから、なんか、そいつだけが浮き上がってるように見えたの」

亜美は身震いし、咄嗟に岩楯の腕につかまった。

「すごく怖くて、あたしは全力で走ったの。カレが、駅のずっと先に車駐めて待ってたから、とにかくそこまで振り向かないで走った。つ、捕まったら殺されると思った。体の小さいやつで、ものすごくキョドってたけど、我を忘れてる感じがしたんだ」

「見たのは、そいつひとりだな？」

「そう。車に駆け込んでカレに言ったら、この街をうろついてる、本家の放火魔だろうって言ってた。でも、あたしは違うと思う」

「なんでそう思う？」

「刑事さんだって、見れば絶対にそう思うよ。遊び半分で、火をつけてまわってるような感じじゃなかった。ああいうやつって、何しでかすかわかんないんだ。店でもそうなの。気弱そうで落ち着きのないやつに限って、怒り出すと手がつけられないから。殴られて、歯を折られて頬骨が陥没しちゃった子もいたぐらい、加減を知らないんだよ」

「歳なんかは？」

「たぶん、三十はとっくにいってると思う」

「確かか？　子どもじゃなくて？」

「うん。すごく小さかったけど、あれは大人の男だよ。商売柄、そういうのは間違わない自信がある。それに、あいつは人殺しだよ。きっとそうだ。だからあたし、もう、あそこに行くのはやだって言ったの。今ごろ、顔を見たあたしを殺そうと狙ってるよ」

彼女が目撃したのは、もちろん淳太郎ではない。おそらく、やつが見たという小柄な人間と同一人物だろう。もしかして、みちるを殺した直後かもしれない。

岩楯が頭を巡らせているとき、まだ腕を摑んでいる亜美の手に力が籠められた。

「ねえ、刑事さん。あたし、これからどうなるの？　長々とムショに入ることになるの？　何十年も？」

初めて目にする、本物の緊張と怯えだった。岩楯は彼女の腕をぽんぽんと叩き、努めて穏やかに言った。

「罪は素直に受け入れる、で、償いもする」

「でも、ムショなんて耐えられないよ。あたしの人生、最悪のまま終わっちゃうよ……」

「とにかく、知ってることを隠さないで喋ること。絶対にうそもつくな。わかるな？自分の人生を、取り戻す努力をすることだよ。そこからでも遅くはない。その若さなら、なんだってできるはずだぞ」

涙をぽろぽろと流している亜美からは、こびりついていた小賢《こざか》しさの影が少しだけ消えているように見えた。

彼女をパトカーに乗せて送り出し、アコードの助手席に収まるなり鰐川が口を開いた。

「岩楯主任は、なんで亜美がグルだと考えたんですか？」

「いちばん初め、國居と話したときの違和感だな。あいつが、みちる殺しのアリバイ証言を亜美にさせなかったこと。ずっとそこが気になってたんだ。あの通り、口減らずなお嬢さんだから、保険金殺人の計画でも洩れたら一大事だと思ったんだろ。なのに、車のナンバーから割れたときには、さぞかし慌てただろうな」

「それにしても國居は、なんであのとき、板橋の現場に戻ったんでしょうね。危ない橋だったはずですよ。いったい、どういう心理なのか。みちるを心配してアパートに行ったわけはないですから」

「なぜならば……」と岩楯は、もっていたファイルを後部座席へ放った。「亜美が先走って火をつけたのかと心配になったからだよ。思いつきと感情だけで動く女だからな。今さっきみたいな行動が、これまでにも何回かあったんだろう」

いずれにせよ、國居はどの局面においても最後の詰めが甘い。過去を洗い出せば、まだまだいろんな埃《ほこり》が出てきそうな男だった。

「それと、オタクの淳太郎が巡回中に目撃した『小柄な子ども』は、ホンボシだと考えてよさそうですね。アパートの住人の目撃証言と、亜美が見た男とも一致します」

そうだろうなと答えたが、確信をもてるまでにはなっていない。けれども、表舞台から詐欺師の二人が消えたことで、思考には少しだけ空きができた。あとは、現場をうろついていた二人と、失踪した五人の生徒たち。加えて、コカインと虫だった。

「淳太郎は、過去の放火を素直に認めていますよ。裏も取れています。殺人については、全力で否認。まあ、その罪まで着せられたらたまらないと、積極的に協力してるみたいです」

「みちる殺しについては、オタクはシロか。よし。國居をじわじわと締め上げるぞ」

「詐欺の尋問も主任が？」

鰐川がイグニッションをひねりながら言った。

「いや、それは担当者にまかせるよ。俺はみちるの普段の姿が知りたい。今まで國居から出た情報は、真面目すぎておもしろ味に欠けるよ。すてきな女性だったとか、完璧な女性だったとか、聖母マリアだとか。おまえさんの『心ノート』もそう言ってたろ？」

「はい。今までの國居の聴取で、気持ちが入った言葉はひとつだけでした。『本当に勘弁してくださいよ』」

岩楯は笑った。

「つまり、國居にしてみれば、勝手に死んでいったみちるに腹が立ってしょうがないわけだ。さんざん、ただ働きさせられたのと一緒だからな。時間と労力と金をどの女よりも惜しみなく注ぎ込んだのに、まったく勘弁してくれ……と」

「どこまでも手前勝手な」

「でもまあ、亜美の爆弾証言のあとなら、もうちょっとおもしろいことも言えるだろう。やつには期待してるよ、有望株だ」

意地悪そうな笑みを口許にたたえた鰐川は、アクセルを踏み込み、伸びのいい加速で国道へ躍り出た。

2

ひっつき虫だらけの大吉は、はあはあと肩を上下させながらバッタをケージに移した。ただでさえつながりそうな眉根が中央に寄せられ、一直線になっているさまが、子ども番組に登場するパペット人形にそっくりだった。

赤堀は、草と土の匂いがする湿った風を吸い込み、汗みずくの彼に目を細めた。大吉が不機嫌になる理由は、誰よりもわかりやすい。自分は馬鹿で無能で使えない人間なのだという悲観を爆発させているときは、いつも子どもが母親に腹を立てているような顔になる。唇を尖らせた膨れっ面だ。そして、かわいそうな僕に優しくして、と無言のまま語りかけてくるから手に負えない。赤堀は、その幼い要求に応えようかどうかを考え、彼の様子をじっと見守った。

大吉は大きな手で虫を次々に移し替えているが、乱雑に見えるのは顔と態度だけだ。虫を扱う手許はふんわりとして実に優しげだったので、赤堀は腹の中でくすりと笑った。やはり、要求には応えかねる。

「保育器の設定温度を間違えるとか、もう、どうしようもないですよ」

彼は同意を求めるように、またさっきと同じことを口にした。

「人間失格です」

「まだ人間は失格してないでしょ。研究者失格であってさ」

大吉は、火を押しつけられたような呻き声を上げ、バッタの半消化液で茶色くなった手で頭を抱えた。

「そんなズバリと……。人間失格よりもきついじゃないですか」

「とんでもない苦労をしてバッタから取り出したヤドリバエの幼虫を、たったひと晩で全滅させる。こんなことは、そうそうできることじゃないよ。学生でもやらないような初歩的なミスだね。大吉、あんた、昆虫コンサルタントなんて名乗るのやめたら？　簡単な管理すらも満足にできないんだから、やってることは単なる虫好きの子どもと一緒だし」

わなわなと唇を震わせ、両手で顔を覆った大吉は、背中を丸めてさめざめと泣きはじめた。

「り、涼子先輩、そ、そこまで言いますか。そこまで追い詰めますか。ぼ、僕は消えたほうがいいですか……」

「ちょっと、もう。しっかりしてよ」と赤堀は大吉の頭をぽんと叩いた。「わたしは、あんたの心の中を代弁しただけなんだけどな。わりと当たってると思うんだけど、聞いててどうだった？」

大吉は目にいっぱいの涙をため、鼻をこすりながら顔を上げた。

「どうって、僕なんて、地球上でひとりぼっちですよ」

「地球上でひとりぼっち！　どうせなら、銀河系でひとりぼっちになりなよ！」

「な、なんてことを言うんですか……」

赤堀はげらげらと笑い、大きく手を打ち鳴らした。

「大吉、自己否定を『幸せ階段』みたいに使うのはやめたほうがいいね」

「なんですか、その幸せ階段って」

「つまり、必要以上に自分を貶めて、ネガティブを積み重ねてそこを必死によじ登って、ようやくちょっとした心の平静にたどり着く――みたいなめんどくさいこと。はっきり言って、無意味な重労働でしかないと思う」

「そういう、ねちねちした後ろ向きで暗い性格なんですよ」

「あんたがしつこい根暗だなんてことは、とっくの昔に知ってるって」

大吉は、恨みがましい顔を向けてきた。

「周りの大反対を押し切ってまで独立したんだから、いちいちめそめそしないで堂々と失敗に対処すればいい。そのキノコ頭の中には、膨大な知識が詰まってんだから」

「大半の人間にとっては、なんの役にも立たない知識ですよ。それに、涼子先輩は独立に大賛成だったじゃないですか」

「当たり前のこと言わないでよ。こんなおもしろい仕事、ほかにあると思ってんの？」

大吉は無理に難しい顔をつくろうとしていたが、口許がほころんでしまうのを止められないようだった。臆病で繊細で傷つきやすくて、争いが苦手な平和主義者。反面、大胆で緻密で向こう見ずなところも同居している。その二つの世界を行ったり来たりする彼を見ていると、とんでもない可能性を感じてぞくぞくするのだった。

「ともかく、またバッタから寄生虫を取り出せばいいだけ。二度手間は諦めなさい」

「ですね。涼子先輩にこてんぱんにされて、やっと諦めがつきました。忙しいのに、長野くんだりまで来てもらってすみませんでした」

「別の用がなければ絶対に来なかったから、気にしないで」

大吉は一瞬だけ意味を考えるような面持ちをして、腑に落ちない笑いを浮かべた。

「この地域にいるハチの子農家の話が聞きたくて、おじいちゃんにアポとってもらったの」

「なるほど。本職からの情報は貴重ですからね」

「そう。いろいろ調べたけど、ハチの子の出荷量はこの地域がいちばん多い。全体の八割ぐらいあるの。珍味として海外へ輸出してるのもここだけだしね」

みちるが長野県出身だったことを考えれば、地産物に馴染みがあるのは当然のことだ。東京に出ても郷里の味を懐かしんでいたのだろう。購入した形跡がないのなら、知人や友人が送ってくれていた、という線もあると思っていた。

それに、岩楯にはあっさりと却下されてしまった、虫を使ったコカイン密輸の件。確かに、仮説としては恥ずかしいほど穴だらけだ。ただ、ハチの子と麻薬が関係していることだけには、根拠のない妙な確信があった。しかもここ数日間は、犯人もコカイン入りとは知らずに珍味を届け、みちるが喜んで食べている映像が何度も頭をかすめている。

ではどこでハチの子にコカインが混入したと思うのか。当然、捜査本部ではこう問われたが、赤堀は答えることができなかった。第三者が薬を入れたとか、犯人が麻薬常用者で、なんらかの理由で移動したとか、都合のいい解釈ならいくつもあった。でも違う。きっと、虫でしか説明のつかない経路があるはずなのだ。虫たちを介した麻薬の伝達が、人の知らないところで、今も忍びやかに続いている可能性をずっと考えている。

頭の中で想像を膨らませているとき、おーいという嗄《しゃが》れ声が聞こえて振り返った。小柄だが、気持ちがいいほど背筋がぴんと伸びた老人と、五十代ぐらいの男たちが二人。赤黒く陽灼けした顔に、満面の笑みを浮かべて下刈りされた農道を歩いてくる。

わざわざすみません、と赤堀が頭を下げると、男たちは豪快に手をひと振りした。

「あんたかい、虫博士つうのは。こっちの兄ちゃんには、こないだじっちゃんの屋敷で会ったんだよ。酒が弱くって、女っ子みたいに顔が桃色になんだ。そんで、純情なんだよなあ？」

白いタオルを頭に巻いた大柄の男が、大吉の肩をぽんと叩いた。どうやらみなに気に入られたらしく、今日は泊まっていけと迫られている。下ネタや柄の悪さはかなりのものだが、あけっぴろげで嫌味がなかった。

ひとしきり大吉をからかって満足した男は、腰を屈めて赤堀の顔を覗き込んできた。

「おめさんのほうは、ずいぶんと若いんだきなし。じっちゃんから噂は聞いてたけども、こりゃたまげんな」

「言うほど若くはないんですけどね」

「いやあ、どこの学生かと思ったせえ、なんか珍しなあ。博士なんてわしらには縁のねえ世界の人間だでね」

「じゃあこれで、大吉ともどもご縁ができましたね」

「まあ、あれだ。涼子はおらの孫みてえなもんだから、力貸してやってくれっかや。なんだか、いろいろ大変な仕事をしてるんだど」

付き合いの長い老人は、くしゃっと笑いながら赤堀の頭を鷲摑みにしてがしがしと揺さぶった。白い眉端がぼさぼさと垂れ下がっているのを見ると、いつもシープドッグを思い出す。老人からは、日向と土と玉葱の匂いがした。今日は、根菜を育てている西側の畑に出ていたらしい。

「まあず、今度は『地スガリ』を調べてるっつうんだ。変わった娘だで」

「地スガリってハチの子のことですか？」

大吉が口を挟むと、老人は何度も頷いた。

「この辺りじゃあ、地スガリ獲りは伝統だかんね。今では若いもんが離れちまったけど、かなり儲かる仕事なんだど」

「冗談じゃなくって、屋敷が建つほどだかんなあ。まあ、よそもんが入れねえように、がっちりと地元で固めてっけどな」

男たちは豪快に笑い、赤堀に向かって手招きをした。クロスズメバチの巣を見せてくれるらしい。

それから二十分ほど山へ入ったところで、いくつもの羽音が耳許をかすめるようになった。人の匂いを感知したハチたちが、警戒行動を取りはじめている。おそらく、巣まで十メートル以内。この一帯は湿度が高く、落ち葉を絡めたぬかるみが足を引っかけにかかる。赤堀はトレッキングシューズの紐をきつく結び直し、大股で進む男たちの後ろを小走りして追いかけた。「私有地」と書かれた看板を過ぎると、視界が突然ぱっと開けて太陽が目に沁みた。

赤堀は額に手をかざして、周りをぐるりと見まわした。山を切り開いた土地はきれいに草が刈られて手入れされているが、緩やかな傾斜には、白や薄紫色の野菊が一面に広がっている。これを刈り取らなかった地主とは気が合いそうだ。今すぐ駆け出し、野菊の絨毯を転げまわりたい衝動でうずうずする。

奥のほうには、皮つき丸木で組まれたログハウスのような小屋があった。小屋と言っても壁は三方にしかなく、前面は打ち抜かれてトタン屋根には石が載せられている。変わった小屋の中に、さらに小さな三角の屋根がいくつも見えた。

赤堀は小屋に近づいた。まるで、無数の祠《ほこら》が頭だけ出して土に埋められているような、なんとも奇妙な景観だ。儀式的でもあり、いささか薄気味悪くもある。

羽音の唸りが大きさを増し、顔すれすれのところを怒り狂ったハチが通過した。

「これはちょっと、防護服がないとまずいですよ！」

黒い服を着ている大吉を、ハチは一番目の標的に据えたらしい。彼が身を低くして空き地の入り口へ避難したとき、屈強な男たちが笑い声を上げた。

「大切に大切に育ててやっても、人にはなつかねえとこが憎らしいなあ」

「なつくどころか、仇《あだ》で返されますよ！　ああ、まずいです！　偵察バチが警戒フェロモンを出してますって！」

大吉が遠くから声を張り上げると、男たちは「なんだそれ」と首を傾げた。

「本当にヤバい！　働きバチが興奮してますよ！　次々と巣に戻ってるでしょう！あれは、集団で攻撃してくる前触れなんです！　巣の中で、警戒フェロモンを噴射してるんですって！　これで誰かが刺されれば、毒素を感じてますます狂っていく！」

わあわあとうるさい大吉を横目に、赤堀は説明した。

「彼は害虫駆除のプロだから、こんな局面を黙って見てられないんですよ」

「そうかい。んだけど、まあず地スガリは大丈夫だよ。毒が弱いし小せえし、仮面《かめん》バチみてえにおっかなくねえから」

「仮面バチ！　まさか、オオスズメバチもいるんですか！」

「山なんだからいるに決まってんでしょ。大吉、ちょっと静かにして」

赤堀は大吉に向かって手をひと振りし、ハチ獲りプロの彼らに質問をした。

「クロスズメバチを養蜂してるわけですね」

「そうだよ。あっこの、地面から屋根だけ出てんのが巣箱なんだ。ありゃあ堀式巣箱っつって、底がないんだわ」

「へえ。山で獲ってきた巣を、そのまま巣箱の中に入れて埋めるってわけですね？そうすると、ハチが勝手に土を使って巣を大きくしていくと」

赤堀がハチを追い払いながら言うと、男はこっくりと頷いた。

「三宅式だの金田式だの安藤式だの、巣箱の作り方はいっぱいあんだ。地スガリ農家によって変わっかんな。冬も越せるしよ」

「越冬？　女王蜂は？」

「あっこだ」

頭にタオルを巻き直しながら、男は前を指差した。小屋の脇には、木製のおか持ちに似た箱が何個か積まれている。すると小柄な老人はハチをものともせずに進み、側面の板を滑らせて蓋を開けて見せた。

「ちょっとおじいちゃん、ハチに刺されまくりじゃない。いくらなんでも危ないって」

「そうかい？　あんまなんも感じねえど」

老人はわはははと笑いながらハチを払い落とし、箱の中を赤堀のほうへ向けた。

「女王さんはここで育てんのよ。ハチをつがわせたあとに女王さんを捕って、箱ん中で冬越しさせるっつうあんばいだ」

なるほど、と赤堀は感心した。養蜂とは言っても、ほぼ自然のままでハチにまかせているらしい。餌の捕獲も、巣作りも。彼らはただ、雨風をしのげる場所を提供しているだけだった。

赤堀はぶんぶんという羽音に耳を傾けながら、ハチたちの動きを目で追った。もちろん、今は侵入者の排除命令が出されて、攻撃態勢を崩してはいない。

クロスズメバチは、ほかの肉食系スズメバチとは違い、生きた獲物を狩ることは少ないと思う。餌としていちばん多いのは、死んだ昆虫だろうか。顎を使って器用に死骸の体を開き、筋組織だけをきれいに削ぎ取っていく。赤堀は、麻薬の汚染工程をずっと考えていた。当然だが、どこかに人の手が入らない限り、コカインが自然に幼虫へと移動するなんてことはあり得ない話だった。

「おじさん」と赤堀は、がたいのいい男を見上げた。「このハチには住処を提供してますけど、餌はどうなのかなと思って。見たところ、餌は与えていないようですけど」

「ああ、それがおっきい課題なんだよ。こいつらが全滅しちまう原因つったら、冷夏とか、ほかの虫とか動物の襲撃、病気、あとは飢え死にだ。食いもんを探すつっても、やつらにゃあ縄張りがあっからな。遠くまで狩りに行くことができねえんだ。んだから、飢えて死ぬことにつながんだわ」

「でも、餌付けはできますよね？」

「いやあ」

男はかぶりを振って、鼻の付け根にシワを寄せた。

「今までも、何回だって試したんだよ。鶏のササミとかイカとか、丸ごとで駄目なら潰して団子にしたり、ペット屋で生き餌で売ってるイモムシを買ってきたりなあ。んでも、スガリどもは一時は喜んでもってくけんど、すぐに見向きもしねくなる。そのへんで捕まえた虫でも一緒だや。んだからな、飢えて全滅していくのを指をくわえて見てるしかねえって寸法なんだわ」

「なるほど……」

赤堀は腕組みをした。

つまり、品種改良でもしない限りは、遺伝子に組み込まれた情報に逆らうことはないわけだ。縄張り内で獲物を探し、みずから解体して餌となる部位を巣へ持ち帰る。このサイクルを人が簡単に操作できるほど、野生の昆虫はおとなしくはない。

餌に薬物を仕込み、クロスズメバチに運ばせ幼虫に蓄積させる。誰にも言わず、頭の隅にこっそりと置いておいたこの仮説は、あまりにも荒唐無稽《こうとうむけい》なのだろう。赤堀は、あらためて自然界の掟を突きつけられた気分だった。人間が頭で考えるように、虫は動いてくれない。本能に逆らわず、無理なく薬物を摂取できる環境が、果たしてあるのだろうか。

はあっと息を吐き出し、キャップをかぶり直した。ふりだしに戻る。ハチたちは怒り心頭で顔の周りをかすめながら、鬱陶しい人間どもを追い出しにかかっていた。みなで来た道を戻りはじめたとき、ずっと黙っていたもうひとりの男が口を開いた。普段から無口らしく、声には張りがない。

「あんたは、おまわりの関係者かや？」

「ちげえって。じっちゃんが昆虫学者っせったべや」

大柄の男がすかさず言うと、青髭の彼は「そうだった」と笑った。

「警察がどうかしたんですか？」

「うん、いやあ、いきなり東京の警察からハクスがきたもんで、びっくらこいたかんな」

「ハクス？」

「あれだ。あの、電話が鳴っと印刷された紙が出てくるやつ」

ファックスのことか。

「なんだら、地スガリをやってる家を教えてくれっつうことでな、理由は教えてくんねえんだわ。ああ、おらは役場にいっから、そこにハクスがきたんだけど」

捜査本部は、なんだかんだ言っても動いてくれているらしい。市場にハチの子を流通させている農家は、ひと通り当たってくれるだろう。

「けったいじゃの。東京でなんかあったんだろうか」と老人は首を傾げた。

「ちなみに、この地域では、何軒ぐらい養蜂をしてるんですか？」

「長野全部を見ても、十五軒あるかないかじゃねえかなあ。んだけど、山ん中へ入って古典的な狩りをやってるやつもいるし、商売人が全部養蜂農家とか限らんでね。農研とかもやってるべし、いろいろだ」

「農研？」

そう反問し、赤堀は立ち止まった。クロスズメバチの縄張りからは出たらしく、鈍い羽音はまったく聞こえなくなった。

「農業研修だや。この一帯の村ではな、よそ者を集めて、農業学校みてえなことを年一回だけやってんだわ。有機栽培のやり方とか失敗しねえコツを、夏中かけて教えんだ。できるだけ金をかけねえやり方とかよ。脱サラした都会もんとか、よその県の農家がくっこともあんなあ」

「ちょっと待った。その研修にハチの子の養蜂も入っていると？」

胸の奥が騒がしくなっているのがわかる。頭のタオルを外した男は、首に巻き直して喋りながら歩きはじめた。

「まあ、選択っつうわけだ。興味があるやつにはひと通り教えるけんど、全然人気はねえなあ。虫を食う習慣がねえやつらにとっちゃ、気色のわりい話でしかねえかんな。だけど、今年の夏に来たやつらは、えらく興味もってたな。好奇心旺盛つうか、地スガリが金になることを言ったらやる気満々だったよ」

「どこの人ですか？」

「栃木と福井、富山と東京もんだや。みんなＮＰＯとかいうグループで、何やら人さまの役に立つことをやってるみてえだな。自然食もそうだけんど、東京もんは人生相談とかもやってるっつってたから」

「人生相談？　カウンセリングみたいなことですかね」

「なんだかなあ。とにかく、自給自足で生きるみてえな感じで、人に文明は必要ねえとか言って世離れしてんだ。聞けばよ、ここだけじゃなくって、全国の農家をまわっていろんな知識を仕入れてるみてえだな。そういう変わりもんばっかり、こんな村にくんのさ。でも、ありゃあたぶん失敗すんぞ。いろんなことを、ちと簡単に考えすぎてるみてえだったから。遊びに近い感じだな」

ＮＰＯか……。みちるが、この手の団体に所属していたという事実は挙がってきていない。けれども慈善団体ならば、臨床心理士としてのつながりは、どこかであってもおかしくはなかった。

「申し訳ないんですが、今まで農業研修に参加した人のリストをいただけませんか？　必要なら、開示請求をとりますから」

彼は開示請求という言葉に驚いた顔をしたが、こころよく了承してくれた。

3

西高島平署の取り調べ室は、ほかよりも温度が二度は低いと感じられた。蛍光灯が蒼すぎるせいか、冬場の曇天のようにうすら寒い。四畳半ほどの室内には、スチール製の事務机がぽつんと置かれ、奥の席には不遜な態度の男が腰かけていた。片肘を机に投げ出して頰杖をつき、斜に構えて踵《かかと》を踏み鳴らしている。

これがあのときと同じ男だろうか。岩楯は興味深く観察した。困ったような甘い笑顔が得意だったはずだが、今では口角が下がりきり、にじみ出したあさましさや小狡さが、顔色を土気色にくすませている。この世の煩悩《ぼんのう》を寄せ集めたような気配がした。

「だいぶお疲れのようだ」

岩楯はパイプ椅子を引いて、國居の真向かいに座った。鰐川は壁につけられた机にノートパソコンを置き、調書を作成する準備をした。

「引き続きで悪いが、話を聞かせてもらいますよ」

「今さっきの警官に、みんな話しました」

「それは、保険金殺人計画についてでしょう？　あとはもろもろの詐欺とか、引っかけた女の数とか、荒稼ぎした金の行方とか」

國居は小さく舌打ちし、椅子をきしませて背もたれに体を預けた。

「代わる代わる警官がきて、同じようなことを上から目線で問いただす。僕は無実なのに、こんなのは不当な取り調べだぞ」

「そのあたりは、当番弁護士にでも言ってもらえますかね。わたしの管轄外なんで。ああ、いのいちばんに呼んだんだから、もう言ってるか」

岩楯は、少し前までおこなわれていた、聴取の記録にざっと目を通した。興奮し、暴言のすえに否定の言葉を捲し立てていたかと思えば、半ば泣き落としで亜美にだまされたと訴えはじめている。そしてまた腹を立てたり、おもねってみたり。弁護士からは当然、黙秘の説明を受けただろうが、どうやら黙ってはいられない性分らしい。

調書をファイルに戻して机の上で手を組むと、國居は貧乏揺すりをやめて身構えた。

「亜美みたいな女は、扱いが難しいだろうな」

「いったい、なんの話だ」

「従順そうに見えて気まぐれだし衝動的だし、何より、主人を喜ばせるために、平気で主人を崖っ縁に追い込んでくるんだから」

國居は憎々しい面持ちで、息を細く吐き出した。

「猫なんかと一緒だな。スズメとかハトを捕まえてきて、嬉しそうに飼い主に見せにくる。で、褒めてもらえると思ってたのに、こっぴどく叱られてしゅんとするが、また同じことを繰り返す。まあ、ディズニーランドで挙式したいとかいう、かわいげのある夢ももってるみたいだが」

「彼女はどこかおかしいんですよ。病的なうそつきで、みんな簡単にだまされる。刑事さんだって、あっさりとのせられたんでしょう？」

「まあね。うっかりとあの茶目っ気にはだまされたなあ」

「だいたい、今回のことを仕組んでるのは全部亜美なんだ」

「おたくも、かなり乗り気だったと思いますがね。離婚で揉めてるとか、妻から何千万も慰謝料を要求されてるとか」

「お恥ずかしい話ですが、僕も亜美にのせられてしまったんです。女の人から金銭をだましとったことは、全部素直に認めてるんだ。その償いはしますけど、保険金殺人なんてとんでもないうそっぱちですよ。亜美の妄想だ」

國居は身振りを交えて力説した。その間、終始目は落ち着きなく泳いでいるし、後ろから聞こえてくる、鰐川がパソコンのキーを叩く音も気にしている。この手の人間は、近いうちに喋りすぎで自滅するだろう。

「まあ、それはおいといて。我々は乙部みちるさんのことが訊きたいんですよ」

「だから、みちるが死んだことと僕は関係ないんですよ！　いったい、何回言ったらわかるんですか！　まさか、殺人の罪も僕に着せようとしてるのか？　冗談じゃない、これが冤罪の始まりってわけだな……」

先走って続けようとする國居に片手を上げて黙らせ、岩楯は表情を変えずに話を進めた。

「前にも言ったが、関係があるかないかを決めるのはこっちなんだ。それに、みちるが死んだ理由を訊きたいわけじゃない」

「じゃあ、なんなんだ」

「彼女の私生活ですよ。理由はどうあれ、あんたはみちると一年ぐらい交際していた。その間で、見聞きしたことを聞かせてもらいたいと思ってね」

「それこそ、何十回も話しただろう？　いい加減にしてくれよ」

「『あらためて』お願いしますよ。今までみたいに、すばらしい人だったとかいう、美しすぎる脚色はなしで」

裏がないかと勘ぐっている國居に、岩楯は質問を続けた。

「まずは、彼女の性格について。思ったことをなんでもどうぞ」

岩楯が手を差し出すと、國居は戸惑ったように身じろぎをした。眉間にシワを寄せて机の天板をじっと見つめ、何度も唇を舐めてから、掠れた声を出した。

「どうぞって言われても、あんた方に有益な情報なんてないですよ。みちるは良くも悪くも情熱的。周りを振りまわすタイプだと思う」

「悪い情熱ね。具体的には？」

「人の意見を聞かないで先走る。本人はよかれと思ってやってることでも、迷惑なことってあるでしょう？　彼女はカウンセラーだったから、余計にそこが際立ってたな」

國居は再び唇を舐めた。

「とにかく、人の心の中を覗きたがる。無意識の職業病なんだろうけど、じっと見られるとぞくっとすることがよくあったんです。無理に悩みなんかを告白させたがったし、自分は弱者を救えるんだっていう絶対的な自信があった」

「聞いてるだけでも息が詰まるなあ。隙を見せたら終わりみたいな」

「その通りです。あんなに疲れる女には会ったことがない」

「過去の男関係なんかを聞いたことは？」

「確か、恋人が四年前にいたと言っていましたね。まあ、すぐに駄目になったらしいですよ。友人としては続いているとか言ってたな」

四年前、みちるはまだ埼玉に住んでいた。岩楯は頭の中の書類を素早くめくった。医師や病院の関係者は、恋人や友人はいなかったと、みな口をそろえたように言っていたが。

「あの調子では、長く付き合える男なんていませんよ。自分が上に立つことは当然だと思ってるくせに、か弱い男には興味がない。つまり、彼女みたいなタイプを落とすには、微妙な駆け引きで心の主導権を握ればいいんです」

「なるほど、なかなか勉強になる」

「女なんて、考えがパターン化されてますからね。長い髪をばっさりと切るなんていうのは、まさにその象徴ですよ。ああいう女は、ちょっと強引な包容力に憧れてますから。人の心を診る仕事なんて、たいそうなことを言ってるけど、自分の中身は子どもよりも幼い。言ってることなんて、まるで夢と一緒だし」

よくもまあ、ぺらぺらと言葉が出てくるものだ。岩楯は呆れ返った。薄笑いを浮かべ、身を乗り出して大きな二重の目を活き活きと輝かせている。黒板でもわたせば、女を引っかけるポイントを箇条書きして見せるのだろう。

熱心に女を落とす講義を繰り広げている國居にひとしきり喋らせ、岩楯は話を大幅に戻した。

「なかなか興味深い話でしたよ。ところで、四年前に付き合っていたという恋人。ここらへん、ほかに思い出すことはありませんかね」

國居は考える素振りをしただけで、すぐに顔を横に振った。

「詳しく聞いたことはないですね。みちるも話したがらなかったし」

「もう少しよく考えてくださいよ。何かを匂わせるようなことがなかったかどうか」

「本当によく知らないんですよ」とめんどくさそうにつぶやいた男は、顎の無精鬚を指先で撫でた。「愛とか恋と言うんじゃなくて、生き方が似ているかもしれない。話も合うし、一緒にいて楽。そんなようなことは言ってたかもしれないな」

「生き方というと、相手も精神医療関係ですかね」

「いや、違うな。ほかにも何か言ったような……」

國居は背もたれに寄りかかり、額に手を当てたりうつむいたり天井を仰いだりしながら、さっきよりも時間をかけて考えた。

「精神科医とか同業のカウンセラーとは、あまり折り合いがよくない。考えも正反対だとしょっちゅう言ってたから、恋人は同業じゃないと思うんだけど」

さらに考え込んでいたが、しまいには唸り声を上げて頭を抱えた。

「相手の職業がどうとは言ってなかったと思う。ただ、なんか言ってたな。ここまで出かかってるんだけど……」

再び口をつぐんだ國居は、頭を抱えたまま机に人差し指を叩きつけた。ぶつぶつと口の中で何かをつぶやき、突然、ぱっと顔を撥ね上げた。

「そうだ、思い出した！　勤め先の女医の愚痴を延々と聞かされてたときに、悪徳カウンセラーの話になったんですよ」

「悪徳というと、いわゆる無資格の？」

「そう、そう。カウンセラーを名乗るのに規定はないから、聞きかじった程度の知識で、カウンセリングをするとんでもない人間が大勢いると。今はネットカウンセリングとかいうのもあって手軽だから、知らずに引っかかる者も多いみたいですね。で、時間単位で高額な報酬をせしめるわけですよ」

それも今後の仕事計画に入れていたのかい？　そう言いそうになるのを、岩楯はすんでのところでなんとか堪えた。口が滑らかになっている國居は、急ぐように先を続けた。

「それで、金儲け主義のカウンセラーの話になって、自分が絶対に合わない人間の話に移ったんですよ。今まで生きてきて、どうしてもこの職種の人間だけは駄目だったって、力説してましたからね。それはもう本気で」

「まさか、その職業は警官とかいうオチですかね」

「いや、教師ですよ」

國居は、大きく頷きながら早口で言った。

「よっぽど嫌な目に遭ったのかは知りませんけど、教師を全否定してましたからね。情け容赦のない、ひどい言いようでした」

スクールカウンセリングを経験して、学校の対応の悪さに心底辟易していたのだろう。常識のなさでは、みちるがはるかに上回っている。が、まあ、わからないでもない。

「その話の最中に、『教師は最悪だけど、彼はちょっと違って……』みたいなことをぽろっと漏らしたんですよ。だから、恋人は教師だったのかなと、勝手に思った記憶がありますね。本当のところはわかりませんが」

「その話のとき、学校名は出ませんでしたか？」

岩楯は、気が逸《はや》るのを抑えながら質問をした。まったく新しい情報だった。スクールカウンセリングと失踪した生徒たち。恋人が本当に教師だったのなら、その線は学校を中心に一本につながっていると言える。

國居はさほど考える間も置かずに、あっさりと答えた。

「埼玉の朝霞桜坂中学校。というか、この学校の名前しか聞いたことがないですから」

鰐川がごくりと喉を鳴らしたのが、ここからでもわかった。

スクールカウンセリングをしていた学校の教師と、みちるは恋人関係だった。考え方が似ているのなら、その教師も学校のやり方には馴染めなかったということだろうか。みちるの個人的な自宅訪問など、生徒たちへの積極的な橋渡し役はこの男だったのかもしれない。そして、担当した五人の子どもが消え、みちるは殺された。

「その教師の名前なんかは？」

岩楯が急くように問うと、國居はせせら笑うような表情を浮かべた。

「まあ、まあ、刑事さん、落ち着いて。それが重大情報だってことぐらい、あなた方の態度を見ればなんとなくわかりますよ。僕だって馬鹿じゃない。知ってれば、とっくに言ってますって」

いちいち癇に障る男だが、調子にのっているうちにもっと情報を引き出したかった。

「おたくがみちるのアパートにいるとき、誰かが訪ねてくるなんてことは？」

「なかったですね。新聞屋ぐらいで」

「十月五日から取っていたみちるの休暇。これを、本当に知らなかったのかどうか。あんたに言わない理由はないと思うんだが」

するとは國居は、首を竦めて両手を上げた。

「誓って知りませんよ。だいたい、これが初めてじゃなかったんだから。みちるはよく、ひとりでどこかへ出かけていた。だいたいは土、日を使った泊まりでね。行き先を訊いても言いたがらなかったから、深追いはしませんでしたよ。そこまでする理由もないし」

「男の影は？　そこらへん、あんたならわかるはずだが」

岩楯が真っ向から目を合わせると、國居は軽い調子でかぶりを振った。

「みちるは僕一筋だった。手前味噌だけど、これは間違いないですよ。よそに男をつくるようなら、彼女の性格から言っても僕はさっさと捨てられたでしょうね。男からの電話もなかったし」

にやけながらそう言った國居は、いきなり手をぱんとひとつ叩いた。

「ああ、そう、そう。重大情報がもうひとつあった。前に刑事さんが訊いてきたけど、みちるは確かに公衆電話をよく使ってましたよ」

「で、今の今まで黙ってたわけか」

「忘れてたんですよ。そんなこと、気にも留めてなかったし。ケータイも固定電話もあるのに、わざわざ外へ出て電話をかけることがよくあった」

「それについて、みちるはなんて？」

「さあ。そういう奇妙な行動には、かかわらないようにしてるんですよ。刑事さんもわかるでしょう？　女の秘密になんて、首を突っ込むもんじゃないって。余計な地雷を踏んで、厄介ごとに巻き込まれんのがオチだ」

「なるほど。わざわざ地雷を避けて通ってたのに、今、こうやって最大級の厄介ごとに巻き込まれてるわけだ。おもしろいな、自虐ネタかい？」

國居はようやくふざけた笑みを引き揚げ、むっとして口を閉じた。この男を黙らせるためなら金を払ってもいいぐらいだが、今はそうもいかない。カウンセラーの相馬薫子が語っていたように、公衆電話の使用は事実だったのだから。

岩楯は、座面が硬いパイプ椅子に深く座り直し、向かい側に収まる男を見据えた。今になって、喋りすぎてしまったことを若干後悔するように身じろぎを繰り返している。けれども同時に、ここで少しでも点数を稼いでおこうという、小狡い勘定も見え隠れしていた。

「ほかに気づいたみちるの奇行は？」

「料理が激まずい」

岩楯は苦笑いをした。

「それのどこが奇行なんだか」

「野菜を煮詰めてつくった、どろどろのスープを食ってみればわかる。あれは立派な奇行、いや、ちょっとしたテロだから」

なんだって？　岩楯の心臓が飛び跳ね、一瞬のうちに指先が冷たくなった。

「解毒スープとか言って、とにかく気味の悪い食い物なんだ。無農薬だか有機野菜だか、体にいい材料を使ってつくったもんで、思考もポジティブになるとかなんとか。まあ、奇行って言ったらそれくらいですね。少しはお役に立てましたか？」

相変わらず人を小馬鹿にした態度だったが、それどころではなかった。麻衣が夜な夜な煮込んでいる、魔女鍋と一緒ではないか。

岩楯は混乱する頭をなだめ、國居の聴取を終了して係官に引きわたした。鰐川は猛烈な勢いでキーを叩き、調書の作成に取りかかっている。

「鰐川。桜坂中の教員名簿を取り寄せる手配をしてくれるか。二〇〇八年から今までのぶんな。非常勤も全部入れてくれ」

了解です、という声が聞こえたときには、取り調べ室を出て廊下を走っていた。

裏口付近にある喫煙所には、さいわいにも誰もいなかった。岩楯は内ポケットから携帯電話を出して、登録されている番号を押した。五回の呼び出し音のすえにつながった回線からは、明らかによそよそしい妻の声が流れてきた。

「何?」

「ちょっと訊きたいことがあるんだよ」

「今から走りにいくからやだ。あとにして。じゃあね」

さっさと切ろうとしている麻衣を、「待てって!」と慌てて引き止めた。「魔女鍋について訊きたいんだよ。おまえがいつもつくってるやつ」

「ちょっと、魔女鍋とかへんな名前つけないでくれる? あれは……」

「毒素を体の外へ出してくれる、ありがたい神のスープだろ? それはわかってるよ」

先まわりして話を取り上げると、麻衣は訝しむ声を出した。

「いったいなんなの? いつもは毛嫌いしてるくせに、すごく気持ち悪いんだけど。スープがどうかした?」

「あれは、誰からつくり方を教わったんだ?」

「鎌田さんの奥さん。ほら、下の階に住んでる元アナウンサーだった人。祐也も知ってるでしょ？」

　確か、夫が商社勤めで海外赴任をしている家だろう。互いに子どもがいないということもあって、意気投合していると聞いたことがある。

「率直に訊きたいんだがな。その鎌田さんとやらは、なんかの宗教にはまってるってことはないか？」

「は？　やめてよ」と麻衣は、うんざりしたようにため息を吐き出した。「彼女がはまってるのは自然食。つまり、オーガニックね。農薬と化学肥料を、まったく使わないでつくった食べ物しか口に入れないみたい。体に入れるものはかなり吟味してて、有機ＪＡＳマークがないと駄目。まあ、あそこまで徹底されると、ちょっとついていけないとこもあるけどね」

　そういうのを宗教って言うんだよ。岩楯は腹の中でつぶやいた。

「体にいいのはわかるけど、とにかく値段が高すぎるし、とても続けるのは無理。でも、野菜スープ程度ならなんとかなるじゃない。日持ちもするし、栄養素を凝縮できるし」

「で、馬鹿高い野菜と一緒に、魔女鍋のつくり方が入ってると」

「入ってません」

麻衣は声を尖らせた。

「オーガニックを愛好する人たちが、いろんなレシピを上げてる投稿サイトがあるの。ランキング形式になってるんだけど、そこの上位にあるのが解毒スープ。祐也は馬鹿にしてるけど、実際に体調がよくなったっていう人が大勢いるんだからね。わたしも、これは続ける価値があると思ってるし」

つまりは、みちるもオーガニック食材にはまっていた。そういうことなのだろうが、微かに何かが引っかかるのはなぜだろうか。

「悪いんだが、そのサイトのアドレスを今すぐケータイに送ってくれるか？」

「いいけど、まさか野菜スープが事件にかかわってるんじゃないでしょうね？」

「まだわからんよ。じゃあ、頼んだぞ」

そう言って電話を切ったとたん、震えるような着信音が鳴り出して驚いた。通話ボタンを押して耳に当てると、押し殺した低いぼそぼそ声が流れてきた。

「今、張り込み中？」

間違いようもなく赤堀だが、今度はいったいなんの真似なのだろうか。張り込んじゃいないよ。廊下を歩きながら答えると、彼女はふうっと息を吐き出した。

「よかった。ああ、赤堀です、こんにちは。張り込み中にケータイ鳴らして犯人に逃げられるとか、もう洒落にもなんないから」

もちろん、そのときは電源を落とすに決まっているだろう。岩楯はどっと疲れ、目頭を指で強く押した。

「それで、なんかあったのかい？」

「もちろん。恒温器で育ててた卵が、固定したものと同じ段階にまで成長したんですよ。ようやく数値をまとめたから、とりあえず先に報告しようと思って」

「ええと確か、ウジボールの中で、奇跡的に生き残ってた卵だな？」

「そう、そう。これはもちろん、通常成長のウジね。初日にお湯で固定したのは、ウジボールの中でもいちばん成熟したウジ。だから、そこへ行き着くまでのスピードをみるってわけ。発育時間をＡＤＨに変換したから……」

「ちょっと待て、そのＡＤＨってのは？」

岩楯が取り調べ室に入りながら問うと、調書を作成していた鰐川が「ＡＤＨ？」と反応して顔を上げ、ノートを開きながら隣にやってきた。岩楯は、携帯電話をスピーカーモードにして机に置いた。

「人工飼育した時間を、遺体発見状況に適合するように補正したの。つまり、時間に摂氏温度を乗じて積算時度に変換した。これがADHです」

「わかるようでわからんな」

「現場から採取された通常のウジは、みんな初齢の終わりぐらいだった。そこまでになるための発育時間は、卵期から初齢期完了までのADHの総計。二十四度で飼育したものの発育時間は、五十五時間。だから一四八五ADHね。これを、解剖医がウジを採集した日時、十月十二日の午後五時四十七分から遡るわけ」

「悪いが、さっぱりわからんよ」

「もしかして、十月十二日の総計に、アパートの平均摂氏温度と時間をかけるんですかね？」

鰐川がメモを取りながら顔を上げた。

「ワニさん、当たり。そこに火災の高温ダメージとか、保冷剤で冷やした可能性も入れていくんだけどね」

携帯電話から、赤堀の生真面目な声が流れてくる。

「で、これを日数分加算して総計ADHから引く。そして一時間当たりのADH総計を割る。こうしていくと、発育時間が特定されるの」

「ともかくな、それをやった結果だけ教えてくれるか？　俺はもう、生理的に限界だよ」

「じゃあ、最終結論。わたしが算出した乙部みちるの死亡推定時刻は、十月六日の深夜十二時から一時の間です」

岩楯の体にはさっと鳥肌が走り、鰐川はうわっ、とおかしな声を上げた。もちろん彼女には、午前中に亜美が供述した内容はまだ話していない。亜美が板橋で異様な風体の男を見かけたのは、六日の深夜一時すぎだ。赤堀の推定だと、その直前にみちるは殺されたことになる。複数の事実を考えてみても、この日時は信憑性が高いとしか言いようがなかった。

法医昆虫学というのは、法医解剖学や、科学捜査に匹敵するほど緻密な分野なのではないだろうか。岩楯は、短い期間に、赤堀が指摘してきた重大な事実を思い返していた。従来の捜査で取りこぼした部分を、あとから確実に拾い上げている。なぜ今まで、まったく日の目を見ていないのかが逆に疑問になった。

「先生が弾き出した死亡推定時刻、たぶんそれははずれてないと思うぞ。しかし、ウジ一匹からたどり着いたってのはすごいな」

「感心しました」と鰐川も顔を上気させながら頷いた。

「全部虫たちが教えてくれることなの。だから、現場を見ればもっとわかることがあるはず。遺体がまだ動かされていないありのままの状態を、法医昆虫学者は絶対に見なければならないね。犯人の行動とか性格だって、推測することができるから」

「どんなふうに？」

「たとえば、遺棄された遺体に、腐敗分解とは関係ない虫がたくさんついていたとするじゃない？」

「ああ、四つの主要グループな」

「そう、そう。そこから外れる虫が多いってことは、犯人が遺棄現場をいきあたりばったりに選んだとも言える」

「なんで？」

「周りの草むらとか獣道なんかをひっかきまわして、遺棄場所を探しながら捨てたことが推測できるから。これをすることによって、関係ない虫が周囲にばらまかれて、現場の生態系が微妙に崩れるわけ。イコール、犯人は緻密な人間ではない」

「計画的なら、迷いなく遺棄現場を目指すってことか……」

「そう。フリーな子かそうじゃないか、見れば一発でわかるからね」

遺体に向けられた暴力の痕跡からは、犯人の激情が伝わってくるものだ。それとは別の切り口で行動を予測できるのなら、さらに深い洞察が生まれるのではないだろうか。

「どこかプロファイルにも通じるところがありますよ」

感心しきりで鰐川のメモを見ているとき、電話口からがさがさに荒れた濁声が流れてきた。イントネーションが独特で、風邪のひき始めのような年寄りの声がする。

「出先なのか？」

赤堀は背後の老人に何かを言って大笑いし、そうですすと返してきた。

「長野の山奥に来てるの。ちょっとハチの子農家を見学に」

「あのなあ、先生。行き先は前もって言っておいてくれ。これは守ってもらうぞ」

「ああ、そうでしたね。すみません。別件もあったので。それはそうと、捜査本部は、ハチの子を養蜂してる農家のリストを挙げさせたらしいじゃない？」

「まあ、当然、裏を取るならそこから入るだろうな。で、ハチの子の養蜂現場を見た率直な感想は？」

「ダイレクトにコカインと結びつけるのは苦しい。頭の中の大幅な軌道修正が必要。こんなとこかな」

しぶしぶと、本当にしぶしぶと語っているのがわかる。むっつりとしたあの顔が思い浮かぶほどだ。

「じゃあ、ハチの子からコカイン説は消えるってわけか？」

「やめてよ、とんでもない！」と赤堀は鼻息荒く捲し立てた。「伝達経路を、ちょっと見直すだけですよ。虫たちにとって無理のない動きをね」

「期待してるよ」

「ともかく、ここで聞き込んだ情報を、あとで岩楯刑事のパソコンにメールしますから」

じゃあと言った赤堀は、唐突にぶつりと電話を切った。いつもながら騒がしくも愉快な女だった。

4

オーガニック食材のレシピサイトは、想像以上の規模だった。

岩楯はパソコンと向かい合い、細々した写真の貼られたページをスクロールしながら見ていった。登録されている利用者が九万人ほどで、閲覧数もかなりのものだ。食にこだわり、高い金を出してでも安全というお墨付きが欲しい人間が、これほどいることに正直驚いた。しかも掲示板には、不摂生を極めている岩楯の耳が痛くなるようなことばかり書かれている。いや、痛いどころか、ほとんど吊るし上げではないか。

「酒と煙草を毎日呑む人は、緩慢な自殺をしているようなもの」

「副流煙《ふくりゅうえん》は犯罪に等しい。警察が取り締まってほしい」

「壁などで仕切って、喫煙者と住む地域を分けられないものか」

「喫煙者だけ一ヵ所に集めて隔離すべき」

いくらなんでも、めちゃくちゃな言いようだった。ネットでの誹謗中傷が日常化しているとはいえ、主婦がほとんどであろうこんな場所でも同じというところが怖い。

岩楯は悪意ある書き込みを素通りし、麻衣が言っていた、レシピランキングの項目を開いた。

登録している者は誰でもレシピを投稿できて、気に入ったものには投票ができる参加者主導のシステムだ。カボチャを使った料理が多いのは、ハロウィンを反映しているかららしいが、そんななかでもひとつだけが異質だった。「解毒スープ」という名前がすでに普通ではないし、料理という枠から外れている気がする。

名前をクリックしてリンク先へ飛ぶと、見慣れてしまった奇妙な画像が大写しになっていた。赤味を帯びた緑とも紫ともつかない、どろっと粘り気のある液体。魔女鍋だ。いくらきれいなスープ皿に盛られていても、華がないどころか邪悪なものにしか見えなかった。ぐつぐつと煮込まれているあの臭いを思い出し、胃袋がわずかにせり上がってくる。

——十種類以上の野菜を使い、根菜類を最後に入れること。

たったこれだけがレシピの説明であり、有機JAS認定品を使うことが必須条件になっている。岩楯は、別枠が設けられている有機JAS規格にざっと目を通した。化学肥料や農薬を使わないのはもちろんだが、土の中の化学物質にも厳しい規定があるらしい。つまり、三年間、化学物質を使わなかった場所に限って、農水省の認可が受けられるわけだ。しかも、毎年監査がおこなわれ、周辺設備にもかなりの資金が必要と思われた。

この流通システムでは、高額でしか市場には出せないのも納得だった。そして、金を出せる者だけが目に見える安全を買える。わかってはいるが腑に落ちない、なんとも苦々しい話だ。

それにしても、みちるもこのサイトを見て、解毒スープに興味をもったのだろうか。岩楯は、楽しそうなカラオケの写真を思い浮かべた。彼女は酒も好きだったようだし、あの写真では煙草も吸っていたはずだ。だからこそ、体の毒素を食べ物でどうにかしたかったとも考えられるが……。しばらく考え、岩楯は首をひねった。

どうも、みちるという人物像と合わないような気がしてしょうがない。規則を破ることにさほど罪悪感はなく、むしろ、規則のほうがおかしいと言い出すタイプの人間だ。煙草が害だと思うなら、ちまちまと解毒スープなどをつくらずに、潔くすぱっとやめるのではないだろうか。

岩楯は、解毒スープのページを細かく見ていった。今週のランキングは八位で、今年の頭に初登場を果たしてから、十位以下に落ちたことがない強者《つわもの》だ。ほかに山ほど見栄えのするうまそうな料理があるのに、ちょっと信じられない限りだった。評価欄にはひと言コメントが載っていて、ほとんどが褒めそやしているものばかり。体調がよくなったというのを筆頭に、若返ったとか子どもが試験に合格したとか、医者に見放されていた病気が治ったとか……。

ばかばかしいと思うのは、麻衣の挙動をいつも見ているせいだけではないだろう。体に悪くはないのはわかる。続ければ、それなりに、なんらかの成果がもたらされるのかもしれない。だからと言って、神のごとく持ち上げすぎだろう。何より、このサイトの中で、解毒スープだけが強迫的で宗教くさい。こんなものがある日突然、投稿されたとしても、黙殺されるのがせいぜいだと思うのだが。

さらにサイト内を見てまわり、有機栽培農家のページを開いた。登録している農家のホームページへリンクしていて、かなりの数にのぼっている。あらゆる疑いをかけて見ていったつもりだが、これといって事件とのかかわりを匂わせるものはない。ただただ胡散臭《うさんくさ》いというだけで、それ以上ではなかった。

岩楯は凝り固まった首をまわし、椅子の上で伸び上がって全身の関節をぼきぼきと鳴らした。刑事部屋には自分ひとりしかおらず、スリープ状態のパソコンがいくつも唸りを上げているだけだ。こんなページを見ていたせいか、逆に煙草が吸いたい欲求が込み上げている。インターネットのブラウザを閉じようとしたとき、「解毒スープ」という小さな文字を見つけてマウスを持つ手を止めた。有機栽培農家の紹介文には、絵文字だらけの一文があった。

「解毒スープを手軽な価格で始めましょう！」

ついでだから見てやろうか。リンク先に飛んだとたん、やかましい音楽が流れて岩楯は慌てて音をしぼった。目がちかちかするほど忙しい、ｇｉｆアニメだらけのサイトだ。「有機栽培、ハッピーファーム！」という派手なロゴの下には、自社を紹介する動画が流されている。イメージキャラクターらしきアニメの少女が、「自然」とか「ナチュラル」という言葉をくどいぐらいに使って、有機農業の説明をしていた。

通信販売はかなり充実している。農家と一般家庭が契約し、定期的に作物を発送する販売形態がほとんどだ。けれども、どうやらそれだけではないらしい。天然酵母のパンやジャム、さまざまな菓子や飲料など、有機栽培されたものを使った加工品が目白押しだった。なかでも有機野菜を練り込んだ窯《かま》焼きパンは、一斤《きん》に八千円の値がついて半年待ちと書かれている。

岩楯は思わず鼻を鳴らした。いくらなんでも、八千円はぼったくりすぎだろう。ほかの商品も法外な価格設定がされていたが、すべてに待ち時間が出るほど人気があるようだ。客を煽るサクラかと思いもしたが、麻衣の言動を見る限り、思い込みの特殊需要があることは間違いない。それに、この農家はなかなかのやり手で、金になるものを嗅ぎつける鼻をもっているように感じた。

岩楯の目は、さらにある一点に注がれた。解毒スープはこの農家が発案し、世界中に広がりつつある……という文が太字で書かれている下には、「解毒スープセット」なるものがでかでかと紹介されていた。ほかの商品よりも格段に安いのは、虫喰いの激しい野菜など、使えるところだけをカットしてまとめているかららしい。麻衣が言っていたのはこれだ。

なるほどな、と岩楯はつぶやいた。虫喰いが当たり前の有機栽培とはいえ、売り物にならないほどひどいものもあるだろう。金と手間ひまをかけたものを、みすみす廃棄せず、細切れでも売り物にするのは賢いやり方だった。

おそらく、この農家はレシピサイトのランキングを操作している。岩楯の直観が、やかましいほどそう告げてきた。野菜の細切れセットが売り出された時期と、ランクインした時期がぴたりと合致しているのは偶然ではないだろう。

まったくいけ好かない。自分の家庭にまで悪影響を及ぼされているかと思うと、苛立ちもひとしおだった。

岩楯が毒づいているところに、入り口から鰐川が颯爽と入ってきた。あの夜、アイドルオタクの淳太郎にスーツを駄目にされた相棒は、今ふうの細身のシルエットで新調していた。レジメンタルストライプのネクタイをなびかせている姿が活力に満ちていて、若禿げを退けるのに役立っている。

「全員から裏が取れました」

相棒はキャスターつきの椅子を引きずってきて、ノートを開きながら岩楯のはす向かいに座った。

「みちるがカウンセリングを担当していた患者ですが、全員に解毒スープを勧めていたみたいですね。体の中から負の要素を追い出せば、おのずと心もプラスに転じると」

「それがカウンセラーの言う言葉か？　完全に宗教だろうよ」

「そうなんです。そして、全員の患者が解毒スープを実践してるんですよ。信じられないことに、今でもずっとです。みちるに教えられた農家から、直接野菜を買ってますね。その業者は、ええと……」

ノートをめくった鰐川に、岩楯は言った。

「足立《あだち》区に事務所があるハッピーファームだろ？　直球すぎる名前だが」

「そうです、それです。なんでわかったんですか？」と鰐川は目を丸くした。

「ネットを眺めてたら見つけたんだよ」

岩楯はモニターを指差した。

「カウンセリングじゃなくて、潜在支配だ。いったいみちるは、何を目指してたんだと思う？」

鰐川は心ノートをばさばさとめくり、今までのみちるに関する情報を見直した。眉間に深いシワを刻み、手の甲で眼鏡を押し上げた。

「患者に対して、熱心に向き合っていたのは間違いないと思うんです。ただ、あまりにも自己流で、心というものを無視しすぎている」

岩楯はむっつりと考え込み、先を続けるように目配せをした。

「患者が依存すればするほど、みちるの言うことを聞くようになるでしょう。初めから弱い立場ですからね。それに、自分と真剣に向き合ってくれているという安心感が、心の回復を促す薬になるのも間違いはないと思います。だからこそ、そのうちみちるも錯覚しはじめる」

「自分はすご腕カウンセラーで、患者を片っ端から救うことができる。マニュアルなんかに縛られるよりも、むしろ自己流でやったほうがうまくいくんじゃないかと」

鰐川は苦々しい顔をして頷いた。

「乙部みちるは、人を思いやっているようでいて、実は本質をまったく見ていない。臨床心理士には向かない人間だったんですよ。というか、むしろ絶対にやっては駄目な部類の人間でしょうね」

彼の言う通りだと岩楯は思った。今回の事件を免《まぬが》れていたとしても、いつかは取り返しのつかない大問題に直面しただろう。

「みちるが、この通販業者と通じてないか調べたほうがいいな。患者に営業をかけて、食い物にしていたように見えなくもない」

「本当にそうなら、許し難いですよ」

相棒は神妙な顔のまま書類をめくり、机の上を滑らせた。

「そしてこれが、桜坂中の教員名簿です」

「ずいぶんとまた早かったな。連中は出し渋っただろ？」

「いいえ。教育委員会が即決してくれましたよ。まあ、遅かれ早かれ、わたすことにはなりますからね」

「さすがは教育者だ。前回から学習したらしい」

岩楯は、いちばんに二〇〇八、二〇〇九年度の書類に目を落とした。離任した教師が六人と、定年退職がひとり。

「桜坂中の校長と養護教諭に話を聞きましたが、みちるがほかの教師と交際していた節はなかったと言っていますね。というか、教師全員から敬遠されていたし、そういう噂は聞いたことがないということでした」

「まあ、うそではないだろうな。ここまでくれば、隠すメリットがひとつもない」

あの状況のみちると付き合えるとしたら、相当の変わり者か、なんらかの目的がある者ぐらいだと思われる。教員生活のその後を左右しかねない、リスクのある女ということだけは誰の目から見ても明らかだ。

それ以外の書類にもざっと目を通したが、これと言って気にかかるような箇所はなかった。まだまだ情報が少なすぎる。

「こりゃあ、根気よく全員を当たる以外にはないな。ハッピーファームとやらも含めてだが」

岩楯は書類をまとめ、パソコンを終了して立ち上がった。

第五章　一四七ヘルツの羽音

1

　東京から二時間かけて奥多摩《おくたま》の鳩《はと》ノ巣《す》駅に到着し、そこからさらに、バスで一時間以上はかかっただろうか。貸し切り状態だった路線バスが行ってしまうと、一瞬だけ耳を塞がれたような静けさに包まれた。が、しだいに森の声が聞こえはじめてくる。風が木々をざわめかせて耳許をすり抜け、鳥ははばたき、動物がじっと息を潜め、どこかで水が湧き出している音がする。空には弾力がありそうな雲が浮かび、刻々と形を変えながら山の向こうへ流されていった。

　赤堀は眩しい朝日に向かって伸び上がり、ひんやりとした空気を胸いっぱいに吸い込んだ。長野とはまた違い、腐葉土とか清流の匂いが濃厚だ。そこに、錆のような金属的な臭いが混じっているのは、これのせいだろう。赤堀は脇に目をやった。

軸が斜めに曲がってしまっているバス停は、赤錆まみれで朽ち落ちる寸前だった。ポールをこんこんと叩くと、腐食してできた穴から、カナヘビが慌てて飛び出してきた。

奥多摩の兎原《うさぎはら》峠の景観は、何十年も変わっていないのだろう。国道のアスファルトはひび割れてぼこぼこに波打っているし、ガードレールも錆だらけだ。近年、整備された形跡はなく、沿道ではセイタカアワダチソウが幅を利かせていた。ここが東京都であることを、忘れさせるほどの威力がある。

赤堀は、大振りのリュックサックを背負って歩きはじめた。一台も車が通らない国道を横切り、軒の低い空き家のような商店を通過する。

長野の木和田《きわだ》村でおこなわれた農業研修で、ハチの子養蜂に興味をもっていたのが四つのグループ。その後、実際の巣箱作りについて問い合わせてきたグループが、二つだけあったらしい。富山と奥多摩のＮＰＯ団体だ。

まあ、ここに何かがあるとは思っていない。昨日も一日をかけて長野のハチの子農家をまわったが、クロスズメバチに攻撃されただけで収穫なしに終わっていた。

ただ、ハチの子に関する細い糸を根気よくたどっていけば、いつかは本筋に接近するのではないだろうか。赤堀にはそう思えてならなかった。警察は、もろもろの情報を集めはするだろうが、さらに枝分かれした末端を調べるほどの情熱はもっていない。ハチの子からコカインが出た証拠がないのだから当然だった。だから、これは自分の仕事だ。虫が赤堀だけに教えてくれた情報には、しつこいほど固執する義務がある。

赤堀は地図に目を落とし、舗装されていない砂利敷きの道へ折れた。左側一帯は雑木林で、反対側には田んぼや畑が広がって民家がぽつぽつと点在している。収穫遅れの稲穂が台風で横倒しにされたらしく、ミステリーサークルのように複雑な渦を巻いていた。

ここが兎原峠……。少し先に「NPO法人、しあわせ農場」とペイントされた木製の看板が見えたが、そこへは行かずに手前にある石造りの門をくぐった。庭先で、小豆《あずき》をゴザの上で干している年寄りに声をかける。

花柄の割烹着を着込み、農協の手ぬぐいであねさまかぶりをした老婆の話はこうだ。

しあわせ農場には、若者ばかりが十人以上で共同生活をしている。礼儀正しく、試作品の菓子なんかをよくもってきてくれる。自宅の作業場の屋根が台風で落ちたとき、みんな総出で農機具の運び出しを手伝ってくれた。稲光《いなみつ》家の土地と建物を借りていて、雑木林の奥に小さな畑をいくつもつくっている。有機栽培だから、管理がたいへんなわりには、収穫量が少なくて苦労しているとも聞いた。

老婆の話を終わらせるのに時間がかかった。それぐらい、彼らは地元の人間から受け入れられているらしい。赤堀は礼を述べて民家を後にし、「あっちへ歩いてけばわかっから」と大雑把に教えられた稲光家へと向かった。

格子状に走る畦道をあみだくじのように進み、傾いた灯籠を縫って、水路をぴょんと飛び越える。緩やかなカーブの向こうには、古ぼけた水車が見えていた。赤堀は目を細め、かろうじて回転している組み木の音に耳を澄ました。悲鳴に似た軋《きし》みと、水の流れる音。

田舎道というのは、近くに見えても実際は遠い。蜃気楼のような水車を目指し、こめかみの汗をぬぐいながらようやくたどり着いた。すぐ脇には、石造りの小さな祠《ほこら》が置かれ、竹の花筒に可憐な藤袴《ふじばかま》が挿されている。祠の中には、同じ石で彫られたキツネが、射すくめるような目をして座っていた。

赤堀はしゃがんで風化しかけた稲荷《いなり》をまじまじと見つめ、キャップを脱いで両手を二回ほど打ち鳴らした。

「なんか、いろいろとうまくいきますように」

さっと立ち上がって帽子をかぶり、稲荷の脇道へ入る。蛇行する先にはサザンカの生け垣が巡らされ、裾には低く石が積まれていた。樫の巨木がざわざわと風に揺れ、伸びた枝葉が垣根の外にまで張り出しているのが、鎮守の森のようで壮観だ。遠目からでも、管理がいき届いているのがわかる。

ここか。赤堀は刈り込まれた草を踏みしめて、石柱の立つ入り口から敷地内を覗き込んだ。そして、目に飛び込んできた光景にあっけに取られた。

横長の巨大な茅葺《かやぶ》き屋根は特異な形をしており、まるで歌舞伎役者が髷《まげ》を結っているような格好をしている。屋根に明かり取りがあるこれは、入母屋《いりもや》造りとか言っただろうか。家の側面には、真っ白い障子を張った格子戸がずらりと並び、所々によしずがかけられていた。

確かに、行けばわかるという老婆の道案内は正解だ。屋号の入った土蔵を見ても、まるで時代劇に登場しそうな豪農ではないか。

桁外れのスケールに圧倒され、赤堀は入り口に立ち尽くした。すると、すぐ後ろで砂利を踏みしめる音が聞こえて、がばっと振り返った。

「誰？」

虫の羽音を思わせる不安定な声だ。うつむきがちに立っているのは、ひょろりと細長い痩せた少年だった。血色が悪く、病的に蒼白い顔をしている。十六、七歳ぐらいだろうか。ぼさぼさの髪は寝癖がついて伸び放題。鬱陶しく目にかかっている前髪を、チックのようにたびたび払う忙しない仕種。どこからどう見ても挙動不審者だが、端整な顔立ちははっと息を呑むほどだった。

「誰?」と少年は、目をまったく合わせずに繰り返した。対人関係に問題を抱えているのが、手に取るようにわかる。

「ええと、きみは誰なのかな」

質問に質問で返すと、少年はすだれのような前髪の隙間から、一瞬だけ赤堀を見やった。背中を丸め、屋敷のほうへ顎をしゃくる。

「俺んち」

「ああ、なんだ。きみは稲光少年?　この家の子だよね」

のろのろと頷いた彼は、チェックのシャツの袖をまくり上げた。ペットボトルの炭酸飲料に口をつけている。膝の抜けたグレーのスウェットの足許はサンダル履き。やる気のなさとか気怠さみたいなものが、全身をまんべんなく覆っていた。

「ちょっと訊きたいことがあるんだけど、おうちの人はいる?」

「今いない」

「何時ごろ帰ってくるの？」

「ばあちゃんは一昨日から温泉に行ってるし、出戻りの伯母さんは山に入ってる。いつ帰るかわからない」

「そっか。お父さんかお母さんは？」

「死んだ」

ぼそりと答えた彼は、再びペットボトルに口をつけた。どう答えていいやら、わからない表情を浮かべていたのだろう。少年は赤堀を何度か盗み見てから、ぽつりと言った。

「うそ」

「は？」

「親が二人とも死んだ話。今、うちには俺しかいない。で、あんた誰？　虫捕り網とか持って、いかにも怪しいんだけど」

名刺を出せとばかりに、右手を差し出してくる。おどおどして目を合わせようともしないわりには、なかなか押しが強いではないか。赤堀はリュックを下ろし、脇ポケットの中から一枚を抜いて突きつけた。少年は受け取った名刺を目の前に掲げ、興味なさそうに読み上げた。

「昆虫学者、准教授」

「まあ、そういうこと。家にだれもいないんだったら、きみに訊いてもいいかな？」

少年は名刺をポケットに突っ込みながら、小さく首を縦に振った。

「しあわせ農場について知りたいんだけどね。彼らに農地を貸してるのが稲光家だって聞いたから。そのへんのこと、知ってる？」

前髪を払い、少年は頷いた。

「とりあえず、印象とか教えてほしいな。きみから見て、どんな人たちなのか」

「だせえ連中」と彼は小さく即答した。

「なるほど、稲光少年いわく彼らはダサイと。具体的に何が？」

「名前、やってること、人間。偽善者の集まり」

「まあ、しあわせ農場ってネーミングに関しては、きみに賛同してもいいけどね。偽善者っていうのは、どんなところが？」

「やることなすこと全部。引きこもりとかニート集めて農業ごっこ。いつもにこにこして不気味」

「一般的に見たら、きみも相当不気味だと思うよ」

にこりと笑うと、少年は驚いた顔をして、赤堀と真正面から目を合わせた。やればできるじゃないか。ぽかんとした顔には怒りの感情はない。ただただ、いきなりずばりと言われたことにびっくりしているようだった。きっと、彼の周りは腫れ物にでも触るように接しているのだろう。赤堀は、陰気な稲光少年に俄然、興味が湧いた。

「不気味とか言ったあとでなんなんだけど、ちょっときみに頼んでもいいかな」

彼は足許を眺めてもじもじとしていたが、拒否はしなかった。

「きみの言う『いつもにこにこ不気味集団』に貸してる、農地の場所を教えてほしいんだよね」

「見返りは？」

「きみもなかなか言うじゃん。見返りは、そうだね……。ノコギリかミヤマクワガタの幼虫。大きく育てる説明書つきで」

にんまりと口角を上げると、少年はぴくぴくと口許を震わせていたが、ついには噴き出して笑った。笑うと右側だけえくぼができて、とてもかわいらしく見える。

「なんでわかったの？」

「蔵の脇に積み上がってる、縦に切られたペットボトル」と土蔵のほうを指差した。

「あれ、発酵マットを入れて幼虫を育てた保育器だよね。飼育はうまくいかなかったんじゃない？」

「そうなんだ。二齢で全滅したから」

「たぶんね、共生菌が足りないんだと思う。幼虫の大きさに対して育てるケースが大きすぎるから、じゅうぶんな栄養補給ができないわけ」

「ふうん。あんた、なんか知らねえけど使えそうなやつだな。ちょっと待ってて」

今さっきまでと表情がまるで違う。頬を上気させた彼はさっと踵を返して敷地へ入り、母屋の裏手へ走っていった。しばらくすると、爪先をとんとんと地面に叩きながらやってくる。スウェットがジーンズに穿き替えられ、サンダルはスニーカーに替わっていた。

「案内してやる。つうか、口で説明できないから」

「ありがたいけど、きみ、学校は？　今日は木曜、今は朝の八時前」

「学校はとっくの昔に辞めたんだ。俺、くずニートの引きこもりだから」

「へえ。じゃあ、気兼ねなく頼めるね」

「あんた、説教とかしねえの？」

「してほしいなら、そう言ってよ。名前は？」

「稲光拓巳《たくみ》」

少年は恥ずかしそうにうつむき、屋敷の脇道を歩きはじめた。窺い知れない事情があるのだろうと思う。ポケットに手を突っ込んで猫背で歩く姿が、少しだけ寂しげに見えた。

森にある農地へ向かう前に、看板が掲げられている「しあわせ農場」の拠点を偵察しに行った。竹を組んだ四つ目垣の向こうには、木造平屋の古い日本家屋がどっしりと鎮座している。奥行きがあり、母屋と離れに分かれた建物はかなりの広さがあった。手づくりらしい、カラフルに色づけされた木工品が所々に置かれ、低い軒下では季節外れの風鈴が涼しげな音を立てていた。

「この家も稲光家の所有物？」

拓巳はこくりと頷いた。

「じいちゃんが使ってたんだ」

離れのほうを覗き込むと、葡萄棚《ぶどうだな》の下に大量の洗濯物が干されて風にはためいていた。形の同じブルーのシャツがずらりと並んでいる。縁側の戸は開け放たれているが、人気《ひとけ》はなかった。

「ここで十人以上が共同生活してるわけだ」

「十七人」

「みんな昼間は、畑とか田んぼに出てるの？」

「たぶん」

そう答えた拓巳は、突然はっとして赤堀の陰に隠れるような素振りをした。まるで、人見知りの激しい幼児みたいな動きだった。離れのほうへ目を向けると、洗濯かごを抱えた若い女が、干されたシーツの隙間からちらちら見えている。ブルーのシャツを着た彼女は、赤堀を見つけるなり、にこりと愛嬌のある笑みを浮かべてやってきた。

「おはようございます。今日はいいお天気ですね」

小太りの彼女は、物怖じすることなく話しかけてくる。二十代の前半ぐらいだろう。会釈する赤堀の脇を覗き込み、ことさら晴れやかに笑った。

「稲光くん、おはよう。朝から散歩なんて珍しいね」

少年はもじもじして縮こまり、忙しく前髪を払っている。人から注意を向けられることが耐えられないようだ。さらに話しかけようとしている彼女を、赤堀はやんわりと遮った。

「すごい量ですね。洗濯物」

「ええ。なんせ大所帯だから。あなたは、稲光くんのお知り合いなんですね」

－むりやり散歩に付き合わせてるところなの。もしかして、あなたは指導員の方ですか？」

「ああ、うちのサークルにはそういうのはないの。みんな横一列で、上も下もないから。へんでしょう？」

彼女は、目を細めて弾けるように笑った。赤堀はじっと女を見つめた。無邪気だ。心がすっかり開け放たれていて、嫌味なところがひとつもない。けれども、かえってそれが奇妙な違和感を呼び込んでいる。自分は警戒しすぎだろうか。

それから赤堀は、当たり障りのない言葉をいくつか交わしてから、その場をあとにした。

「確かに、『いつもにこにこ』だね」

歩きながら言うと、隣で拓巳が肩をすくめて「苦手」とひと言だけぽつんとこぼした。人の優しさや善意を、素直に受け取れないのは辛いだろう。彼はそれを恥じているように見えたから、赤堀の庇護心がざわざわと揺さぶられた。

「近道するから」

拓巳が脇道を指差した。車一台がようやく通れる私道を抜け、枯れ葉の積もった斜面を駆け上って雑木林に入った。聞けば、この林一帯と近隣の山々は稲光家の土地らしく、途方もない広さにため息しか出なかった。ぜひ、このままの自然を守ってほしいが、いずれは土地を受け継ぐ彼はどうするのだろうか。田舎暮らしを疎《うと》んではいなそうだけれど、特別気に入っているようでもない。拓巳は肩越しにちらちらと赤堀を窺いながら、歩くスピードに気を遣ってくれている。そんな素振りがかわいらしい。

落ち葉が堆積してできた腐葉土は、スポンジのように柔らかい。そこを踏みしめると、濃厚な土くささを吹き上げた。もみじや山桜、カツラの木は少しだけ紅葉が始まっている。二人に気づいた数匹のタイワンリスが、一斉に木の上へ避難した。

林道をさくさくと進んでいるとき、少年が意を決したように後ろを振り返った。

「しあわせ農場がどうかしたの？」

声が裏返り、何度も咳払いをしている。

「ちょっと、農場近辺の虫を調べたいの」

「なんだかよくわかんないな」

「だよね。実は、わたしもよくわかんないの」

彼は首を傾げて見せ、大きな黄蘗《きはだ》の木を右に折れた。そのとき、人の気配を感じて赤堀は拓巳の腕を摑んで立ち止まった。だれかいる。左側のずっと先……。赤堀は、雑木林の隙間に目を凝らした。木々の間から、灰色がかったブルーの色がちらちらと見えている。パキッと枝を踏みしめる音がして、くるりと後ろを振り返った。こっちの隙間にもブルー。さっき物干竿に大量に干されていた、作業着らしいシャツの色だった。

「なんなの……」

右にもいる、前にも後ろにも。赤堀は全身の神経をそばだてた。こめかみからすっと汗が流れていく。ファームの連中が、自分たちの周りを取り囲んでいた。いや、林の中を、あてどもなくふらふらと彷徨《さまよ》い歩いているように見えた。いったいなんだ？するとすぐそばで気配がして、思わずひっと息を吸い込んだ。

木立の間から、いきなりぬっと大柄な男が姿を現した。ブルーのシャツの袖から筋肉の盛り上がった腕が出ているのを見て、赤堀は拓巳の腕を引いて思わず後ずさった。スキンヘッドが磨かれたように光っている。

「こんにちは」

男は無表情のまま低い声で挨拶をし、そのまま前を通り過ぎていく。すぐ後ろでも「こんにちは」という声が聞こえ、赤堀と拓巳は同時にがばっとひるがえった。こっちは髪を金色に染めた少女だ。

こんにちは、こんにちは、こんにちは。

広大な林の中で、二人のそばを農場の連中がふらりと通り過ぎていく。ほとんどこちらを意識していないような挨拶が、機械仕掛けのようで気味が悪い。

「脱獄とか、どっかの病院を脱走してきたみたいな感じだろ？」

拓巳がブルーの作業着に目をすがめながら、囁くように言った。確かに異様だ。やみくもに歩きまわっているように見えたが、どうやら薪《たきぎ》を集めているらしい。

「礼儀正しいのが逆に怖いって初めて経験したかも」

「森に棲む『妖怪こんにちは』」

うつむきながら抑揚なくつぶやいた拓巳の腕を、赤堀はバシンと叩いて大笑いした。

「ちょっと拓巳！　あんた、何ぼそっとおもしろいこと言ってんの！　笑いのセンスあるじゃん！」

少年は顔を赤らめ、行こうと言ってさっさと歩きはじめた。森に散らばっているブルーの集団は気にかかるが、自分たちを監視しているふうではない。しばらく進むと、それも視界に入らなくなった。

さまざまな広葉樹が繁り、陽が届かなくて薄暗い。そのまま目印の乏しい林道を三十分以上は歩いたとき、人の声が風に流されてきた。四人、いや、五人ぐらいはいるだろうか。拓巳は立ち止まり、右側の木立の間に顔を向けた。

「ここの少し奥に連中の畑がある」

「すごい場所にあるね。畑に着くまでに疲れきっちゃうだろうに」

「裏側からは車で直《じか》に行けるから、そんなにたいへんじゃないと思う。田んぼは国道の向こう側にあるよ」

「稲光家が貸し出してる土地は、その二ヵ所だけなの？」

確かそう、と彼はこっくりと頷いた。

「きみは、変わった小屋を見たことないかな？　祠みたいな小さい三角屋根のついた木箱が、半分ぐらい土に埋まってるようなものなんだけど」

少年は「土に埋まった祠？」と反芻《はんすう》し、首を傾げて考え込んだ。「石造りの小屋なら畑の脇にあるけど」

「石造り？」

「石窯だよ。そこで、パンとかお菓子を焼いて売ってるみたいだ。よく、ばあちゃんとこにもってきてる。でも、祠みたいな木の小屋なんて見たことない」

そう、と答えた赤堀は畑のほうに目を凝らした。不気味な薪拾い人たちとは違い、笑い声やはしゃいだ嬌声が聞こえてくる。赤堀はファームへは向かわずに、周囲を散策した。環境にはなんの問題もないし、ここにもクロスズメバチが生息しているだろう。けれども、人の出入りが激しい畑の近くでは、養蜂などはできないはずだ。

長野に引き続き、なんとなく無駄足の予感が漂いはじめている。赤堀は、意気が下がりきってしまう前に、もう少しだけ周りを調べようと思った。

「稲光少年、案内してくれてありがとう。もうひとりでも大丈夫だから、きみは帰っていいよ」

「ミヤマの幼虫と説明書は？」

「東京に帰ってから送ってあげる」

「じゃあ、最後まで付き合う」

一緒に行きたいらしい。少年がはにかみながら足を踏み出したとき、微かな羽音が赤堀の鼓膜を震わせた。すぐに周りに視線を走らせ、神経を尖らせた。なんだよ、と振り返った彼を手で制して黙らせ、木立の間をまっすぐに進んだ。昨日からさんざん聞かされている、少しだけ高音域の羽音だ。

音に導かれて奥へと進んだとき、細い小川を越えたあたりで小振りのハチが鼻先をかすめた。間髪を入れずにリュックサックの脇から捕虫網を引き抜き、素早く振るって地面に押し伏せた。

「いったいなんなんだよ。あんたはサムライか？」

赤堀はリュックのポケットから白いタオルを取り出して、血色がずいぶんよくなった少年に放った。

「これで頭と顔を守るか、今すぐ引き返して家に帰るか選んで」

「なんで」

「わたしたち、クロスズメバチのテリトリーに入っちゃったから」

満面の笑みで告げると、彼は慌ててタオルでほっかむりした。

赤堀は袋の中の綿を千切り、指先で細長く縒《よ》って紐《ひも》をつくった。網の中から二センチもないクロスズメバチを取り出して、素早く胸部のくびれに結びつける。後翅の邪魔にならないよう結び目を腹にまわしてから、「頼むよ」と声をかけて空中に放った。

「いったい、なんのまね？」

「あの子の巣へ案内してもらいたいわけ。普通は餌に紐をつけて持たせるんだけど、それよりもいい獲物を見つけるとあっさり捨てちゃうの。だから、いちばん確実なのはハチ自身に目印をつけることだね」

「わけわかんねえ。あんた、なんかイカれてる」

「このぐらい、イカれてるうちに入らないって。本当のわたしを見たら逃げ出すよ」

「やっぱイカれてる。でも、おもしろそうだからついてく」

よろしい。そう言って赤堀は少年の頭を下げさせた。クロスズメバチは警戒を解かず、白い紐をなびかせながら木の間を行き来している。その間に数匹の生きた標本を捕まえ、コルクを外してガラス瓶に入れた。

「あれは偵察バチ。巣に近づこうとする者を威嚇する役目。でもね……」

赤堀はいきなり捕虫網をぶんぶんと振りまわし、偵察バチのすぐそばをわざわざかすめた。

「あんた、いったいなにやってんだよ！　隠れたのに煽ってどうすんだって！」

「いいの、いいの。この子をかんかんに怒らせると、仲間を大勢呼び寄せるから」

「ますますよくねえよ！」

「大丈夫。わたしの言う通りにすれば刺されないから。たぶん」

「たぶん……」

引き返したハチを中腰のまま追っていると、あちこちから羽音の唸りが聞こえてきた。フェロモンに呼ばれた働きバチたちだ。少年は地面にしゃがんで縮こまり、チワワのようにぶるぶると震えている。そばに置いておきたいぐらい、かわいいかもしれない。

赤堀はさらに数匹を捕獲してから、縒った紐をつけて空へ放った。よほど巣に近寄らない限りは、威嚇だけで攻撃を仕掛けてはこないだろう。巣へと引き返す個体だけを慎重に見極め、二人はじりじりと巣からの距離を詰めていった。

それから十五分ほど追跡したとき、目印をつけた一匹が木の根元にすっと消えた。見上げるほどのアカガシの巨木で、太い根っこがタコの脚のように地面から浮き上がっている。その境目の土には、ぽっかりと穴が開いていた。

赤堀は、その場に倒れ込んでしまいそうなほどがっかりした。養蜂でもなんでもない、ただの天然のハチの巣だ。そりゃあ、あっさりと証拠が見つかるなんて思っていたわけではない。しかし、こんなに手間のかかるハチの子調査を全国で繰り広げるには、どれほどの時間がかかるだろうか。おそるおそる思い巡らしてみたが、ぞっとしてすぐにやめた。とにかく。赤堀は自分を精一杯、奮い立たせた。今自分にできることはこれ以外にはない。警察は別の道から犯人を追い、自分はこの道を突き進む。

赤堀は湿った枯れ葉や生木《なまき》を拾い集めて巣の入り口に盛り、木の皮を着火剤にして火を点けた。

「そんなことしたら、ハチが襲いかかってくるんじゃないのか?」

最初の勢いがまったくなくなり、少年は羽音にびくびくと身を強張らせている。しかし言葉は滑らかになり、瞳には生気が宿っていた。

「煙を出せば、逆にハチは攻撃をやめるの。巣の中にいる女王と幼虫を守ろうとして、それが無理だとわかると巣から離れるから」

バンダナで口許を覆いながら煙を立てて、ハチが去りはじめたのを確認してから持参したシャベルで土を掘り返した。灰色のまだら模様をした巣は、ちょうど手鞠《てまり》ほどの大きさだった。周りの枠を剝がすと、中から六角形を寄せ集めた部屋が現れる。乳白色をしたハチの子たちが、マス目にびっしりと詰まって蠢いていた。

「キモイけど、なんかちょっとうまそうでもある」と彼が覗き込んでくる。

「稲光少年。きみ、なかなか見どころあるよ。強面《こわもて》の刑事だって涙目で大騒ぎする代物だからね。すぐ吐くし」

赤堀はリュックを下ろして、中からプラスチックケースを取り出した。蓋を開けて薬物判定キットを用意し、ピンセットでクロスズメバチの幼虫を引き抜いた。固唾《かたず》を吞んで見守る少年の前で、幼虫の背中に素早くメスを入れ、体液をキットの窪みになすりつけた。腕時計を睨むこと数分。判定窓には赤紫色の二本線が現れた。コカインは陰性だ。

がっかりして脱力し、赤堀はもろもろの道具をリュックに突っ込んだ。説明を求める顔をしている少年には、化学物質を調査しているとだけ伝えた。とにかく、しあわせ農場の畑に立ち寄ってから次の場所へ移動するとしよう。

のろのろと荷物を担ぎ上げたとき、ある音が耳をかすめた。一四七ヘルツの羽音だ。

2

何匹もの黒い虫が、忙しく辺りを飛びまわっている。赤堀は狙いをつけて網を振るい、二匹を同時に捕獲した。網の中身がわかったとたん、言いようのない不安が腹の底から湧き上がってきた。

「今度は何を捕まえたんだ？」

興味で目を輝かせている拓巳を見やり、捕えた二匹をガラス瓶へ移した。

「クロバエ科のハエ。オビキンバエっていう種ね」

「今度はハエかよ」

「そう。このハエがたくさん出まわってるってことは、必ず近くに死体があるってこと」

死体！　彼は声をひっくり返した。

「オビキンバエは、死臭を感知して十分以内に飛んでくるわけ。いちおう訊くけど、きみんとこの私有地で、今までに自殺体が挙がったことは？」

「自殺体って、そ、そんなの聞いたことねえよ」

動物の死骸の可能性のほうが高いだろう。ただ、少しでも気にかかるなら、今はすべてを確認するべきだ。

「なあ、もう引き返したほうがいいんじゃないか？」

「そうだね。わたしはちょっと見てくるから、きみは先に戻っててくれる？」

「そのあとどうすんの？」

「たぶん、すぐに追いつくと思うからさ。追いつかなくても、必ず家に寄るから待っててて。今来た道も覚えてるし、迷うことはないしね」

「怖くねえの？」

少年は、驚きとも羨望とも取れる面持ちで赤堀を見下ろしてきた。

「ハエの着地点を確認するだけだからね。人の死体なんて見つけたら、もちろん近寄らないしさっさと通報するって」

彼は大げさに顔を歪め、気味が悪いことを全身で表現した。いきがってはいても、こういうことが苦手なのはひしひしと伝わってくる。けれども、赤堀を置いて引き返すことにもためらいがあるようだ。本当に優しいじゃないか。年相応の素直さが端々に垣間見られて、少しだけ安心した。

最後まで渋っていた少年を家に帰すと、赤堀は何度か深呼吸をした。集中しよう。ハエは、ちょうど頭の高さぐらいをたびたびかすめて飛んでいる。赤堀は一歩を踏み出し、ハエが消えた方角へ目を凝らした。当然、ハチと違って目視することはできないが、しばらく歩いたところで、頼りない道案内はまったく必要がなくなった。

風向きが変わったのを境に、鼻の奥である臭いを感知したからだ。それは、一瞬のうちに空気を淀ませるほど重苦しい。辺りにひどい腐敗臭が立ちこめている。赤堀はジーンズのポケットからバンダナを抜き出し、鼻と口を覆って頭の後ろできつく結んだ。臭いの元は近い。拒否反応を示す脚をむりやり前に出して、小山になっている地面を這い上がった。

二十メートルほど離れているだろうか。落ち葉の吹きだまりになっている窪みに、赤黒いものが横たわっている。赤堀は、じっとそれを見つめた。鼓動はさっきから暴走しっぱなしで、体中の筋肉が緊張で縮み上がっている。が、正体がわかるとほっとした。人ではない。獣だ。

赤堀は小山を横滑りしながら駆け下り、一帯を飛びまわっている虫を片っ端から網で捕えた。オビキンバエ、コバネニクバエ、キイロスズメバチ、クロスズメバチ、オオスズメバチ。すべてを試験管ほどのガラス瓶に確保して、動物の死骸へ近づいた。

体長、二メートルはありそうなイノシシだった。ほかの獣に喰い荒らされたらしく、胴体の茶色い毛皮が裂けてべろりとめくれ、あばら骨が見えていた。牙を剝き出した頭蓋骨が露出し、体の組織がほとんどなくなっている。死後すぐに起こる膨満期はとうに過ぎ去り、腐乱期も終わりにさしかかっていた。死んでから、だいたい十五日以上。屍肉をむさぼるウジが少ないのは、組織の水分が失われているからだろう。その代わりに、乾燥した肉を食べる赤茶色のカツオブシムシが、灰色の骨に隙間もないほどびっしりとへばりついていた。

生き物が土へ返るさまというのは、嫌悪感をはらみながらも視線を外せない魅力みたいなものがある。赤堀は吸い寄せられるように見入り、さらに死骸へと近づいた。ひどい臭いに咳き込んだが、さいわいなことに嗅覚が麻痺してきたらしい。頭蓋骨の脇にしゃがむと、成虫へと脱皮したハエの蛹の殻が、おびただしいほど散らばっていた。

死因はなんだろうか。全身に視線を走らせたが、体の傷は死後にできたもののように見える。骨折も、銃弾による射創もない。

赤堀はピンセットで太ったウジを摘み、いつもと同じ手順で素早く薬物判定テストをおこなった。ここまできたら、気の済むまでやろう。結果を待つ間にウジや土を採取して顔を上げたとき、石の上に置いたものを二度見してから動きを止めた。

判定キットには、片側のみ一本線が表示されている。

赤堀は慌ててもう一式を取り出し、同じテストを施した。白骨化の進む獣の死骸と大量の虫と腐臭。それらに囲まれながらじりじりと結果を待ったが、再び赤紫色の一本線が浮かび上がってきた。赤堀はよろめきながら立ち上がり、腹の中で声を張り上げた。

コカインが陽性だ！　こんな場所で、いったいなぜ！　イノシシの死骸がコカインで汚染されている！　なんで！

死骸から離れ、はあはあと息を上げながら周りを見まわした。自然のままの木立が広がり、柔らかい木漏れ日が降り注いでいる。どう見ても、コカインなんかとは対極にある場所ではないか。

そのときはっとし、赤堀は、先ほどサンプリングしたクロスズメバチをリュックサックから引きずり出した。まさか、このイノシシに湧いたウジを巣へ持ち帰って、幼虫に与えていた？　そうすれば、コカインまみれのハチの子ができる……。

震える手で綿を撚《よ》り、クロスズメバチの胴体に着けた。今にも過呼吸で倒れそうだ。空へ放つと、ハチは死骸の上をぐるぐると旋回してから、迷いなく右のほうへ飛んでいく。赤堀はハチから目を離さず、荷物の重さに途中で何度もつまずきながら、木の根がせり出した傾斜を必死によじ上った。すると視界がぱっと開け、前方に白いビニールハウスが見えた。

心臓は肋骨にぶち当たりながら収縮を繰り返し、耳の奥ではごおっという音が鳴っている。とても落ち着くことなんてできやしない。赤堀は空気を求めて喘ぎながら進み、針金の張り巡らされた柵に近づいた。

木々が伐採され、雑草もきれいに刈り取られている。この場所だけぽかんと空が抜けていて、柵の脇にある太陽電池パネルが、じゅうぶんな陽射しを浴びていた。

害獣避けの電気柵だ。バッテリーにつながれたアースが、地面に深々と突き刺さっている。それにしても、さっきから腐臭とは別の臭いが鼻についていた。ガソリンのようなベンジンのような、この場所にはそぐわない化学的な異臭だ。

赤堀は柵の周りを歩き、木枠のついた出入り口を見つけた。電流が遮断されているのを確認してから、閂《かんぬき》を上げて中へ入った。奥行きが三メートルもないような小さなビニールハウスだが、それにしては笑えるぐらい厳重すぎる設備だろう。

「よっぽどおいしいものでも育ててるわけ？」

ビニール越しに中を覗き込むと、青々と繁った植物が見えた。いろんな種類を育てているらしく、支柱が立てられて、果実に袋をかぶせているものもあった。ほとんどがくだものらしい。赤堀は周りに人気がないことを確認してから、ハウスの扉を引いた。

むっとする熱い空気に、全身から汗が噴き出してくる。青くささと果実の甘い匂い、そこにビニール臭さが混じって悪酔いしそうな空間だ。

手前の木からぶら下がっている袋を手に取り、紐を緩めて隙間から中を覗き込んだ。深緑色で、表面がうろこのように折り重なっている。カスタードアップルだった。オーストラリアで一度だけ食べたことがあるくだものは、濃厚なクリーム状の果肉がすばらしくおいしかった記憶がある。隣にあるのはドラゴンフルーツで、はす向かいはパパイヤ。実はつけていないけれども、パッションフルーツや数種類のマンゴーも見受けられた。どうやら、珍しい南国フルーツの試作をしているらしい。

赤堀は作物の間を歩き、不審なものはないかと目を光らせた。くだものの栽培をするのはわかるが、なぜこんな森の奥地で、人目を忍ぶようなやり方をしているのだろう。そもそもこのへん一帯は稲光家の土地だし、NPO団体には貸していないはずではなかったか。ブルーの作業着集団を思い出して身震いが起きたけれど、ハウスの中にはこれといった問題はない。

むやみやたらな暴走をしていた心拍数は、いつの間にか平常値に戻っていた。ハウスを後にしようとしたとき、奥に植えられている腰ぐらいの低い木に目を留めた。先の尖った楕円形の葉が、瑞々《みずみず》しく豊かに繁っている。

赤堀の心臓は再び跳ね上がった。小走りして奥へ行き、枝の先から硬い葉を摘み取った。すぐに裏返して葉脈を見ると、中央の太い筋を挟んだ両側に、二本の縦線がくっきりと走っていた。

これはコカインの原料、コカの木だ。ウジから薬物が出たことで調べ直したから、間違いはない。

赤堀はハウスを飛び出し、電気柵の扉を乱暴に開けた。あのイノシシはコカインを摂取して、致死量に達して死んだに違いない。動物実験かとも思ったが、そうではないはずだ。麻薬の栽培者は、獣が中毒死したことを知らない。おそらく、この近くにイノシシが通っていた餌場があるはずだった。

ナラの木に摑まりながら急な傾斜を越えたとき、すぐにそれは見つかった。地面に穴が掘られ、腐ったくだものや野菜などがぞんざいに捨てられている。しかも少し先には、長野で見たのと同じものがあった。三角屋根だけが土の中から出ている、ハチの子養蜂の堀式巣箱だった。

巣箱へ一直線に走り、クロスズメバチの攻撃もかまわずに蓋を開けた。幼虫は見事にコカインが陽性だった。

続けて穴を掘っただけのゴミ捨て場へ行き、軍手をはめて中身をあさった。腐った果実の臭いと、ガソリン臭が入り混じっている。奥のほうには、土まみれになった不《ふ》織布《しょくふ》が打ち捨てられていた。赤堀はそれを引きずり出し、顔を近づけた。白っぽい塊がこびりついている。おそらく、石灰だろう。喉がからからに渇いて痛み出している。その場にぺたんと座り込み、汚らしい不織布を袋に詰め込んだ。

ここで、コカインの精製を試している者がいる。確かコカ葉から麻薬成分を抽出するには、石灰やガソリン、アンモニアなどが必要だったはずだ。それらを使って濾《こ》し、ペースト状にしたものをさらに精製していく。コカイン成分が付着した布をここに捨てれば、ゴミをあさりにきた獣の口にも入ったはずだ。特にイノシシには常習性があり、決めた餌場には足しげく通う。

頭の中で、完璧に筋が通った。

赤堀はポケットから携帯電話を抜いたが、当然ながら圏外だった。早く岩楯に知らせなくては。荷物を担ぎ上げて走り出そうとしたとき、後ろに気配を感じて、よろめきながら振り返った。

「こんなところで、何やってるの？」

すらりと背の高い、モデルのような女だった。色白で目尻が切れ上がり、点と線で表現できそうな瀬戸物の人形みたいな顔立ちをしている。繊細で美しいが、とても冷ややかだ。エンジ色のウインドブレーカーを羽織り、ベージュ色の帽子を目深にかぶっている。リュックサックを背負い、手にはボールペンとクリップボード。何かの調査員らしく、横文字の書かれた腕章を着けていた。

「あなた、ハイカー？　もしかして、道に迷ったの？」

年齢不詳だが、四十の半ばは過ぎているはずだ。それに、彼女の完璧に整った顔立ちには見覚えがある。稲光家の血統。少年が語っていた「出戻りの伯母」とは彼女のことだろう。

「途中までは、甥御さんに案内してもらったんですよ」

「え？　拓巳が？」

「ええ。すみませんが、名刺は彼にわたしたので最後だったみたい。こんにちは、赤堀と申します。昆虫学者をやっているもので」

　頭を下げると、彼女は赤堀の頭の先から爪先までを、何度も目で往復した。それはいささか不躾なほどだったが、彼女もそれを承知しているようだった。

「あの子は？」

「途中で引き返しましたよ」

「そう……。ごめんなさい、ちょっとびっくりしちゃって。あの子、部屋から滅多に出てこないし、人と話をするなんてこともないものだから」

「そうなんですか？　かなり愉快な少年でしたけどね」

　彼女は曖昧に笑い、クリップボードを小脇に抱えた。

「この辺り一帯は、稲光さんの土地だと聞いたんですが」

「ええ、そうですよ。わたしは市からの依頼で、植生の調査を担当してるんです。単発ですけど、ヒノキとケヤキを中心に」

「なるほど。あそこにあるビニールハウスは、稲光さんの持ち物ですか？」

　それが違うんです……と彼女は、疲れたように肩をすくめて見せた。

「知らないうちに置かれてて、ちょっと困ってるんですよ。撤去するのもたいへんだし、勝手にそんなことをして、揉め事を起こしたくないっていうのもあるしね」

「『しあわせ農場』の方々に関係あるんですかね?」

彼女はため息で返事をした。

「まあ、いろいろあるんですよ、本当にいろいろ。それを承知で土地を提供したのもありますけど、気苦労も多くてね」

「でも、礼儀正しい感じの人たちですよね。人当たりもいいし」

「そうですね。悪い人たちではないのは確かかな」

何気なく探りを入れてみたが、彼女にさらりとかわされた。

「それで、あなたはここで何を?」

「ああ、昆虫の調査をしていたんですよ」

「生ゴミの中の?」

「ええと、まあ、そういうことになりますね」

踏ん切り悪く答えると、彼女の目はすっと細められた。人間味の乏しい能面のような顔が、赤堀の警戒心をざわざわと刺激する。互いの腹の中を探るような時間がすぎると、彼女は薄い唇に笑みを浮かべた。

「とりあえず、ここは私有地です、とだけ言っておいたほうがいいかしら」

「ええ、了解です」

「何をするにも、管理者の許可が必要になりますからね。何かの調査ならなおさらですけど」

率直に警告をせず、妙に含みのある言い方をした。彼女は腰の袋からメジャーを取り出し、ヒノキの胸高直径にあてがおうとしている。赤堀が一礼して来た道を戻ろうとしたとき、背後からキャーッという女の悲鳴が響きわたり、跳び上がるほど驚いた。彼女がヒノキの脇に尻餅をついて、口許を手で覆っている。

「な、何これ……」

大きく見開かれた目で赤堀を見やり、おそるおそる前方を指差した。

「どうしたんです？」

「そ、そこに……へんなものが」

赤堀は彼女に駆け寄り、雑草まみれの場所に目を凝らした。黒っぽいものが見える。なんだろうか。じりじりと前に進んだとき、後ろからどすんと背中を突き飛ばされた。

咄嗟に振り返ろうとしたが、その暇がなかった。今度は腰を蹴られたような痛みが走る。つんのめって草むらに手をついたが、そこに地面はなかった。一瞬のうちに逆さまになった。落ちる。

何か硬いもので肘を強打し、次に肩、側頭部が当たり、張り出した木の枝が凶器になって体中を鞭打った。ばきばきと枝の折れる音がする。鋭い切っ先に体のあちこちが切り裂かれ、熱をともなう猛烈な痛みが脳天を貫いた。必死に手を伸ばしてみても、摑めたのは湿った空気だけだった。

まさか、自分はここで死ぬのか？　死ぬって、こんなに簡単なことなの？

そう思った瞬間に訪れたのは、体がばらばらになってしまうような衝撃だった。そこでぷつりと意識が途絶え、目の前に真っ黒い緞帳《どんちょう》が下ろされた。

3

リストアップした埼玉地区の教師から、聴取を終えた。

アコードに乗り込んだときには、赤黒い夕日が西の空にべったりと貼りつき、毒々しい色をそこらじゅうに滴らせていた。岩楯は下ろしっぱなしの日よけを撥ね上げ、フロントガラスに反射する夕日に目を細めた。嫌な色味だ。赤いセロファンを透かして世の中を見せられているような、なんともいえない鬱陶しさがある。苦く感じるマルボロを吸い切り、灰皿の隙間に捩じ入れた。

一昨日よりも昨日、昨日よりも今日のほうが、犯人の気配を近くに感じている。が、肝心の顔はぼんやりと霞み、未だに全体像を見せてはくれなかった。

桜坂中学校を去った教師のなかには、みちるを鮮明に覚えている者もいた。けれども、なにせ心証が悪い方向に偏りすぎていて、本当に知りたい彼女の行動部分が消し飛んでしまっている。みなに共通している答えは、対人関係に問題がありすぎるということのみ。彼女と恋人関係にあったと思われる者もおらず、それに関する噂すらも手にはできなかった。解毒スープの線はほかの捜査員が洗いはしたものの、単にみちるがはまっていただけだろう……という推測以上のものは、まったく浮かび上がっていない。

岩楯は沈みゆく太陽と相対しながら、集めた情報を組み合わせることに専念した。今日一日を振り返ってみても、何ひとつ手応えがない。なのに、間違いなく前進しているると感じるのはなぜだろうか。正解につながっている糸端が、目の前にぶら下がっているような気がしている。

西高島平署に着いたときには七時をまわり、とっぷりと日が溶け落ちていた。刑事部屋へ入るなり、鰐川は報告書のまとめに入ったが、岩楯はまずパソコンを起ち上げた。赤堀がメールを入れておくと言っていたはずだ。

メールソフトを開くと、もろもろの事務連絡にまぎれるようにして、彼女からの一通が受信ボックスに入っていた。添付ファイルつきで、表題は、長野県木和田村の農業研修要項。よくわからないが、参加者リストも入っている。メールの文面は、しょっぱなからつっけんどんで、その後もなんの進展もなかったことが容易に想像できるものだった。きっと、わあわあと悪態を喚き立てながら書いたに違いない。

「長野くんだりまで行ったのに、ハチの子に関しては、本当に何もわからなかったらしい」

岩楯が言うと、鰐川がノートから顔を上げた。

「赤堀先生ですか？」

「ああ。昨日の電話の通り、めちゃくちゃテンションの低いメールだよ。ハチの子農家がある木和田村では、毎年農業研修をやってるらしいな。赤堀は、とりあえずここが気になったみたいだ」

「へえ、農業研修ですか。村ぐるみの事業ですかね？」

「そうらしい。農業をやってみたい人間を募って、夏場に二ヵ月をかけてみっちりと仕込むわけだ。脱サラしたようなまったくの素人もいるし、ほかの県から見学にくる本職農家もいるし……」

岩楯は途中で口をつぐみ、赤堀が文末で指摘している箇所をじっと見つめた。

《有機栽培を始めるためのノウハウを指導することが主ですが、希望者には生花栽培やハチの子の養蜂も教えている。ここが少し気にかかったところです》

もちろん赤堀は、ハチの子の養蜂という項目に引っかかったようだが、岩楯は「有機栽培」という言葉に目が釘づけにされた。

急いで添付ファイルをプリントアウトし、農業研修参加者を上から順に見ていった。個人参加も多いが、市民サークルやＮＰＯ団体もずらりと名前を連ねている。岩楯は三枚目をめくったが、何かが頭の隅をかすめて二枚目に戻った。参加者に指を滑らせながら見ているとき、ある一ヵ所で動きが止まった。

「研修参加者がどうかしたんですか？」

ただならぬ気配を感じたらしい鰐川が、立ち上がって机をまわり込み、手許を覗き込んできた。

「ＮＰＯ法人、しあわせ農場」

「しあわせ農場？　解毒スープのハッピーファームと似たり寄ったりな名前ですね」

そう言って笑った彼は、すぐにはっとして真顔に戻った。

「ちょっと待ってくださいよ。まさか、同じ団体ですか？」

「こんなひどいネーミングセンスをもつやつは、同一人物だと思いたいぞ」

インターネットのブラウザを開き、ハッピーファームの派手なホームページを開いた。どこにもＮＰＯの記載はなく、代表者の名前もまったく違う。住所もかたや足立区の事務所なのに対して、ＮＰＯの「しあわせ農場」は奥多摩町と記載されていた。電話番号や組織形態も違い、どこからどう見ても別団体。けれども、こんな気持ちの悪い一致は、偶然では済まされないような気がする。

続けざまに「しあわせ農場」を検索した。色のない簡素なホームページが現れ、活動内容と概要が載せられている。岩楯は、桜坂中学校の教員名簿を引っぱり出して、全員の名前に素早く目を走らせた。二回ほど確認したが、名簿の中に代表者の名前はなかった。

「しあわせ農場の代表は、船窪雅人《ふなくぼまさと》、三十六歳。ＮＰＯ法人認証は二〇〇八年の十二月。活動は、環境の保全と子どもの健全育成だな」

「有機農家なのに、子どもの育成ですか」

「ああ。内容を見ると、主に引きこもってる子どもの更生塾みたいなもんだ。農業や自然とふれあうことで、社会とのつながりを見直す活動と銘打ってる。講演での寄付集めも盛んだな」

「立派なうたい文句ですけど、失踪した五人の子どもたちにも、当てはまりそうな内容じゃないですか。失踪時期とNPOの認証時期とも重なってますよ」

鰐川はいささか興奮気味に身を乗り出し、岩楯は腕組みをした。

「そこなんだよ。NPO法人はもちろん非営利団体で、活動内容もおのずと決められてくる。ハッピーファームは誰が見ても営利団体どころか、暴利をむさぼってる悪徳業者だ。NPOが講演会なんかで、ハッピーファームへの勧誘とか出資者を募ってた可能性もなくはない。よくある手口だな」

「出資法違反ですか」

「失踪した子どもらが絡んでるとすれば、未成年者誘拐略取《ゆうかいりゃくしゅ》もついてくる。だが、金はともかく、子どもらをかくまうのはリスクが高すぎる……」

この二つの団体は、徹底的に調べる必要があるだろう。ただ、みちるがここに絡んでいたのなら、岩楯の中ででき上がっている人物像からは、著しく外れることになる。良くも悪くも、彼女はいつも臨床心理士としての立場を貫こうとしていた。我流でうぬぼれが強すぎるけれど、患者のために動くという信念だけはあったはずだ。そんなみちるが、対極にある金儲けに走るだろうか。しかも、あれほど心配していた生徒たちを巻き込んで、犯罪に加担するとは思えなかった。

しかし、見方を変えればどうだろうか。子どもたちに入れ込むあまり、救済団体を起ち上げたとしたら。岩楯の頭の中に、ぽつんと鰐川が言った言葉が浮かんだ。

「前におまえさんが言ったよな。子どもらの家出は、本人たちが望んだことだって」

「ええ、そうですね」

「それは当たってるのかもしれん。第三者が絡んでるのは間違いないが、根底にあるのは子どもらの意志かもな」

学校や家族から逃げ出したいという思いを、みちるは受け止めたのではないだろうか。そうすることが、自分を慕ってくる子どもたちのためだと信じて疑わなかった。互いにどっぷりと依存し合っている、完全なる転移状態かもしれない。そんなズレた思いを、当時交際していた男に打ち明けたとしたらどうだ。

岩楯は、NPO法人のホームページをじっと見つめ、彼女を殺した男の心情に入り込もうとした。犯人は何を考えた？

恋愛感情をもってしても、みちるという女と付き合うのは骨が折れる。面倒くさいし、考え方が突飛で異常すぎる。普通ならば、この時点で離れるだろう。が、男にはある閃きが訪れた。ＮＰＯを隠れ蓑に、金儲けができるかもしれないと。当然、スタート地点が対極にあるのだから、うまくいくわけがない。金が入れば入るほど、男にとってみちるは、今まで以上に面倒で邪魔な存在になっていったはずだった。

間違いなく共犯者がいる。岩楯は思った。この筋ならば、善意よりも金が好きな人間を引き入れたほうが、方向性はぶれないはずだ。アイドルオタクの目撃証言は正しく、現場には共犯者がいた。しかも女ではないのか……。

「みちるがこの団体に絡んでるなら、國居の証言にも信憑性が出てくるな」

岩楯が言うと、鰐川が繰っていた資料から顔を上げた。

「國居とカウンセラーが言ってた公衆電話は、子どもらにかけていたんじゃないか。ひょんなことから発覚しないように、みちるはいつも細心の注意を払っていた」

「休暇に行く予定だった旅行も、子どもたちのところかもしれませんね」

「ああ。赤堀の言う、ハチの子の謎にもじわじわと近づいてきたかもしれん。養蜂の研修を受けたぐらいだし、一本の線につながってくる」

それにしても、金欲しさに麻薬にも手を出しているのだろうか。

岩楯は内ポケットから携帯電話を出して、登録してある赤堀の番号を押した。呼び出し音が三回鳴ってから、留守番電話サービスに切り替わる。電話を切って再びかけ直したが、結果は同じだった。

岩楯は、折り返しかけ直すようにと電話口に向かって喋り、電源を落として立ち上がった。今すぐ、捜査本部の軌道修正が必要だった。二つの団体を中心に据える必要がある。

4

寒い。それに、体中が痛い。

重い瞼をなんとか押し上げたが、何も見えなかった。果てしない闇が広がっているだけで、なんの像も結ばない。瞳孔が必死でピントを合わせようと、オートフォーカスのように収縮を繰り返している。もう一度瞼を閉じてからゆっくり開くと、ずっと上のほうに一粒の光がぽつんと見えた。密集する木々の隙間を奇跡的に縫って、細かく瞬いている小さな星がある。

ここはどこだろう。自分はいったい、何をやっているのだろうか。

辺りは静まり返っている。湿った風と枯れ葉の匂いを感じたとき、少しずつ、ほんの少しずつ思考が動きはじめた。それはさざ波程度だったが、わずかな飛沫が頭の隅々に飛び散った。

「……生きてる」

赤堀は口を開いた。掠れた声を出すと、右の側頭部がずきんと疼く。けれども、痛みは感情を呼び覚ますのに役立った。

「生きてる」

もう一度つぶやき、丸太のように重たい左腕を上げた。ごついミリタリーウォッチの竜頭《りゅうず》を押すと、蒼白いライトがぼうっと点灯する。深夜三時五分。自分はあのとき、谷底かどこかへ突き落とされたらしい。十五時間以上も気を失っていた計算だが、よく死ななかったものだと感心した。

赤堀は右腕も上げて、手首や肘を動かした。骨に異常はない。鼓動に合わせて痛む側頭部に手をやると、髪がセメントのように硬く固まっていた。かなり出血したらしく、首のほうまでごわつきがある。しかし、血は完全に止まっていた。大丈夫だ。

身をよじらせてリュックから腕を抜こうとしたとき、左の胸の下が差し込むように痛んで、思わず息を止めた。痛みのほかに、息苦しさもある。赤堀は右手で脇腹に触れ、そっと押してみた。吐き気を伴うような、鈍い痛みが全身に広がった。たぶん、肋骨に亀裂が入った不完全骨折だろう。しかも、肺を傷つけているかもしれない。

時間をかけてそろそろと上半身を起こしたが、それだけで激しいめまいに襲われ、しばらく下を向いてじっとしているしかなかった。内臓はどうやら無事らしいが、体のそこらじゅうで打ち身が悲鳴を上げている。浅い呼吸を繰り返して痛みをやり過ごしてから、ようやく顔を上げた。

かろうじて致命傷はない。傷ついたかもしれない肺のほうは、大丈夫だと信じるしかなかった。が、ただひとつだけ大問題がありそうだ。赤堀は左足首を動かそうとしたが、激痛が脳天を突き抜けて呻き声を上げた。

「い、いったいなあ……もう」

完全に折れている。

赤堀は、自分が落ちてきた上を見上げた。石を積んだ壁からは、細い枝が縦横無尽にせり出しているのがかろうじて見える。長い間、放置されている涸れ井戸だった。直径は二メートル以上あり、高さは五メートルぐらいだろうか。上水用の水源にしていたらしく、かなり大きな造りだ。

背負っていたリュックと壁から伸びている木々、それに底に溜まっていたさらさらの砂と雑草が、クッションになって落下の衝撃を和らげてくれている。とはいえ、死ななかったのは神懸かり的だった。

「もしかして、お父さん？　なんかいろんな手を使って、あの世からわたしを助けてくれたとか」

宙空に向けて声をかけた。井戸の壁面に声がぶつかり、不思議なエコーがかかっている。赤堀は、もうひと声を上げた。

「どうせなら、無傷にしてほしかったんだけどね」

声を出すたび、ぜいぜいと喉が鳴って脇腹が痛んだが、できる限り意識の外に置いた。

赤堀は折れた枝を添え木に使い、左足首をタオルで固定した。あまりの痛さに涙がにじんだが、思考だけは止めなかった。

ここから脱出する。

みちる殺しにはＮＰＯ団体が絡んでおり、土地の所有者である稲光家も絡んでいる。子どもたちの更生施設なんてうたっていながら、コカインを栽培するとは、知能犯的な悪党だった。

ただ、連中はまだ、捜査線上に麻薬やハチの子が挙がっていることを知らない。岩楯にメールした農業研修の資料から、いつかは警察が嗅ぎつけるだろう。そう、いつの日かは。その前に自分は息絶えて、この涸れ井戸の中で人知れず朽ち果てる。虫たちの腹を存分に満たしながら、真っ白い骨になっていく……。

「冗談はやめてよ」

赤堀は、手さぐりで荷物の中から地図と方位磁石を引っぱり出した。ヘッドライトを点けて地図の方角を合わせると、国道や市道から十キロは離れている場所だということがわかった。いちばん近いのが、来た道を引き返した先の稲光家ということになる。夜通し叫んでも誰にも聞こえないだろうし、その前に気胸《ききよう》で呼吸困難に陥るだろう。この山林は私有地だ。電話も通じない。だれかの助けはあてにはできなかった。ではどうする？　赤堀はめまぐるしく頭を回転させたが、ここから出られる、たった数パーセントの可能性さえ弾き出すことができなかった。腕時計を見ると、三時三十分になろうとしている。絶望したら終わりだ。死ぬと思ったら死ぬ。生きてまた会いたい。大吉や学生や長野の老人や、それに岩楯に。

赤堀が歯を喰いしばって立ち上がろうとしたとき、枯れ葉を踏みしめる音が聞こえて動きを止めた。何かを引きずり、悪態をつく低い声も微かに流れてくる。

「おい、明かりが点いてる」

甲高いが男の声だ。

「やだ、本当だ。生きてるみたい」

これは出戻りの女だろう。ざっざっと足音が近づいてきて、頭の上からライトを浴びせられた。眩しさに目がくらんで、二人の顔はよく見えない。

「どうだ？　生きてるのか？」

「さあね。ねえ、ちょっと！」

頭の上から、こもった声が落ちてきた。

「生きてるの？　もしかして虫の息？」

「虫の息なんて、あんたが感じたことあんの？」

赤堀の即答に女は一瞬だけ黙り、隣の男にぼそぼそと話しかけている。

「ちょっと、なんか元気みたいよ」

「どうする？」と男がいささか気弱な声を出した。

「どうするですって？　その言葉、わたしがいちばん嫌いだっていつも言ってるでしょう！」

「ああ、うん」

「わかりきってることをいちいち聞いてくるとか、自分で決断できないとか、そういう腑抜け男が大嫌いなの！　いい加減にしてよ」

「だ、だよね、ごめん……」

「散弾さえもってくれれば、簡単にケリがついたのに。もっと頭を使ってほしいわ」

散弾！　こんなところに落とされただけでもじゅうぶんなのに、銃なんて勘弁してほしかった。そんなものをぶっ放されたら、神だってあっけなく見放すだろう。

「今から取ってこようか？」

「駄目。母さんが起きるかもしれない。まったく、二度手間もいいとこだわ」

男は小声で「ごめん」と何度も謝っている。おそらく、しあわせ農場の代表である船窪雅人だろう。みちるといい、この女といい、気性の激しいタイプが好みのマゾ男らしい。しかし、主導権が女というのにまず驚いた。殺人計画を練り上げたのも女のほうだろうか。

「お取り込み中、悪いんだけど」赤堀が上を睨みながら続けた。「とりあえず言ってみようかな。ここから出してもらえる？」

ライトのせいで真っ白く見える女は、小馬鹿にしたような笑い声を立てた。

「何言ってんの？　せっかく落としたのに、そんなことするわけないじゃない」

「だよね。まったく、あんなへたくそな演技に引っかかるとは、自分に腹が立ってしょうがないっていうの。というか、わたしはなんの理由で殺されようとしてるわけ？」

「ハウスの中まで調べて奇妙な行動を取ってるし、なんでってことはないでしょう？コカ葉も見つけたみたいじゃない。あなた、警察関係の昆虫学者？　なんだかよくわからないけど、いろいろと知ってる顔をしてる。たとえば板橋の女のこととか。図星？」

赤堀は舌打ちが抑えられなかった。軽卒だった。出先で、いきなり本筋に接近するとは思わなかった自分は大馬鹿だ。どの時点でも、事件を追っている限りはその可能性があっただろう。だから岩楯は、しつこいほど要注意事項を口にしていた。居場所を必ず明らかにしておけと。

「とにかく、予定が狂っちゃったけど、一日は命が延びたことに感謝してね。寂しくないように、お土産も持ってきたから」

そう言うなり、上から何かが投げ落とされた。木の枝を折りながら、大きな黒い物体が迫ってくる。赤堀は壁に貼りつき、頭を抱えて身を小さくした。

すぐ近くでどすんという地響きがして、上から折れた枝や土くれが降ってきた。土埃にむせて、小石か何かがいくつも頭に当たる。手で口を覆いながら落下物にライトを向けたとき、赤堀の胸はぎゅっと縮み上がった。

人間だった。赤っぽいチェックのシャツとねずみ色のスウェットがぼんやりと見えた。

「拓巳！」

赤堀は叫び、すぐさま少年の胸に顔をつけた。心臓はかろうじて動いている。けれども、胸や腹には黒っぽい染みが広がっていて、口の端からも血が流れている。首に指を押しつけると、今にも消えてしまいそうなほど弱々しい拍動を感じた。赤堀は、拓巳の頰を何回も叩いた。折れた脚や脇腹が激痛を放ったが、大声で叫ぶことをやめなかった。

「拓巳！　目を開けなさい！　あんた、まだ死ぬ歳じゃないでしょ！　拓巳！」

名前を叫び続けた。こんなのはない。この子は関係がない。赤堀は拓巳のシャツをめくり上げ、腹と鳩尾《みぞおち》にある傷口にタオルを強く押し当てた。かなり深く刺され、出血量が多すぎる。今さら止血をしても遅いだろうが、とにかく傷口を塞ぎ、名前を呼び続けた。

息苦しくて、胸の奥が焼けるように痛む。脂汗が全身からにじみ出し、治まっていためまいが目の前を歪ませた。そのとき、頭の上からこもったような笑い声が聞こえた。

「無駄よ。刺してから、もうずいぶん時間が経ってるから」

「あんたは！」

赤堀はよろめきながら立ち上がり、顔の見えない女を睨みつけた。憎くて仕方がない。悲しくて仕方がない。

「ねえ！　この子だけでも引き上げて！　病院へ連れて行ってよ！　今ならまだ間に合うかもしれない！　お願いだから！」

「もう手遅れよ。今さらどうにもならないのは、あなただってわかってるでしょう？」

「あんたは拓巳の伯母でしょ！　血のつながった家族でしょ！　なんで甥っ子を刺したの！　この子は何も知らなかったのに！　関係なかったのに！」

「拓巳はね、なかなか戻ってこないあなたを心配して、また森に入ろうとしたの。止めたんだけど、あの通りわがままだからきかなくてね。しまいに、警察に通報したほうがいいなんて騒ぎ出したから、仕方なかったのよ」

久しぶりに他人と接して、少しだけ嬉しかったのだろう。拓巳は、あんな生活から抜け出す機会をいつも探していたに違いない。自分を心配して、また森に入ろうとしたなんて。胸が潰れそうなほど激しく痛んだ。

「あ、あんたは人でなしだ。人の未来を奪うことに、なんの躊躇もない鬼だ……」

「そんなことない。わたしは、やみくもに人を殺すような異常な人間じゃないのよ。もとはと言えば、この男のせいなんだから」

女は、小さく舌打ちをした。

「この人が、乙部みちるのところへ、新商品のお伺いを立てに行ったわけ。ハチの子なんて気持ち悪いものを売ろうって言い出したのも、彼女だったんだけどね。まあ、お金になることはわかったから、やるのはかまわなかったけど、何を考えたのか、この人はコカ葉のことまでみちるに喋ったの」

「隠してることがあるだろうって問い詰められたんだよ。ものすごい追及だったんだ。彼女はその道のプロだから、心の動きにすごい敏感なんだって。乱暴だし」

「で、このざまってわけ！」

女の怒鳴り声が、井戸の中でこだました。

「みちるは犯罪だって騒いで、彼と揉み合いになったの」

「それが当たり前の反応でしょう。子どもの育成を掲げるNPOが、コカインで金儲け。ただのろくでもない犯罪組織じゃない！」

「でも、子どもたちが更生したのは事実。麻薬はね、金のなる木なの。お金がなきゃ、今の時代はなんにもできないからね。お金だけは裏切らない」

「それはそうだよね。子どもたちも、ここへ来てすごく幸せそうだし」と男はへりくだって言った。「それに僕は、みちるを殺すつもりなんてなかったんだよ。暴力を振るってきたのは向こうで、僕は必死に抵抗しただけ。そしたら、急に動かなくなって……」

女は舌打ちで船窪を黙らせ、まったく、と吐き捨てた。

「余計な後始末がまわってきて、本当に頭にきたわよ。でもまあ、運がいいことにあの町では放火が起きていた。それに便乗するのがいちばん簡単だと思ったわ。案の定、警察なんて何も気づいてないものね。馬鹿もいいところ」

「そんなわけないでしょう？　偽装殺人なんて、とっくの昔に知ってんの」

赤堀はウインドブレーカーを脱ぎ、リュックに入っている着替えやタオルで拓巳の体を包んだ。脈拍は、さっきとさほど変わらない。

「あんたたちは、自然の力を見くびりすぎている。コカ葉からコカインの精製を試したのはいいけど、そのゴミを近くの穴に捨ててたでしょう？　あのゴミ捨て場は、イノシシの餌場になっていた。だからね、イノシシはコカイン中毒になって死んだの」

女はぴくりと反応して口をつぐんだ。

「麻薬っていうのはね、死んでも体内に蓄積されて残るわけ。だから、死んだイノシシシにウジが湧けば、麻薬は当然、屍肉を食べたウジに移るよね。そのウジを捕まえて、クロスズメバチが巣へ持ち帰る。幼虫に餌として与えたから、今度はハチの子がコカインで汚染された。そうとも知らずに、あんたたちはコカイン入りのハチの子を、乙部みちるに食べさせた。もう、どういうことか分かるよね？　放火して証拠隠滅した気になってるけど、麻薬はしっかりと被害者に受け継がれてる。警察はね、事件の背景にコカインがあることを知ってんの」

「ふうん」と女はいささかたじろいだが、すぐにふてぶてしく返してきた。「だとしても、ここには来ない。だって、足がついてるとしたら、昆虫学者なんかをひとりで寄こすはずないもの。きっと連中は、今も無駄なところを嗅ぎまわってるんじゃないの？」

その通りだ。自分がここへ来られたのも、虫たちのおかげでしかない。けれども、岩楯なら来るだろう。時間がかかってもきっと来る。彼は唯一、赤堀の言葉を無条件に信じている警官だ。

「まあ、みちるは邪魔だったからちょうどよかった。自分だけが正義だと思ってる、人格破綻者だからね」

「彼女は、ここでどういう役割をしていたの？」

「商品開発と子どもたちのケアね。常日頃のカウンセリングで仕入れた情報から、弱者が飛びつくような商品を次々と考え出したってわけ。なかなか優秀だった。それに、子どもたちのやる気を出させるために、客も集めてくれたし」

「最悪だね」

「まあ、ああいうタイプは、自分の主張を通すために、弱い立場の人間を無意識に選ぶのよ。いじめに遭った子どもとか、悩みを抱える人間が大好き。自分に自信がない彼なんかもそうだけど」

女が言うと、船窪は居心地悪そうに咳払いをした。

「拓巳は……。まあ、こっちも邪魔だったからちょうどよかったかな」

「なんですって？」

「妹は十八で拓巳を生んで、父親もだれだかわからないだらしない女。挙げ句に、自分は子どもを捨ててさっさと出ていって、いっさいがっさいを母とわたしに押しつけた。拓巳は学校へも行かないで引きこもるし、ろくに口もきかなくて、いったいなんの罰かと思ったわよ。母なんて前世供養に何百万も使ったし、拓巳のせいで何もかもがめちゃくちゃになったの」

「……ふざけるな。拓巳のせいじゃないでしょう。周りにろくな人間がいないから、この子がいちばん苦しんでたの」

するとと女は邪悪な低い声を上げて笑い、闇に沈んだ夜の森を騒がせた。

「死んだほうが幸せってこともある。拓巳なんて特にね。財産を食い潰して無駄に生きる、どうしようもない将来が見えてるもの。そう思わない？」

「あんたを殺してやりたい」

「そう思って死んでいくといいわ。じゃあ、また明日」

おどけたように言って、井戸の口を鉄板か何かで塞いだ。反響する轟音で耳が痛くなり、ヘッドライトの明かりだけが闇の中でぼうっと浮き上がった。

殺人者と話すのは初めてだが、彼女には罪悪感のひと欠片もなく、人を殺さざるを得ない激情すらもなかった。ただ行きがかりじょう、必要があったから殺しただけ。降りかかる火の粉を払う必要があったから、現場を工作して証拠を消そうとしただけ。宛名を書いたハガキに切手を貼るのと同じ、事務仕事のような狂気が怖かった。

赤堀は死の息吹を耳のすぐ後ろに感じたが、「ここから出してよ！」とやみくもに叫ぶことで追い払った。腹の底から大声を出しまくると、息苦しくなって肺が絞られるように痛んだが、少しだけ死の恐怖が遠のいた。

赤堀は、あどけなさの残る拓巳にライトを当てて、顔を汚している泥をきれいにぬぐった。胸と腹以外にはさほど傷もなく、暢気《のんき》に眠っているように見えなくもない。首に腕をまわし、引き寄せて抱きしめた。温かい。

「ごめんね。わたしが森へなんて連れて行かなきゃよかった。道案内なんてなくたって、ここには来られたのに。もっと生きたかったよね。ごめん、ごめんね」

拓巳はうんともすんとも言わず、ただ体を赤堀に預けているだけだった。ほんの数時間だけ一緒にいた少年は、いろんなことを赤堀に伝えてきたと思う。孤独や人恋しさや、諦めているようでいて、本当は何かを摑みたがっていたことを。

ぎゅっと抱きしめていると、拓巳の心臓が静かに動きを止めたのがわかった。ゼンマイが切れた時計のように突然だ。急いで首筋に指を押しつけたが、拍動を感じることはなかった。

「拓巳！」

赤堀は拓巳に覆いかぶさり、心臓マッサージをした。折れた肋骨と脚が激痛を伝えてきたが、全身の力を籠めて押すことをやめなかった。

「も、もうちょっとがんばりなさい。拓巳、目を開けて」

赤堀は流れる涙をぬぐいもせず、半開きの口から空気を送り込んだ。けれども胸に痛みが走り、満足に心肺蘇生もできなかった。

どのぐらい時間が経ったかわからない。拓巳は生き返らなかった。そして自分も、ぎりぎりの状態であることがわかる。赤堀は、しばらく温かい少年を抱いていた。きっと今、自分が死んだことにすら気づいていないかもしれない。真っ暗な中で途方に暮れ、背中を丸めて立ちすくんでいる姿が頭の中にちらついた。

胸の痛みが強くなり、呼吸が乱れて仕方がない。亀裂の入った肋骨は、確実に赤堀の肺を傷つけていた。全身から汗が噴き出し、目がかすんで手足が痺れはじめている。苦しい。たぶん、そのうち気を失ってしまうだろう。そうなれば、次に目が覚める保証はない。死が、現実のものとなって重くのしかかってきた。怖くて身震いが起きたけれども、気を失う前にやれることをやろう……。

「わ、わたしがここから出してあげるから、心配しないで。や、約束する、絶対に、何があっても守るよ」

赤堀は拓巳を横たえ、震える指先でリュックサックの中身を引き出した。

5

奥多摩へ向かう車の中で、岩楯は携帯電話に耳を押し当てていた。昨夜から赤堀を呼び出しているのに電話は一向につながらず、留守番電話も録音の容量を超えている。研究室へも顔を出していないらしく、足取りがぷっつりと途絶えていた。

「出ませんか？」

飴玉で頰を膨らませている鰐川が、ハンドルを握りながら心配そうな声を出した。寝不足で顔色はいつもよりも冴えず、ぴりぴりとした神経がダイレクトに伝わってくる。岩楯はもうひとつの番号を押し、再び耳に押しつけた。

「音沙汰なしだ。長野の木和田村にいたのが最後の情報だな」

二つ目も呼び出し音から留守番電話につながり、岩楯はため息をつきながら通話を終了した。

「昆虫コンサルタントも不在」

「一緒にいるんでしょうか」

「たぶん、そうだろうとは思う」

マルボロを箱から引き抜き、とんとんとフィルターを叩いてから火を点けた。

赤堀は大学の准教授としての仕事もあり、大吉の商売も手伝っている。そのほかにも、自分の窺い知れないところで、想像もつかないおかしな仕事をしているのだろう。岩楯とは、グループとはいえ頻繁に連絡を取り合っていたわけでもなく、むしろ放っておくことで彼女の力は引き出されていた。きっと、今もどこかで虫にのめり込んでいるはずだ。何度となくそう思っては、胸騒ぎを覚えることを繰り返している。

青梅《おうめ》インターから岩蔵《いわくら》街道へ乗り入れたとき、岩楯の懐で携帯電話が振動した。びくりとして煙草の灰が膝に落ち、毒づきながら振り払う。ポケットから抜いてモニターの番号を確認したとたん、喉元に詰まっていた大きな不安の塊が、すっと落ちていったような気がした。

「こんにちは、岩楯刑事。辻岡ですけど、何度もお電話をいただいてたみたいで」

大吉は外にいるらしく、はあはあと息を上げている。

「害虫駆除の仕事が次々に入っちゃって、寝る暇もないぐらいなんですよ。まあ、一年中で今が稼ぎ時ですけどね、スズメバチが、そこらじゅうで出るわ出るわ」

「繁盛してて何よりだな」

「まったくですよ」と困ったように大笑いし、大吉は声を上げて誰かに薬剤の量について指示を出した。「それで、どうかしましたか？　もしかして個人的な駆除依頼とか」

「そのときは真っ先に頼むことにするよ。そこに赤堀先生がいると思うんだが」

「はい？　涼子先輩ですか？　こっちにはいませんよ」

「いない？」

岩楯ははたと動きを止め、くわえていた煙草を揉み消した。

「最後に会ったのは？」

「長野の木和田村ですね。あのときは小一日一緒にいて、それはそれはひどい目に遭いましたから。もしかして、連絡が取れないんですか？」

「そうなんだよ。きみと同じで、長野から電話してきたのが最後。大学にも行ってないみたいでな」

「まあ、あの人はホントに神出鬼没ですからねえ……」と大吉は考えるような間をあけた。「木和田村から、直接、どこかへ移動したんでしょうね。よくあることですよ」

「どこへ行ったかわかるか？」

嫌な予感が現実になりそうで、岩楯の下腹に力が入った。

「ちょっとわかんないですね。ただ、木和田村で農研のことを知りたがってたんですよ。ほら、例のハチの子養蜂なんですけど、そのあたりを動いてるのかもしれないですね。住所も聞いてましたから」

岩楯は赤堀からのメールのコピーを引っぱり出し、農業研修でハチの子を選択したグループを確認した。これから行く奥多摩のしあわせ農場のほか、団体があるのは福井、栃木、富山の三県だ。

「ともかく、連絡があったら、こっちにすぐ折り返すように言ってくれるか？　時間は問わないから」

おまかせください、という大吉の返事を聞いてから通話を終了し、続けざまに捜査本部へ電話を入れる。一課長に事情を話し、方々へ散っている捜査員に赤堀の情報を募るよう、指示の要請を頼んだ。

もう、間違いないだろう。きっと彼女は、何かを見つけたのだ。そしてひとりでそれを追い、連絡ができない状況に身を置いているのではないだろうか。山奥にいるとか、道に迷っているとか、怪我でもして身動きが取れないとか、もしくは、殺人者の縄張りに踏み入ったか……。

ゆっくりと時間をかけて、全身がざわざわと粟立《あわだ》った。

言ってみれば赤堀は、悪意に対する認識が甘い素人だ。犯罪者がいかに狡くて、迫真の演技で人をだますかということを知らなすぎるし、どんな人間でも話せばわかると思っている節がある。まったくの間違いだった。泣きながら命乞いをする者を、喜んで殺す人間というのが現実にいるのだ。特に今回の事件は、執拗なやり口から、情けは通用しない相手ではないかと岩楯は思っていた。住宅密集地で火を放ち、ただただ目の前の証拠を焼いてしまおうという短絡さ。こういう人間は詰めが甘いのではなく、自分の不利益になると思えば、簡単に殺しを実行する腰の軽さがある。そして、善悪の意識がないに等しい。

無惨に殺された被害者の解剖場面や、暴力を爆発させた現場写真がスライドのように頭をよぎっていく。苦悶に歪む遺体の顔が赤堀と重なり、岩楯は苦しくなって思考に蓋をした。

西高島平署から奥多摩町までは、一時間半ほどの道のりだった。沿道の木々は強風に煽られ、白い裏葉を見せながら激しく翻弄されている。時折、女のすすり泣きに似た風音が車をかすめ、フロントガラスに土埃を叩きつけた。

岩楯は煙草をくわえながら、なだらかに連なる稜線に目を細めた。ぶ厚いねずみ色の雲の下を、黒い鳥の群れが霞のように移動していく。陽射しのない山里の風景は陰気のひと言に尽き、ますます落ち着かない気分にさせられた。

「同じ東京とは思えませんね」

鰐川が、慎重にステアリングを切りながらつぶやいた。錆だらけのガードレールには、幾多の車が脇腹をこすりつけたような、塗料跡がびっしりとついている。

「こういう鬱蒼とした森とか山みたいなものが、わりと苦手なほうなんですよ。襲いかかってくるような得体の知れない怖さがあって、ヤッホーなんて、とても爽やかには叫べません」

「本来、自然てのはそういうもんだろうな。人には全然優しくない。むしろ脅威だよ」

ナビがそろそろ到着すると電子音を鳴らし、岩楯は吸い止しを潰した。NPO団体に土地を貸している稲光家は、この辺りのようだ。やかましく到着を告げてくるナビを切り、岩楯は地図を開いた。

「このへん一帯が兎原峠。住所からすると、この山道を登って右折だと思うが」

「この道が、一通じゃないのが信じられないですね……」

鰐川はアクセルを踏み込み、砂埃を巻き上げながら峠を目指した。アコードは重そうに急で細い坂道をくねくねと上り、相棒のハンドルさばきをもってしても、何度か切り返さないと横道へ右折はできなかった。狭い道にせり出している消火栓をかろうじて避けると、小さな祠と稲荷が固まっているのが見えてきた。

名のありそうな樫の木がざわめき、その奥には美しい茅葺きの屋根が頭を出していた。この一帯の地主なのだろう。どっしりとした品格が漂っている。

鰐川が感嘆の声を漏らしながら、石造りの門柱から中に乗り入れ、黄色い軽の隣にアコードを駐める。笹が涼しげな音を立てる質素な庭園があり、天然石で囲んだ小さな池では黒い鯉が跳ねていた。

「こっから見える山は、全部稲光の土地だ。相続がたいへんだな」

二人は車を降り、短冊敷きの石畳を踏んで、すっかり開け放たれている玄関へ入った。ごめんくださいと言う間もなく、奥からすらりと背の高い年寄りが顔を出した。いや、年寄りとは呼べないぐらいに背筋がぴんと伸び、とても端整な顔立ちをしている。七十代の初めぐらいだろうか。淡い藤色のブラウスを着て、真っ白い短い髪を品よくまとめていた。若いころは、かなりの美人だったはずだ。腰のあたりにいささか肉がつきすぎているが、それがかえって艶《なまめ》かしい印象を与えている。この年齢で色香を漂わせるだけの底力があった。

手帳を提示して会釈をすると、稲光家の当主は少しだけ驚いた顔をした。

「おたくが土地を提供している、NPO法人のことについてお訊きしたいんですが」

「しあわせ農場のこと？　ともかく、上がってくださいね。遠いところご苦労さま」

玄関先で膝をついて挨拶をした彼女は、こころよく二人の刑事を招き入れた。通された座敷は真っ白い障子が開けられ、先ほどの庭が一望できるようになっている。すっきりと物はないが、もはや芸術品と呼ぶにふさわしい欄間が天井付近を飾っていた。

奥へ引っ込んだ彼女は、すぐにお茶の用意をして戻ってきた。

「どうぞ、おかまいなく」

「お茶ぐらいしか出せませんからね。それで、しあわせ農場がどうかしたんですか？」

彼女はきれいな黄緑色の煎茶を淹れて、二人の前に置いた。

「二〇〇八年から農地と建物を提供しておられますが、どういった経緯であの団体を知ったんですか？」

「主人が有機栽培農家の組合に入っていて、そこから話が決まったらしいですね。もう歳だし、農業を引退しようかって話していたときだったんです。ならそのまま、有機農地指定を受けた土地を貸し出そうっていうことになったらしくて」

「失礼ですが、ご主人は？」

「一昨年に亡くなったんですよ。林の中で、事故でね」

彼女は心細そうに微笑んだ。

「稲光さんは、しあわせ農場の活動に参加しておられるんですかね？」

「いいえ」と彼女は小さく首を振った。「主人は有機農業を教えたりしてたみたいだけど、わたしは味見専門」

「味見というと、売り物の試食ですか」

「そうなの。若い人たちってすごいですよね。新しい発想がどんどん出てきて、農業なのに農業じゃないっていうか。主人も言っていたんですけど、作物だけじゃなくて、いろんな加工品を出せるのは強みだわ。あの子たちは、そんな付加価値をつけるのが上手なんですよ」

「なるほど。彼らがどういう集まりかはご存知ですよね？」

「ええ。社会との関係を持てない子たちですよね」

「稲光さんから見て、どういう子どもたちですか？　印象でも噂でもなんでも」

彼女は小首を傾げ、さらさらと笹が音を鳴らす庭へ目をやった。

「明るいですね、それに元気。でも、ここでだけだと思うの」

「というと？」

「前に、ここから車で二十分ぐらいのスーパーで子どもたちに会ったんだけど、みんな緊張して顔が強張っていてね。大丈夫かって心配になるほどだったの。やっぱりまだ、人とか社会を拒絶してるのね。農場で作業してるときとは全然違うし、こんなことを言うとあれだけど、仲間内でしか生きていけない人間になってしまうんじゃないかって、ちょっと心配になった覚えがありますね」

「社会復帰への足がかりが農場の役割だと思いますけど、そうではない？」

「そうね。でも、あそこへ入ったら、もう社会になんて出たくなくなるんじゃないかしら。そこだけで暮らしていける、国みたいな場所だもの。十八人の小さな国ね」

「十八人？」

「ええ。子どもたちが十七人と、代表がひとりですよ」

登録してある人数は十二人のはずだ。未成年者に関しては、親の承諾があることが確認できている。残りの五人は、家出中の子どもなのか……。

岩楯は青磁《せいじ》の茶碗からお茶をひと口飲み、鰐川がメモをとり終わるのを見てから質問を続けた。

「農場の代表に関してはどうでしょう。船窪雅人さんですが、どんな人物ですか？」

老婦人は考えるような素振りをしたが、一瞬だけ眉根を寄せて、嫌そうな顔をしたのを見逃さなかった。

「優しい方だと思いますよ。笑顔を絶やさないし、不機嫌そうなところも見たことがないのでね」

「実際のところは？」と岩楯が水を向けると、彼女は口へ運びかけた茶碗を止め、まっすぐに目を合わせてから口をつけずに茶托へ戻した。

「どういう意味でしょう？　なんだか含みのある訊き方だわね」

「稲光さん自身が感じたことが知りたいだけですよ。子どもらを奴隷みたいにこき使っているとか、夜な夜な妙な叫び声が森に響いているとか、そんな事実があるならなおいいですけど」

　きょとんとした彼女は、口許に手をやりながらくすりと笑った。

「刑事さんて楽しい方ね。そう言われません？」

「いえ、まったく。楽しさとは無縁の人間なんで」

「そう？　それに鋭いわ。確かに、わたしはあまりいい印象はもっていない。とにかく、人の顔色を窺うんですよ。それはもう、過剰なぐらい。お世辞を言ってみたり、無理に大笑いをしたり、よくあんな大所帯を引っぱっていけると思うぐらいだわ。男気がない、器が小さいって言うのかしら。ああ、こんなこと言いすぎですね」

「かまいませんよ。何か問題を起こしたことは？」

「それはないですね。ついでだから言ってしまうけど、かなりしたたかな人だと思うの。なんていうか、下手《したて》に出ながら人の弱味を探しているような、嫌な感じがするのね」

岩楯は頷きながら鞄から膨れ上がったファイルを出して、中から一枚の写真を抜いた。イメージチェンジをする前のみちるが、むっつりとした不機嫌な顔で写っている。木目のすばらしいテーブルの上を滑らせると、彼女は節の目立つ白い手でそれを取り上げた。

「その女性に見覚えはありますか？」

「あるわ」

拍子抜けするほどあっけなく答えたので、心の中で勝利を噛みしめる余韻さえも与えられなかった。鰐川は隣で息を呑んで、畳にペンを落としている。これでみちるとしあわせ農場はつながり、船窪ともつながったことになる。

「毎月のように農場に来ていたと思いますよ。何回かしか見かけたことはないですけど」

「でも、毎月来ているのはわかった。なぜですか？」

「子どもたちの顔を見ればすぐにわかる。特に、彼女がくる前の日なんてすぐにわかったわ。窯でパンを焼いたり、一日中お菓子を作ったり、もうお祭りみたいになるんだもの」

「彼女が何者かはご存知ですかね？」

「さあ、先生か何かかしら。そんな雰囲気だったけど、とにかく慕われていたみたいですね」

船窪のふがいなさをカバーしていたのが、みちるということだろう。それほど慕われていたみちるを船窪が殺し、共犯者になったのが農場の子ども？　それとも、殺したのが子どもだろうか。疑問の波が頭の中でうねっていたが、とにかく、ここから一気に捜査が進展するはずだった。そして、これがいちばんの問題だ。

岩楯は、もう一枚の写真を彼女に差し出した。履歴書の証明写真なのに、それにはそぐわない満面の笑みで収まっている女。

「この女性に見覚えはありますか？　昨日か一昨日か、この家を訪ねてきたかもしれないんですが」

赤堀の写真を見て、彼女は首を横に振った。

「すみません。昨日の夕方まで、三日ほど家を留守にしていたんですよ」

舌打ちが洩れそうになるのを堪えたとき、ぱたぱたというスリッパの音が近づいてきた。

「母さん、わたしそろそろ出かけるからね。少し遅くなるかも……」

がらりと襖を開けた人物は、岩楯と鰐川を見て動きを止めた。

「ああ、ごめんなさい。お客さまでしたか」

「東京からいらした刑事さんなのよ」

刑事さん？　そう繰り返した女は、驚くと同時に、珍しいものでも見るように二人を目で往復した。長身で均整が取れ、粘土をきゅっと摘み上げたような目鼻立ちをしている。ひとつに編み込んだ長い髪を前に垂らし、広い額を見せていた。物腰も含めて母親にそっくりだ。静かで冷たい雰囲気のなかに、少々のきかん気を混ぜた近寄り難い容姿。稲光家は美貌の血筋らしい。

母親は、にこやかに娘を紹介した。

「長女の由香子《ゆかこ》です。もしかして、娘が彼女を見ているかもしれないですね」

「何かあったの？」

由香子は、座敷に入ってきて母親の脇に膝をついた。登山でもするような格好で、左腕には腕章が着けられている。眉間に一本、すっと入ったシワが、禁欲的な印象を与えていた。とても美しいが、なぜかふいに醜くも映る女だと思った。

「昨日か一昨日なんですが、この女性がおたくに訪ねてきませんでしたかね？」

娘にも同じ質問をしたが、写真に目を落として「いいえ」とすぐに顔を上げた。

「迷い人ですか？　森へ入ったとか」

「まあ、迷い人で間違いはないですね」

「森では見かけなかった？」と母親が尋ねると、由香子はかぶりを振った。

「ここ最近は、ハイカーにも会ってないから」

「私有地の監視か何かですか？」

「いえ、役場からの依頼で、森林調査をしてるんですよ。かなり奥まで入りますけど、そういう女性は見かけなかったですね」

赤堀が農業研修の資料をたどって来たのであれば、必ず稲光家には立ち寄るはずだろう。いきなり、しあわせ農場へ行くはずがなかった。ということは、赤堀は奥多摩には来ていないのかもしれない。

由香子は袖を上げて小さな腕時計に目を落とし、申し訳なさそうに微笑んで腰を上げた。

「すみません、ちょっと急いでいるもので。誰かに会ったら、彼女のことを訊いてみますね。名前は？」

赤堀涼子です、と言うと、彼女は口の中でつぶやいてから、丁寧にお辞儀をして出ていった。

「稲光さんが留守の間、家にいたのは由香子さんだけですか？」

「ええ、まあ。いえ……」とどこか踏ん切り悪く答えた老婦人は、「孫はいたと思うんですけどね」と、しぶしぶ答えるような格好になった。

「孫というと、由香子さんのお子さんで？」

「いえ、次女の子どもです。十七になる息子なんですが、事情があってうちで預かっているんですよ」

「ぜひ、話をしたいんですが……ああ、今は学校か」

彼女は言いたくなさそうにしていたが、ふうっと息を吐き出して苦笑いを浮かべた。

「実は、高校も辞めてしまって家に引きこもってるの。主人が亡くなってからはほとんど口も利かないし、とても困っていて」

「もしかして、家庭内暴力とか」

「いえ、根は優しいし、そういうことはないですよ。とにかく内に籠ってしまう子で、農場で働くことも勧めたんですけど、全然駄目」

恵まれた環境に見えても、内情はいろいろだ。疲れたように唇を結ぶ彼女は、困り果てた祖母の顔になっている。

「とにかく、お孫さんに会わせてください」

「でも、昨日の夜も今日も、呼んでも顔を出さないんですよ。由香子も、わたしが旅行でいない間、ずっと部屋から出てこないって困っていたので」

「では、わたしが部屋へ行けばいいですかね。名前は？」

岩楯が立ち上がると、彼女も慌てて腰を上げた。

「拓巳です。でも、部屋はちょっと困ります。まだ寝てるかもしれないし、誰も自分の部屋には入れないから」

「じゃあ、出てきてもらいますよ。向こうでいいですか？」

岩楯は強引に縁側を進んだ。赤堀がここに来ていないという確証を摑まないと、次の行動には出られない。何より、不安が大きすぎて集中ができなかった。

顔が映りそうなほど磨き込まれた長い縁側を進み、籐製のロッキングチェアが置かれたモダンな空間を直角に折れる。その突き当たりには、格子に磨りガラスがはめ込まれた引き戸があった。岩楯は戸の前で立ち止まり、中に向かって声をかけた。

「拓巳くん、ちょっと話を聞かせてほしい。警察のものだが」

しばらく待ったが応答はない。戸を軽く叩き、再び名前を呼んだ。返事はない。耳を近づけて中の様子を探ったが、まったくの無音だった。岩楯は「開けるぞ」と声をかけてから、格子戸を横に滑らせた。

中は八畳ほどで、壁の二面が大きな窓になった眩しいほど明るい部屋だった。ベッドでは上掛けがめくれ、板張りの床にはジーンズが脱ぎ捨ててある。本や雑誌、ゲーム機が無造作に投げ出されているが、拓巳の姿はなかった。

「どこへ行ったのかしら」と背後で彼女が怪訝そうな声を出した。「出ていったのは気づかなかったけど」

「出かけることはあるんですか?」

「ええ。国道沿いの商店とか、たまに裏の林も散歩したりしてるみたいね」

岩楯は鰐川に目配せをし、部屋に足を踏み入れた。うっすらと埃の積もった床がみしりときしむ。ロック歌手のポスターが貼られ、インディーズらしいCDが棚を埋め尽くしている。枕許のヘッドフォンや、主電源が落とされていないCDプレイヤーを見る限り、今さっきまで音楽を聴いていたが、気分転換にちょっとそこまで出かけた……という状況が窺える。けれども岩楯の目は、ツガ材を使った古めかしい机に注がれた。

ノートや本が乱雑に重ねられている脇に、クラフト素材の小さな紙切れがある。一枚だけぽろっとだ。それを裏返したとき、岩楯の呼吸が止まりそうになった。

赤堀の名刺だった。

岩楯は無言のままさっと踵を返し、アコードへ向かった。

6

無線で応援要請をした。頭数がそろってから、NPO団体への捜査は着手されるが、岩楯はとても待ってはいられなかった。粉々に割れたガラスを踏みしめたときのような、鳥肌の立つ音が頭の中で鳴り狂っている。じっとしていられないほど神経に障るそれは、岩楯自身の悲鳴だった。さっさとしろと急き立てる叫びだ。

車の中でホルスターからスミス&ウェッソンを抜き、弾倉を確認した。

「岩楯主任、いったい何をするつもりですか？」

運転席の鰐川が、咎めるような厳しい口調で言った。

「赤堀は農場にはいない。ここまで来て、いきなり疑わしい農場へ突撃するような馬鹿じゃないだろう」

「だったとしても、どこかで捕えられて、農場内に拉致されている可能性だってあります」

「ないよ。十七人も子どもらがいる場所に、どうやってあの騒がしい女を閉じ込めておくんだ？　それとも、十七人全員が殺人に加担してるとでも思ってるのか？」

鰐川は岩楯を押しとどめようと、言葉を選びながら慎重に諭しにかかった。

「主任、ここは応援がくるまで待つべきです。勝手に捜しに行くなんて論外ですよ。居所がわかっているならまだしも、手がかりは名刺しかないんですから。警察犬にも出動要請は出てるんです。待ちましょう」

岩楯は銃をホルスターに戻し、鰐川と目を合わせた。

「赤堀はここへ来た。俺にすれば、それだけでじゅうぶんなんだよ。屋敷には引きこもりの拓巳しかいなかったが、いちばんに農場のことを訊いたはずだ。さっき夫人も言ってたが、貸し出してる農地は二ヵ所で、田んぼは人目につく国道沿いだが、畑は森の中にある。赤堀だったら何をするか考えてみろ。あの先生は、ハチの子と麻薬の関係を調べてたんだ」

「……先生だったら、ハチの子を探しにいちばんに森へ入りそうですね。しあわせ農場がハチの子の養蜂をしていないかどうか、そこをまずは確かめる」

鰐川は、ぽつぽつと考えながら言った。

「きっと、拓巳を連れて森へ入ってる。道案内が必要だからな」

「でも、少年は引きこもりで、だれとも会話しないような生活をしていたんですよ？

初対面の人間についていくでしょうか」

「そういう小難しいガキを、むりやり引っぱり出せるのが赤堀ってもんだろう。二人は一緒にいる、これは間違いない。それに、二人で大怪我して身動きが取れないことも考えられるからな」

岩楯は言葉を切って、さらに言いたくもないことを続けた。口に出すだけで現実味が増してしまいそうだが、最悪の予測を避けては通れない。

「俺が犯人だったら、拉致監禁なんて面倒なことは間違ってもしない。怪しいやつは、見つけたその場で殺す」

「岩楯主任……」

「こんなことは思いたくない。だが、どの理由にせよ、赤堀と拓巳が今も生きてる確率は時間が経つほど低くなるってことだ」

心の中で、己をめちゃくちゃにののしり、何度もぶん殴った。なぜもっと、グループということを意識しなかったのだろう。注意事項を徹底すれば、こんなことにはならなかった。きっと、よそ者だという頭がどこかにあったからなのだ。学者として、人間としては信頼しても、自分は彼女を捜査員として蚊帳の外へ置いた。だから赤堀は、法医昆虫学を認めさせるために必死だったのではないか。

「俺は、赤堀をいちばんに見つける義務がある。生きていても、死んでいてもだ」

岩楯は絞り出すように言った。すると鰐川がふうっと息を吐き出し、いつもと変わらぬ飄々とした面持ちに変わった。

「わかりました。その義務は、当然、僕にもありますね。それに、あの先生がそう簡単に死ぬとは思えません。自分は、最後まで主任に同行します」

鰐川はホルスターからニューナンブを抜き、手早く点検をした。それを見ているうちに、岩楯の激情は腹の奥へ下がっていった。相棒はイグニッションをまわして車を出し、細い私道を抜けて国道へ出た。

「俺はもうひとつ思うところがある」と岩楯がまっすぐ前を見ながら口を開くと、鰐川が岩楯の頭の中を読んだように先を続けた。

「稲光由香子はうそをついている。これは間違いないですよね」

岩楯は運転席を見やり、低く笑った。

「その通りだよ。温泉旅行から帰ったばかりの母親はともかく、何日も二人きりだった由香子が、甥がいないことに気づかないわけがないからな。いくら引きこもりだって、飯は食うし便所にも行くだろう？　あの屋敷は、長い縁側を通らないと台所へも洗面所にもいけない造りだ」

「そういえば彼女は、森林調査員でしたね。森で先生と会う可能性もあった……」

「それに、オタクの淳太郎が板橋で目撃した不審者の人着《にんちゃく》は、華奢ですらっとした背の高い人間だ。どうも、嫌な感じがする女なんだよ」

赤堀の写真を見せたときの、予測はできていたというような冷静さ。ほとんど見もしないで、知らないと言い切った無感情さ。わざわざ名前を訊いてきたときの、ちょっとした遊びを楽しむような目。どれを取っても、由香子には忍びやかに神経を逆撫でするものがあった。

国道を飛ばし、稲光夫人に聞いた地蔵を目印に横道へ左折した。軽トラックが使う農道で、泥にくっきりと二本の轍《わだち》が刻まれている。アコードの鼻先を雑木林へ突っ込むような格好で駐め、二人はひんやりとした森に下り立った。先ほどよりも風が強くなり、木々を不気味にしならせている。

二人の革靴は、あっという間に泥まみれになった。岩楯は、車のトランクに転がっている長靴のことを今になって思い出した。ぬかるみを踏みしめながら農道をいくと、性悪な魔女が住んでいそうな石造りの陰気な小屋があり、丸太を使ったテーブルや椅子、そして広い畑が見えてきた。農地の周りはきれいに木が切られて草が刈られ、雨水を溜める貯水槽が整備されている。

離れた場所から時間をかけて窺ったが、作業をしている人間はひとりもいない。手づくりの風速計だけが、壊れそうな勢いで荒々しくまわっていた。

岩楯は鰐川に残るように指示し、辺りを警戒しながら、石造りの小屋へ近づいた。積み上げられた石の壁はじめじめと緑に苔むし、この陰鬱とした林の中にしっくりと溶け込んでいる。どうやらこれは石窯らしく、下には火をくべる炉《ろ》がついていた。それが目に入ってしまうと、どうしても素通りができなくなった。

岩楯は自分を奮い立たせるように深呼吸をし、立てかけてあった火かき棒を手に取った。屈んで中の灰や燃えかすをかき出していく。妻の麻衣が言うように、警官とは悪意にまみれる仕事だと今ほど思ったことはない。自分はこうやって、赤堀の残骸を探しているのだから。

かき出した灰をつぶさに検分したが、衣服や骨らしきものは見当たらない。岩楯はにじんだ汗をぬぐい、奥にあるプレハブ小屋も見てまわった。そこらじゅうにクモの巣が張られ、その中心でクモがじっと息を潜めているのは知っていた。しかし、恐怖心を感じる回路がすべて塞がれ、今なら素手で払い落とすこともできそうだった。クモの巣が髪に絡むのもかまわず、岩楯は小屋の裏側も確認した。赤堀はいない。いた気配もない。よかった。

離れた場所で辺りに目を配っている鰐川に頷きかけると、彼もほっとしたように大きく頭を縦に振った。

「赤堀たち二人は屋敷の裏手から林に入っただろうから、いきなり連中がいる畑には行かないだろう。方向が違うし、避けて通るはずだ。長野のハチの子農家の報告を見る限り、養蜂の施設と畑を一緒にするはずがないからな」

合流するなり岩楯が言うと、鰐川がすかさず地図を広げた。

「この雑木林には、ちゃんとした道があります。屋敷の裏手からまっすぐ北西へ延びていて、途中でこの道と合流する。ここからだと、その地点まで五百メートルもないですね」

「よし、そこまでいくぞ」

薄茶色の毛をしたリスがちょろちょろと跳ねていて、それを狙っているらしいカラスが、仲間を呼び寄せるような奇妙な鳴き声を上げている。岩楯はわざわざ枯れ葉を蹴り飛ばし、暢気なリスの警戒心を煽りながら黙々と歩いた。

鰐川が言った合流地点に到着し、林の奥へと延びる一本道に目をすがめた。道の両側には背の高い樹木が繁り、緩やかに蛇行する道をくっきりと浮かび上がらせている。風に煽られた葉が、次から次へと舞い落ちていた。

岩楯は分岐に立ち尽くし、林の奥を見続けた。赤堀の気配に神経を尖らせているが、何も感じるものがない。今までの行動や言葉を思い返し、彼女だったら何をするかを全力で考えた。赤堀は、最後は虫が犯人を指し示すはずだと語っていた。常に自分の領域内で動く。養蜂の設備を探していたのなら、自分たちのように目で探すのではなく、五感を使って虫の気配を追っていくはずだ。

鰐川に顎をしゃくり、岩楯は一本道を奥へ進みはじめた。きっとこの道は通った。羽音だけに耳を澄まして、まっすぐに歩いている赤堀の後ろ姿が見える。岩楯は、今にも消えそうな彼女の影を追いかけた。まだこの道だ。間違っていない。

「岩楯主任」と後ろから声をかけてきた鰐川を、腕を上げて黙らせた。半透明になった赤堀が、突然、方向を変えたからだ。

「聞こえないか？」

岩楯は動きを止め、聴覚を限界まで研ぎ澄ました。微かに、虫が飛びまわる羽音が聞こえる。聳え立つ木々を見上げると、頭の上を黒い虫がさっと通過した。それを見つめながら、木立の間に足を踏み入れる。

「主任、道を外れるのは危険です。戻れなくなりますよ」

「遭難しても、赤堀までたどり着ければいい。それに、一日あれば国道へ出られるよ。おまえさんのスマホとやらには、ＧＰＳがついてるんだろ？」

「無茶ですよ！」

岩楯は相棒の言葉を聞かずに朽ち木を飛び越え、薄暗い林の中へ分け入った。虫の羽音はまだ聞こえる。それに混じり、水のせせらぎの音も耳に入った。

小川の縁には、靴跡がくっきりと残っていた。

「足跡は二つです。女ものと男ものみたいですね」

神妙な面持ちの鰐川が屈んで検分し、懐からスマートフォンを出して写真に収めた。

「これは、岩楯主任の嗅覚が合ってるかもしれませんよ」

「嗅覚じゃなくて聴覚だ。あそこを見てみろ」

岩楯は、小川を越えた向こう側にあるヤマモミジの木を指差した。赤く紅葉した葉の間を、白い糸のようなものがふわふわと浮かんでいる。

あれは！　鰐川は声を詰まらせて呟き込んだ。

「ハチの胴体に目印をつけて巣へ案内させる、赤堀がやってたのと同じ方法だ」

道は間違っていない。二人は小川を飛び越えてハチが飛ぶほうへ走った。耳許を羽音がかすめているが、攻撃してくる素振りはなかった。とにかく前進した。早く赤堀のところへ連れていけと、鬱陶しく顔の前を飛ぶハチを睨みつける。それからさらに奥へ進んだところで、半分崩れたような斜面から伸びる、巨大な樫の木を見つけた。黒焦げになった枯れ葉や、小枝の残骸と一緒に。

岩楯は、張り出した根っこの下に開いている穴に近づいた。ハチは頭の上を旋回しているが、相変わらず襲ってはこない。煙で燻され、住んでいた巣が掘り返されて、行き場を完全に見失っているからだった。

「赤堀だ。巣を見つけて掘り出したな」

犯人が、その奇妙な行動を見たからといって、すぐさま殺すようなことはないだろう。何をやっているのかを見極めてからでも遅くはないはずだった。きっと、赤堀はここからさらに核心へ近づいていったに違いない。

ざっと周りを見まわしたが、木立が生い茂るほかには何もなかった。岩楯は張り出した樫の根に摑まって、腐葉土で滑る斜面によじ上った。泥にまみれて高台に上がったとき、そこから見えた光景に、ごくりと息を吞み込んだ。

宙空を、白い糸のようなものが幾筋も舞っている。葉にとまっているもの、空を鋭く横切っているもの、重そうに浮いているもの、木の枝を伝っているもの。言葉を失うほど、幻想的で不思議な光景だった。無数の羽虫に、白い綿を縫った紐がつけられている。

後ろから上がってきた鰐川が、「これは……」と語尾をかき消した。岩楯は胸が重苦しくなった。

「赤堀が居場所を知らせようとしてる。この近くにいるのに、動けないんだよ」

雨雲が厚くなったせいか、先ほどよりも格段に暗くなった。遠くから、首を絞められているような鳥の鳴き声が聞こえ、西風が木立を荒々しく揺さぶった。そのざわめきと虫の羽音を縫うように、微かな話し声が耳朶《じだ》に触れた。ほんの一瞬だった。二人は同時に銃を抜き、上体を低くして耳をそばだてた。

誰かいる。風が吹くたび声の音量は上下したが、それほど遠くはない。ぼそぼそという低い声と鼻に抜けるような甲高い声が、地面の盛り上がった向こう側から聞こえていた。

岩楯は身振りで進行方向を示し、二手に分かれて声のする場所を目指した。身を屈めながら小山を迂回すると、樹木の隙間から、獣らしき死骸が転がっているのが見えた。ひどい臭いだ。袖を押しつけて口を塞ぎ、太い木の幹に身を寄せながら慎重に進んだ。

すぐに、木々が途切れてぽかんとした広い空間が現れた。中ほどには柵の張られた白いビニールハウスがあり、その奥に人影がある。少し離れた幹から顔を覗かせている鍔川に合図し、気づかれないようにハウスの裏手へまわり込んだ。

エンジ色のウインドブレーカーを羽織っている、背の高い人物。今さっき会ったばかりの稲光由香子だった。その隣にいるのは船窪雅人だろう。小柄な小太りで、見ようによっては子どもでも通用するかもしれない。岩楯は周囲に目を走らせて赤堀を捜したが、その姿はどこにもなかった。

「いったい今まで、どこで何やってたの?」

耳に届けられた由香子の声には、張りも抑揚もない。これといった感情がなかった。

「昨日の夜に頼んでおいたわよね? あとはひとりでやってってって」

「そんな、無理だよ……。由香子さんが手伝ってくれないと」

「だったら、うじうじしてないで早くそう言えば? なんで子どもみたいに、途方に暮れて土手なんかに座ってるのよ」

「ち、ちょっと頭を整理したくて」

「それで、整理してどんな結論が出たわけ?」

「うん、いや、まだ出てないんだよ。ごめん……」

「簡単に謝らないでくれる？　頭にくるから」

「うん、ごめん」

無言のまま女に睨まれると、男は背中を丸めて再び謝った。

これがみちるを殺したかもしれない男？　うそだろう。岩楯は、込み上げる腹立たしさのあまり舌打ちが洩れそうだった。目の前にいるのは、みちるを絞め殺した挙げ句に保冷剤を押しつけ、無関係の家に火をつけてまわり、放火魔にすべての罪をなすりつけてから、みちるの亡骸にガソリンを浴びせて燃やした鬼畜だ。見つけ出して締め上げ、洗いざらい吐かせたうえで、刑務所にぶち込まれるべきだと願っていたし、当然、そうするつもりだった。なのに、こいつはなんなんだ。人の情けない部分を寄せ集めたような、嫌悪と同情を誘うたぐいの人間ではないか。

うんざりしたように天を仰いでいた由香子は、どこか子どもをあやすような、ゆったりとした口調を突如としてつくった。

「ともかくね、雅人はわたしの言う通りにすればいいの。今までだって、それでうまくいかないことがあった？」

「それはないけど」

「でしょう？　あなたはできる人間よ。もっと自分に自信をもたなくちゃ。ね？　わかった？」

「……うん」

男は情けなく眉端を下げ、汚れた顔をごしごしとこすり上げた。

したたかだと語っていた、稲光夫人の言葉を思い出した。まるで母親と子どものやり取りだが、この腑抜けた男こそが実は主導権を握っているのかもしれない。岩楯はじっと観察し、男の挙動を目で追った。女に顎で使われているようでいて、わざとそう仕向けて、都合よく動かしているように見えなくもなかった。いずれにせよ、この二人が気味の悪い関係性を築いていることは間違いがない。

それよりも、赤堀はどこから虫の合図を送ってよこしたのだろうか。岩楯は、視界の中に潜む違和感をじゅうぶんに探った。木の隙間や枯れ葉が積もる地面、さらに杉の木の上にまで目を走らせる。けれども、見わたす限りの雑木林には、目印をつけた虫は見当たらなかった。自分は、助けを求める赤堀を通り越してしまったのだろうか。それにまだ、あの二人が拉致しているという確証が摑めない。

岩楯は、未だ母子プレイに勤しんでいる男女を気の済むまで見つめ、懐にある銃の重みを意識した。よし、探りを入れよう。ここで無駄に時間を費やしているのが、たまらなく惜しかった。鰐川にそこで隠れているようにと合図を送り、岩楯は枯れ葉を踏みながら二人のもとへ歩きはじめた。由香子と船窪は、いきなり現れた刑事を見てびくりと体を震わせたが、曖昧な笑みを浮かべて会釈をしてきた。どこか落ち着きがなく、爪先で枯れ葉を蹴って散らしている。

「びっくりしたわ、刑事さんでしたか。こんなところまでどうしたんです？」

「行方不明になってる女を捜してるんですよ。あなたこそ、ずいぶん奥まで入るんですね。ご苦労さんだ。そちらは？」

いささか蒼ざめている小男に視線を向けると、「船窪と申します」と人当たりのいい笑顔で頭を下げた。

「さっきの写真の女性を捜してるんですよね。赤堀さんとかいう」

「そうなんですよ。ちなみに船窪さんは、この女性を見かけませんでしたかね？」

岩楯は内ポケットから写真を取り出し、男の目の前に掲げた。船窪は腫れぼったい目でぱちぱちとまばたきし、赤堀の写真をじっと見つめた。その挙動や気配から一瞬たりとも目を離さなかったが、赤堀を見知っているような反応は見られなかった。それに、さっきまでの情けなさも消えている。

「ちょっとわからないですねえ。森へ入ったのは間違いないんですか？」

「ええ。ここへ来る間に、いろんな目印が残ってたんでね。彼女にしかつくれない印なんですよ。こっち方面に向かったのは確かなんです」

「印？　そんなものありましたっけ？　全然気づかなかったわ。もしかして、枝か何かでつくった目印かしら」

「ああ、慣れたハイカーにしか分からない印もあるからなあ。だとすれば、帰りに迷わないようにしていたんだと思うな。もしかして、森を抜けているかもしれませんよ」

由香子は小首を傾げて指を顎に当て、船窪も腕組みして考え込んだ。二人には、目に見えるわざとらしさはなかった。それどころか、行方不明者を案じる気遣いすら感じられる。

岩楯は混乱した。本当に、この二人が赤堀と拓巳を拉致したのだろうか。だとしても、拓巳は由香子の甥だ。いくらなんでも、十七の身内を巻き込むだろうか。岩楯は、森を抜けて南側へ行ったのではないかと話している二人を、さらに観察した。その会話は自然で、何かを隠しているような素振りがまったくない。ましてや、みちるを無惨に殺した人間には見えないのだ。この二人は事件にも無関係なのか？　しかも、拉致と考えるのは自分の先走りで、赤堀たちは、身動きのとれない事故にでも遭っているのだろうか……。

岩楯は、赤堀が放った虫がいないかと再び木立の隙間に目を細めたが、見つけることはできなかった。いったい、どこから虫を飛ばしたんだ。なぜ大声を上げて知らせない。なぜ快活な気配を届けてはくれないんだ。それができない理由を考えたくもなかった。赤堀の死に顔がちらつく前に、絶望感が押し寄せる前に、岩楯は顔を上げた。

「とりあえず、お話を聞きたいので一緒に戻ってもらえませんかね」

「え？　今ですか？」

「はい。お手数をおかけしますが、ご協力をお願いしたいんですよ。詳しく訊かなければならないこともあるのでね」

二人は困り顔を見合わせたが、肩をすくめてから小さく頷いた。とにかく、今はこの二人から目を離すことは許されない。岩楯は、もう一度後ろを振り返って赤堀の微かな体温を手繰った。感じられない。重い気持ちのまま踵を返そうとしたとき、視界の隅に動くものを捕えて動きを止めた。地面すれすれのところを、白い目印をつけたハチが飛んでいる。さらに枯れ葉の隙間から、二匹のハチが這い出してきた。地面に黒っぽいものがある。鉄製の錆びた何かだった。

振り向きざま、岩楯が見たのは、船窪が足許の枯れ葉の中に手を突っ込んでいる光景だった。次の瞬間には、甲高い銃声が林の中にこだました。ひと呼吸の間もなく、岩楯は動くことができなかった。頭のすぐ脇を銃弾がかすめ、髪の毛が焼け焦げる臭いがした。

うわあっという船窪の叫び声とともに、二度目の破裂音が響きわたる。岩楯は横っ飛びして地面に突っ伏したが、すぐ顔の脇にある枯れ葉が、土くれとともに弾け飛んだのがわかった。頰に痛みが走り、火薬の熱が目に入る。石に当たったらしい鉛の小さな弾が、ひしゃげて平べったくなって跳ね返った。このとき初めて、何が起きているのかを理解した。

自分を殺す気だ。躊躇がなさすぎる。懐から銃を取り出す暇もない。転がって木の陰に身を隠そうとしたとき、裏返った耳障りな声が上から落ちてきた。

「う、動くなよ。撃つからな。本気だぞ、ぼ、僕は本気だ！」

大きく肩を波打たせながら喘ぎ、男は照準を岩楯に合わせている。古い二連式のライフルは、銃身が極端に短く切り詰められていた。それを見て、背筋に悪寒が走った。この距離で引き金を引かれれば、隙間もないほど全身に散弾を浴びることになるだろう。一発ですべてが終わる。

「銃身をわざわざ短く切りやがって。なんのつもりだ」

岩楯は、こめかみを伝った汗を肩口でぬぐった。頬から流れた血が滴り、ワイシャツを赤く染めている。

「せ、接近戦で弾をばらまくライフルだ。熊退治用の猟銃だぞ。動いたら、お、おまえは穴だらけになる」

「だろうな」

「もってる銃をわたしてもらう。う、動くなよ！」

船窪の表情ががらりと変わっている。完全に我を忘れていた。唇を歪め、血走った目をめいっぱい見開いている。引き金にかかる指が、ぶるぶると震えていた。いつ発砲してもおかしくはない。鰐川はどこだ……。目だけを周囲に走らせた。

船窪は岩楯を見据えながら、じりじりと近づいてくる。ハチが這い出している場所の枯れ葉が蹴散らされ、錆の浮いた円形の鉄板が見えた。ほんのわずかな隙間をすり抜け、目印をつけられた黄色いスズメバチが飛び立っていった。

吐きそうなほど鼓動が暴走しはじめた。赤堀はこの中だ。なのに、まったく気配がなく声も聞こえない。なんだ、どうした。なんで大声を出さない？　いつもの調子で、ぎゃあぎゃあと騒がないのはなぜだ？　岩楯は、奥歯をぎりぎりと嚙みしめた。彼女の息吹が感じられない。まさか、こんな場所で力尽きたのか。あの赤堀が！

「う、動くなよ」

ゆっくりと迫ってくる船窪の声は、意識の遠くでしか聞こえなかった。

「……この野郎」

歯の隙間から、地を這うような自分の声が絞り出されてくる。

「赤堀を殺したのか……。おまえらが殺したのかよ」

「勝手に死んだのよ」

船窪の後ろで、ずっと黙っていた由香子がめんどくさそうに言った。

「わたしたちが殺したわけじゃない。これは本当なのよ。正直言って、こっちだって迷惑してるの」

「なんだと?」

「井戸に落ちて騒いでたみたいだけど、さっき中を覗いたら死んでたってわけ」

「ふざけるな!」

岩楯は湿った土を握り締めた。船窪ははあはあと息を上げ、丸いなで肩を上下に揺らしている。

死ぬ必要のない赤堀が死んだだと? こいつが殺したのか、こいつが……。感情を抑制できない。岩楯の手が懐へと伸びたが、船窪が怒声を上げて散弾銃を構え直した。相討ちになったとしても、こいつらを殺せるだろうか。

「いちおう訊いておきたいんだけど、どうしてここがわかったの？　昆虫学者とかいうへんな女に続いて刑事。乙部みちるに接点があるところに、船窪と稲光の名前はなかったはずなのに。いったいどういうわけ？」

彼女は腕組みをして、怒りに震える岩楯をそっけなく見やった。

「この人は埼玉の中学で非常勤を一年だけしてたけど、船窪姓なんてリストにはなかったでしょう？」

「……そうだな。ＮＰＯのほうは、親戚か兄弟にでも名前を借りたのか？」

「へえ、なかなか鋭いのね。婿養子に入ってる弟が船窪雅人。この人は兄で、本当は全然別の名前なのよ」

「ずいぶんと警戒心が強いことだ。ＮＰＯの設立は、いわばみちるの夢だった。自分のやり方だけが弱者を救えるんだっていう、傲慢な夢。家出した五人の子どもをかくまったように、似た境遇の子どもらを集めようとしていたんだ。そこにあんたは便乗した。金儲けをもくろんでな」

由香子は答えなかった。白い顔の中で唇だけが妙に赤く、口角を上げるたびに別の生き物のように蠢いている。

「あんたは父親も殺したのか」

岩楯は、なんの斟酌《しんしゃく》もなく言った。

「父親殺しをみちるに見破られたな？　みちるは良くも悪くも勘が鋭い。そこを詰め寄られてみちるを殺した。そうだろ？」

由香子はまだ黙っている。

「あんたは長女で、黙ってても財産が手に入る立場だ。いったい、なんのためにこんなことをやってる？」

眉根を寄せていた由香子は、忌々しげに語りはじめた。憎しみらしき何かが、顔色を灰色にくすませている。

「わたしの人生は、ハズレくじばっかりだった。家に縛られるのが嫌で嫁にいったけど失敗して、戻ってきたら妹が子どもを置いて消えていた。挙げ句の果てに、父は拓巳に家を継がせようとしてね。まあ、馬鹿な妹がかわいくて仕方なかったんでしょう。こっそりと送金までしてたみたいだし。わたしと母に甥の面倒を見させてるくせに。遺言も書き換えて、拓巳にすべてを残そうとしたの」

彼女は語気を強めたが、かぶりを振って飄々とした調子に戻した。

「父は自分勝手で尊大でケチで、母もわたしもないがしろにしたわ。とにかく、これ以上、長生きなんてされたら迷惑だったの。母なんて、何十年も女中みたいに扱われてきたんだもの、いい加減、もう幸せになってもらわないと」

「あんたの親父は、子どもらを集めるのに反対しなかったのか？」

「まあね。とにかく慈善とかボランティアって言葉が大好きで、家族はほったらかしのくせに、よその子どもは救いたいのね。本物の偽善者よ。でも、それは好都合ではあった」

「みちるも同じようなタイプだからな」

　由香子はにっこりと笑う。冷酷だが、目を疑うほど美しい笑みだった。

「ただし、乙部みちるはやりすぎね。子どもが家を出たいと望んだから、家族とか学校を捨てさせてこんな山奥まで連れてくる。異常だけど、子どもたちからの信頼は絶大だった。まあ、口は堅いし一生懸命だし、面倒だけど大目に見てたわけ。商売に関しても、なかなか鋭い目をもってたしね。でも……」

　はあっとため息をついて、散弾銃を構えている男に顎をしゃくった。

「この人が発作的にあの女を殺したところから、いろんなことが狂い出したのよ」

「麻薬にも手を出すし、とんでもない悪党だな」

「この人は、農業生産科学をかじったマッドサイエンティストってところ。人が思いつかないような農業を研究してるわけ。お金を生んでくれる人でもあるの。うだつが上がらないから、非常勤なんてやってたんだけどね。なのに、あの女に反撃されて殺したって言うんだから、まったく」

男は蒼白のまま、ぶるっと体を震わせた。

「でもまあ、いいわ。過ぎたことを言ってもしょうがないもの。これからが大事よね。未来を考えないと」

「そうだな。あんたは完全にイカれてるから、ぜひとも病院で診てもらうといい。一生涯、鉄格子のある部屋で過ごすんだな。そっちの男は吊るしてやる」

「そんな未来は嫌よ、遠慮するわ。ちなみに、もうひとりの刑事は？」

「あんたの家で待機してるよ」

「そう。命拾いしたわね」

そう言って笑い、由香子はぽんと男の肩を叩いた。それに反応した男は、銃をかまえ直している。

岩楯が咄嗟にホルスターへ手を伸ばしたとき、背後の木立から鰐川が飛び出したのが見えた。男はわめきながら銃口を相棒に向けたが、岩楯が発砲するほうが早かった。弾かれた散弾は空に向けて放たれ、枝葉がばらばらと落ちてくる。もんどりうって倒れた男の手ごと、岩楯は散弾銃を蹴り飛ばした。

「岩楯主任！」

鰐川が走り込んでくるのが見える。岩楯は、かすれた悲鳴を上げている男を黙って見下ろした。感情が暴走を始めている。抑えられそうにない。

無言のまま男の腕を踏みつけた。ぼきっと骨の折れる感覚が足の裏に伝わったが、もう一回、渾身の力で踏みつけた。ぎゃっという悲痛な声がする。けれども、五感がそれを受け付けない。再び脚を上げ、同じ場所を踏んだ。

「岩楯主任！　もうやめてください！　もうじゅうぶんです！　こいつは動けません！」

鰐川の叫びが聞こえたが、耳を素通しさせた。体中の血が沸き立って、自制心など吹き飛んでいる。

こいつが赤堀を殺した。こいつが殺した。

屈託のない赤堀の笑顔が頭をかすめて仕方がない。岩楯は男を何度も踏みつけにした。止まらなかった。もうもうと土埃が舞い、男のこもった悲鳴が林を震わせている。

「主任！　こいつを殺す気ですか！　職務を捨てる気ですか！」

体がぴくりと反応したが、それもいいだろう。後ろから押さえつけようとする鰐川を振り払い、岩楯は足許の鉄板を力まかせに引きずり開けた。そして、喉が破れそうなほどの大声を張り上げた。

「赤堀！　こんなとこで死にやがって！」


鰐川が応援を呼んできたときは、日暮れも間近だった。大勢の捜査員が大声で指示を出し合い、ビニールハウスの周りに黄色いテープを張り巡らせている。ライトを運んできた鑑識官が、木の幹に括りつけはじめた。

消防の無駄のない連携で、古井戸の底から稲光拓巳が少しずつ姿を現した。生の気配がまったくない少年を目の当たりにして、岩楯は吐きそうになった。とてもきれいな顔をしており、赤堀のものであろう、上着やタオルなどでしっかりとくるまれている。とても見てはいられない。次に引き上げられる赤堀を見るのが怖かった。

顔を背けて距離を置こうとしたとき、穴の中からエコーがかった声が響いた。

「おい！　女のほうは生きてるぞ！」

なんだって？　生きている？

「慎重に上げてくれ。かなり衰弱してるから！」

岩楯は井戸の縁へ駆け寄り、ロープに吊るされてゆっくりと上がってくる赤堀を見た。顔の右半分には赤黒い血がこびりつき、折れているらしい足首は、木の枝で無造作に固定されている。これ以上ないほどぼろぼろだ。が、岩楯は安堵のあまり腰が抜けそうになった。泥や枯れ葉にまみれて傷だらけで、意識が朦朧としていた。

担架に乗せられ、すぐに酸素マスクをつけられた。岩楯は汚れた頬をぴたぴたと叩き、「先生、大丈夫か？」と声をかけた。

「……拓巳。た、拓巳のとこへ、つれてって」

「今は無理だ」

「い、いいから、お願い。い、岩楯刑事……」

彼女は、岩楯の袖口を弱々しく摑んでくる。抱き上げて遺体袋の脇へ下ろすと、赤堀はのろのろと震える腕を伸ばした。

「拓巳、やっと井戸から出られたよ」

完全に血の気の失せた顔に触れたが、冷たさに驚いたように、びくりと手を止めている。拓巳、と何度も名前をつぶやき、白い手をぎゅっと握った。岩楯が脇に屈むと、目にいっぱいの涙をためた赤堀が振り返った。

「い、岩楯刑事、ごめんなさい。勝手に行動して、とんでもないことになってしまった。こ、この子は死ななくてよかった。わたしのせいで死んだの。わたしが殺したと一緒。どうしたらいいんだろう。岩楯刑事、わたしはどうしたら……」

無言のまま肩に手を置くと、赤堀は酸素マスクを振り払って泣きじゃくり、胸に顔を埋めた。かける言葉が見つからない。彼女は、汚れたワイシャツを強く握りしめた。岩楯は、激しくしゃくり上げて泣く赤堀に、しばらく胸を貸すことしかできなかった。

7

あれほど葉が繁っていた奥多摩の山々は裸になり、すっかり色がなくなっている。十二月の北風に吹き晒され、寒さにじっと耐えている樹木は、まるで病床に着いた老婆のように弱りきっていた。風の唸りは、ぜいぜいという苦しげな喘ぎ声だ。耳許をかすめるたび、生気を吸い取られるような気がした。

岩楯はマルボロをくわえながら、コートの襟元をしっかりと合わせた。目の前に広がる墓地も山の景観に溶け込み、どこまでも無彩色だ。竹筒に挿された花は茶色く干涸び、風を受けてからからと鳴っていた。

そんななかで、赤堀が抱えている花束だけが異色だった。黄色い、命の象徴であるようなひまわりの束だ。真冬の寒さもそこだけには及ばず、ひまわりの周りだけ明るさを放って夏の匂いを漂わせていた。

「十二月にひまわりなんてあるんだな」

岩楯が吐き出した煙草の煙は、瞬く間に山の上へ吹き飛ばされていった。

「農学部のハウスから、ちょっと失敬してきたの」

「失敬って、盗みに入ったのか？」

「それもありだけどね」と赤堀は振り返って笑った。「裏取り引きしたの。何を握らせるかは、人によるけどね。甲虫だったり鱗翅類《りんしるい》だったり。今回はヤママユガ。きれいな緑色の糸を吐く幼虫で手を打ったわけ」

「本当の闇ルートだな」

まあね、と赤堀は墓石の前に屈み、しおれた菊を花筒から抜いた。代わりに大振りのひまわりが供えられると、稲光家の広い区画だけ気温が上がったような気がした。

「あの男は洗いざらい吐いたよ」

「うん」

「ただ、由香子は未だに完全黙秘。鰐川によれば、ある種の人格障害じゃないかってことだ。父親に差別とか抑圧されて育ったために、いつも不足感と飢餓感にさいなまれてる。で、それを埋めようとして、金に異常に執着するようになった。そんなとこだよ」

「そっか」

「検察側は、状況証拠をかき集めて積み上げてる最中だ。稲光の当主を川に突き落として殺したのも、みちるを殺したのも拓巳を刺したのも男。由香子は、直接手をくだしていない」

四方八方に抜け道をつくり、決してみずからは手を汚さない。稲光家の現当主である母親も、娘の悪行に勘づいていた節がある。夫が事故死でないことも知っているはずだった。が、こちらからの証言も得られないだろう。稲光家の女たちは、みな静かな狂気を宿していた。

岩楯はフィルター近くまで灰になった煙草を、携帯用灰皿の中へ押し込んだ。

「農場にいた子どもらは、全員が真っ当な連中だったよ。見た目は怪しさ爆発だけどな。ああ、もう子どもじゃないか。みちるに連れ出されたやつらは、もうすぐ二十歳《はたち》になるから」

「あそこでの暮らしとか事件は、きっとあの子たちにとって役に立つね。みんな、今後の道筋が見えたんじゃないのかな」

「ああ。自分らで、別の団体を起ち上げるそうだよ。今までの経験を活かして、今度こそ自立できるんじゃないか」

「そうでなくちゃ」

赤堀は、墓石に彫り込まれた真新しい拓巳の名前に触れ、一瞬だけ泣きそうな顔をした。しかしすぐに感傷を引っ込め、いつもの調子でくるりと振り返った。目の詰まった真っ白いマフラーを巻き直し、寒さで潤んだ瞳でまっすぐに見上げてくる。

「岩楯刑事、今日は付き合ってくれてありがとう」

「少しは区切りがついたか？」

「そうだね。脚も肋骨も肺も治ったし、もうすぐ年も明けるし、やることは多いし、寒いし、大掃除もしなくちゃならないし」

二人は墓を後にして、駐車場へ続く砂利道を歩いた。すると赤堀は、担いでいたスポーツバッグを開けて中から黒い塊を取り出した。何かと思えば、人の腕ほどもありそうな朽ち木だった。

彼女はひょいひょいと道路脇の傾斜を駆け上がり、雑木林の手前に木を置いて、土や枯れ葉で丁寧に覆っている。いつものことだが、行動が読めなかった。

「いったい、墓場で何をやってんのか教えてもらえるか？」

赤堀は横滑りしながら、林から下りてきた。

「あれは、キノコの菌糸をまわらせた、栄養満点なコナラの朽ち木。中にミヤマクワガタの幼虫が詰まってるわけ」

「ほう。今度はクワガタの伝道師も始めるのかね」

「夏になったら、特大サイズのミヤマがわんさか出てくるでしょうね。拓巳への報酬なの。約束は守らないと」

彼女は、今度は一瞬でも苦しげな面持ちをしなかった。あけすけで捉えどころのない、いつもの赤堀に戻っている。

「ところで、本庁の偉いさんから先生にメールがいってるはずだが」

二人は再び歩きはじめた。

「今回の事件は、先生の活躍と洞察がなければ、解決はもっと長引いただろうな。俺も法医昆虫学のすごさを感じたし、犯罪捜査には必要な部門だと思ってるわけだ」

「岩楯刑事、今度は褒め殺しの技も身につけたんだ。なんかどうなの、それ」

「本気でそう思ってんだよ。で、偉いさんへの手紙だとかメールの返事を、一切してないらしいじゃないか」

「まあ、そうだね」

「まさかとは思うが、今回の事件で懲りて、精神的にもまいったから、警察と法医昆虫学からは足を洗う……みたいなことを考えてるわけじゃないだろうな」

するとと赤堀ははははっと大口を開けて笑い、横から小生意気な面持ちで見上げてきた。

「そのへんの女と一緒にしないでくれる？　今朝いちばんに、偉いさんにメールを叩きつけてやったって。『法医昆虫学の捜査協力契約更新。つつしんでお受けいたします』ってね」

「よし、最高だ」

彼女の腕をぽんと叩くと、大輪の黄色い花と同じぐらい、たくましさを感じる笑顔を向けてきた。

○主な参考文献

「死体につく虫が犯人を告げる」マディソン・リー・ゴフ　著、垂水雄二　訳（草思社）
「応用昆虫学の基礎」中筋房夫、内藤親彦、石井実、藤崎憲治、甲斐英則、佐々木正己　著（朝倉書店）
「虫屋のよろこび」ジーン・アダムズ　編、小西正泰　監訳（平凡社）
「飛ぶ昆虫、飛ばない昆虫の謎」藤崎憲治、田中誠二　編著（東海大学出版会）
「世界昆虫記」今森光彦　著（福音館書店）
「焼かれる前に語れ」岩瀬博太郎、柳原三佳　著（WAVE出版）
「解剖実習マニュアル」長戸康和　著（日本医事新報社）
「人の殺され方――さまざまな死とその結果」ホミサイド・ラボ　著（データハウス）
「図解雑学・科学捜査」長谷川聖治　著　日本法科学鑑定センター　監修（ナツメ社）
「警視庁捜査一課殺人班」毛利文彦　著（角川書店）
「心の臨床家のための精神医学ハンドブック」小此木啓吾、深津千賀子、大野裕　編

（創元社）

解説

日下三蔵

連続放火事件の焼け跡から見つかった若い女性の遺体。解剖してみると遺体にはなぜか胃袋がなく、代わりにソフトボール大の球体が腹部から見つかった。それは生きたウジ虫が寄り集まってできたものであった――！

この作品は、解剖に立ち会った若手の鰐川《わにかわ》刑事ならずとも、思わず吐き気を催《もよお》してしまうショッキングなシーンで幕を開ける。なまじ作者の文章に描写力があるだけに、読者が受ける衝撃は大きいと思うが、この部分さえクリアしてしまえば、謎また謎のサスペンスフルな展開にページを繰《く》る手が止まらなくなることは保証します。

本書『法医昆虫学捜査官』（文庫化にあたり『１４７ヘルツの警鐘　法医昆虫学捜

査官』を改題）は、二〇一一年に『よろずのことに気をつけよ』（講談社文庫）で第五十七回江戸川乱歩賞を受賞してデビューした新鋭・川瀬七緒の第二長篇である。一二年七月に講談社から書き下ろしで刊行された。法医昆虫学者・赤堀涼子《あかほりりようこ》が活躍するシリーズの第一作でもある。

「法医昆虫学」とは耳慣れない言葉だが、その名のとおり科学捜査の一環として用いられる法医学に昆虫の生態を応用したものである。ハエなどの昆虫は地域や温度などの条件によって種類や育成の速度が厳密に決まっているため、これを採取・測定することで犯行場所や死亡時間をかなりの確度で割り出すことができる。作中でも説明されているとおり、アメリカや中国では相当な量のデータが既《すで》に蓄積されており、実際に犯罪捜査に使用できるレベルに達している。

虫の生態をトリックに利用したミステリは、過去に数多く書かれている。動物ミステリを得意とした西東登《さいとうのぼる》の乱歩賞受賞作『蟻《あり》の木の下で』（'64年／講談社）は、人食い蟻を使った戦時中の犯罪が事件の背景となる異色サスペンス。同じく乱歩賞作家・森村誠一の『雪の螢《ほたる》』（'77年／光文社カッパ・ノベルス）は虫や小動物をトリックに用いた作品だけを集めた短篇集である。西村寿行「狂った夏」（'77年／徳間書店『双頭の蛇《へび》』所収）では毒蛾《どくが》を用いた壮絶な復讐方法が描かれていた。

平野肇《はじめ》の『昆虫巡査』シリーズ（'93～'96年／祥伝社ノン・ノベル）は虫の生態に詳しいお巡《まわ》りさんがその知識を活かして事件を解決していくミステリで、本書の先駆的な作品といっていい。鳥飼否宇《とりかいひう》の『昆虫探偵』（'02年／世界文化社）は、熊《くま》ん蜂《ばち》の探偵シロコパκ氏が昆虫の世界で起きる事件を解決していく文字通りの「昆虫ミステリ」だ。

本書の場合、「遺体から出てきたウジボールの中に、普通の大きさの個体と異常に成長した個体が混在していたのはなぜか？」「ウジたちはなぜ、遺体の食道と胃袋だけを食い尽くしたのか？」、ほとんどこの二つの謎だけを手がかりとして、読者の予想をはるかに超えた真相へとたどり着いていくのが凄い。

該博《がいはく》な専門知識と常識に囚《とら》われない自由な発想で論理的な推理を積み重ねていく赤堀涼子は、シャーロック・ホームズ以来の伝統的な名探偵のスタイルを踏襲《とうしゅう》したキャラクターといえるだろう。彼女が探偵役として活躍することが謎解き部分の面白さにつながっているわけだが、本書の特長はそれだけではない。

赤堀の能力にいち早く注目し、そのエキセントリックな行動に振り回されながらも捜査のプロとして彼女を力強くサポートする岩楯《いわだて》警部補の存在が、このシリーズのもうひとつの柱になっているのだ。クモ恐怖症なのに赤堀と組まされることになった岩楯は気の毒としかいいようがないが、彼は単独でハードボイルド小説の主役を張れるほどのキャラクターなのである。

ふたりの探偵役を投入することで、このシリーズは古典的な本格推理小説と現代的な警察小説、ふたつの面白さを併せ持つ贅沢《ぜいたく》なミステリになっているのだ。

実は作者が法医昆虫学に着目したのは、本書が初めてではない。デビューの前年、第五十六回江戸川乱歩賞の最終候補となった『ヘヴン・ノウズ』で、既に法医昆虫学者を登場させているのだ。選評から関連する部分をご紹介してみよう。

「臓器移植にまつわる犯罪はいまや古典的といっていいテーマで目新しさはないが、法医昆虫学という未知の分野の話で、興味を惹《ひ》かれた。（中略）また、法医昆虫学の成果が、直接、事件解決に役立ったとも思えない点、羊頭狗肉《ようとうくにく》の感が否めない。犯人側の描写は希薄というより、あざといほど隠しすぎる。善人らしき人々が突然変異するのは相当無理なように思えた」（内田康夫）

「『ヘヴン・ノウズ』は小説も上手だし、内容も盛りだくさん。法医昆虫学や湿地帯の植生がヒントになるなど細部は面白いのだが、田舎への都会人の移住、村の祟《たた》りの伝説、球体関節人形、移植医療と場面ごとにジャンルが変わる感があり、警察小説なのか伝奇モノなのか幻想系なのか社会派なのかと読みながら落ち着かず、乗り切れずに終わってしまった」（恩田陸）

「『ヘヴン・ノウズ』と、『ルカの方舟』は、たいへん楽しく読んだ。双方とも、見事なエンターテインメントだと思う。情報とディテールに圧倒される思いだった。／ただ、『ヘヴン・ノウズ』については、警察の捜査があまりにいい加減だという他の選考委員の意見に、納得せざるを得なかった」（今野敏）

「『ヘヴン・ノウズ』は、虫や植物の話など、薀蓄《うんちく》的な部分が面白く読める。死体の描写や情景描写、村の昔話、人形との会話なども、説得力を持ち、オリジナルな才能を感じた。ただ警察の捜査については不勉強が目立ち、また犯人の犯行意図は、世間に真実を知らせるためと書きながら、手がこみ過ぎて、知られない可能性のほうが高いのは矛盾する」（天童荒太）

「おそらく作者が強い思いを込めて書いたと想像される、法医昆虫学に関する蘊蓄と、まるでドラマ化を意識したかのような女性学者が、じつは本作品には全く不要だという点が最大の欠点だ。ここで描かれた事件は、警察が通常の捜査をすれば容易に真相に辿《たど》り着けるケースである。ストーリーが長くなったのは、無駄なエピソードが多い上に、作者が警察を無能にしたからにほかならない。専門知識や特殊な職業を扱ったからといって、小説としての評価が上がるわけではない。まずは一本筋の通ったミステリを書いてほしい」（東野圭吾）

「蘊蓄の部分が面白い」「描写力がある」などの長所が挙げられる一方、「ストーリーの都合で警察が無能に描かれ過ぎている」「そもそも法医昆虫学が有機的にストーリーと絡んでいない」といった構造的な欠点も厳しく指摘されている。そしておそらく本書を読まれた方であれば、長所を残しながら欠点が見事に克服されていることに同意していただけるだろう。

すなわち警察組織の中で法医昆虫学者の赤堀がリアルに捜査活動に加わりながら、専門知識を駆使して真相に迫っていく、というストーリーである。東野圭吾が指摘するように、目新しい職業の人物を登場させただけではミステリとしては準備段階に過ぎない。その蘊蓄が意外性のある謎解きと結びついて、初めて優れた作品となる。そして本書はその水準を楽々とクリアしている。

呪術をテーマにした前作『よろずのことに気をつけよ』の解説でも触れたように、川瀬ミステリの特徴のひとつに「被害者の重視」が挙げられる。『よろずのことに気をつけよ』はヒロインの祖父が謎の凶器で惨殺された事件を扱っていたが、探偵役の捜査は祖父がどこでそれほどの恨みを買ったのか、彼の人生そのものを遡《さかのぼ》っていく作業であった。本書でも物語の開始時点で既に焼死体となっているカウンセラー・乙《おと》部《べ》みちるの過去が、事件の大きなウェイトを占めている。

いずれの作品も被害者の人生を辿っていく過程で自然と犯人が分かる構成になっており、作者はことさらに意外な犯人像を狙おうとはしていない。これは犯人を隠し過ぎて解決篇で突然悪人になるのは不自然、という内田康夫の指摘を受けてのことだろうが、推理小説のもっともポピュラーな興味である「誰が？（Who）」を捨てても、なお意外性のあるストーリーで読者を惹きつけてみせる、という作者の気迫を感じずにはいられない。『よろずのことに気をつけよ』や本書では、「なぜ？（Why）」という切り口から意外性抜群の展開が繰り広げられるのである。

シリーズ第二作『シンクロニシティ　法医昆虫学捜査官』（13年4月／講談社）は、臓器移植、田舎、球体関節人形などのキーワードから、『ヘヴン・ノウズ』のアイデアを再利用したものであることが分かるが、単に応募作を手直ししたものではなく、想を改めて新たに書き直したものだという。この作品では、それまでの長所を活かしつつ、実に自然な形で「意外な犯人」が用意されていて作者の進歩の跡がうかがえる。

発売されたばかりの第三作『水底《みなぞこ》の棘《とげ》　法医昆虫学捜査官』（14年7月／講談社）では荒川河口で発見された変死体の謎に赤堀たちが挑むが、なんとストーリーの大半が「どこで？（Where）」殺されたか、の追求に当てられている。死体に残された虫の痕跡から赤堀は一歩ずつ真相に迫っていき、犯行場所が分かると同時に犯人も分かるのである。こんな風変わりなスタイルのミステリは今までに読んだことがない。

ちなみに『水底の棘』では、本書に続いてメモ魔の鰐川刑事が登場するが、終盤では岩楯警部補と共に絶体絶命の窮地に陥り、生命の危機に晒《さら》されることになる。ちょうど本書のクライマックスでの赤堀と同じ立場になるわけだが、大自然が相手だけに、どちらの作品も緊張感が尋常ではない。

作者はどの作品でも、端役《はやく》に至るまで詳細な過去を設定したうえで執筆を進めているというが、そのためか人生の深い年輪を刻んだ老人と、鬱屈《うっくつ》した気持ちを抱える若者の描写に、とりわけ生彩を放つようだ。

ノンシリーズ長篇『桃ノ木坂互助会』（14年2月／徳間書店）は、トラブルを起こす問題住民を、老人たちがあの手この手の嫌がらせで追い出しにかかる異色のサスペンスであった。この作品には幽霊を装って人を脅《おど》かす「幽霊代行コンサルタント」なる商売が登場するが、『よろずのことに気をつけよ』の執筆中に「呪い代行業」という商売があり、しかもなかなか繁盛しているのを知って驚いた、と語っていたから、その辺《あた》りが発想の元になったのかもしれない。

川瀬七緒の著作は、いまのところ『よろずのことに気をつけよ』、本書、『シンクロニシティ』『桃ノ木坂互助会』『水底の棘』の五冊。早い段階で川瀬作品に出会えた読者は幸運である。たちまち読みきってしまえる冊数だし、どれを手にとっても期待を裏切られることはないはずだ。そして貴方《あなた》もぜひ、実力派ミステリ作家・川瀬七緒のこれからの作品に注目していただきたい。

●本書は二〇一二年七月に、『147ヘルツの警鐘　法医昆虫学捜査官』と題して小社より刊行されました。文庫化にあたり、改題のうえ、一部を加筆・修正しました。

|著者|川瀬七緒　1970年、福島県生まれ。文化服装学院服装科・デザイン専攻科卒。服飾デザイン会社に就職し、子供服のデザイナーに。デザインのかたわら2007年から小説の創作活動に入り、2011年、『よろずのことに気をつけよ』で第57回江戸川乱歩賞を受賞して作家デビュー。日本では珍しい法医昆虫学を題材にした「法医昆虫学捜査官」シリーズは、本書のほかに『シンクロニシティ』『水底《みなぞこ》の棘《とげ》』『メビウスの守護者』『潮騒のアニマ』の4作があり、根強い人気を誇っている。その他の著書に『桃ノ木坂互助会』『女學生奇譚』『フォークロアの鍵』がある。

法医昆虫学捜査官《ほういこんちゅうがくそうさかん》

川瀬七緒《かわせななお》

2014年8月12日第1刷発行
2018年7月20日第9刷発行

講談社文庫
定価はカバーに
表示してあります

発行者——渡瀬昌彦
発行所——株式会社　講談社
東京都文京区音羽2-12-21　〒112-8001
電話　出版　(03) 5395-3510
　　　販売　(03) 5395-5817
　　　業務　(03) 5395-3615

デザイン—菊地信義
本文データ制作—講談社デジタル製作
印刷———豊国印刷株式会社
製本———株式会社国宝社

Printed in Japan

ISBN978-4-06-277890-9

講談社文庫刊行の辞

二十一世紀の到来を目睫に望みながら、われわれはいま、人類史上かつて例を見ない巨大な転換期をむかえようとしている。

世界も、日本も、激動の予兆に対する期待とおののきを内に蔵して、未知の時代に歩み入ろうとしている。このときにあたり、創業の人野間清治の「ナショナル・エデュケイター」への志を現代に甦らせようと意図して、われわれはここに古今の文芸作品はいうまでもなく、ひろく人文・社会・自然の諸科学から東西の名著を網羅する、新しい綜合文庫の発刊を決意した。

激動の転換期はまた断絶の時代である。われわれは戦後二十五年間の出版文化のありかたへの深い反省をこめて、この断絶の時代にあえて人間的な持続を求めようとする。いたずらに浮薄な商業主義のあだ花を追い求めることなく、長期にわたって良書に生命をあたえようとつとめるところにしか、今後の出版文化の真の繁栄はあり得ないと信じるからである。

同時にわれわれはこの綜合文庫の刊行を通じて、人文・社会・自然の諸科学が、結局人間の学にほかならないことを立証しようと願っている。かつて知識とは、「汝自身を知る」ことにつきていた。現代社会の瑣末な情報の氾濫のなかから、力強い知識の源泉を掘り起し、技術文明のただなかに、生きた人間の姿を復活させること。それこそわれわれの切なる希求である。

われわれは権威に盲従せず、俗流に媚びることなく、渾然一体となって日本の「草の根」をかたちづくる若く新しい世代の人々に、心をこめてこの新しい綜合文庫をおくり届けたい。それは知識の泉であるとともに感受性のふるさとであり、もっとも有機的に組織され、社会に開かれた万人のための大学をめざしている。大方の支援と協力を衷心より切望してやまない。

一九七一年七月

野間省一

講談社文庫　目録

鹿島田真希　来たれ、野球部
門井慶喜　パラドックス実践 雄弁学園の教師たち
加藤　元　山　姫　抄
加藤　元　嫁の遺言
加藤　元　キネマの華《ヒロイン》
加藤　元　私がいないクリスマス
片島麦子　中指の魔法
亀井　宏　ドキュメント 太平洋戦争全史(上)(下)
亀井　宏　ミッドウェー戦記(上)(下)
亀井　宏　ガダルカナル戦記 全四巻
亀井　宏　佐助と幸村
金澤信幸　バラ肉のバラって何？〈誰かに教えたくてたまらなくなる"あの言葉"の本当の意味〉
金澤信幸　サランラップのサランって何？〈誰かに話したくてしかたなくなる"あの名前"の意外な由来〉
梶　よう子　迷　子　石
梶　よう子　ふくろう
梶　よう子　ヨ　イ　豊《とよ》
梶　よう子　立身《りっしん》いたしたく候《そうろう》
川瀬七緒　よろずのことに気をつけよ
川瀬七緒　法医昆虫学捜査官

川瀬七緒　シンクロニシティ〈法医昆虫学捜査官〉
川瀬七緒　水《みな》底《そこ》の棘《とげ》〈法医昆虫学捜査官〉
川瀬七緒　メビウスの守護者〈法医昆虫学捜査官〉
かわぐちかいじ／藤井哲夫 原作　僕はビートルズ 1
かわぐちかいじ／藤井哲夫 原作　僕はビートルズ 2
かわぐちかいじ／藤井哲夫 原作　僕はビートルズ 3
かわぐちかいじ／藤井哲夫 原作　僕はビートルズ 4
かわぐちかいじ／藤井哲夫 原作　僕はビートルズ 5
かわぐちかいじ／藤井哲夫 原作　僕はビートルズ 6
風野真知雄　隠密 味見方同心(一)
風野真知雄　隠密 味見方同心(二)〈くじらの姿焼き騒動〉
風野真知雄　隠密 味見方同心(三)〈干し卵不思議味〉
風野真知雄　隠密 味見方同心(四)〈幸せの小福餅〉
風野真知雄　隠密 味見方同心(五)〈恐怖の流しそうめん〉
風野真知雄　隠密 味見方同心(六)〈フグの毒鍋〉
風野真知雄　隠密 味見方同心(七)〈鵺《ぬえ》の闇鍋〉
風野真知雄　隠密 味見方同心(八)〈絵巻寿司〉
風野真知雄　隠密 味見方同心(九)〈ふふふの麩〉〈殿さま漬け〉
カレー沢 薫　負ける技術

カレー沢 薫　もっと負ける技術〈カレー沢薫の日常と退廃〉
下野《かばた》康史　ポルシェより、フェラーリより、ロードバイクが好き〈熱狂と悦楽の自転車ライフ〉
野崎雅人／佐々原史緒　戦国BASARA3〈真田幸村の章／猿飛佐助の章〉
矢野　隆／映島　巡　戦国BASARA3〈伊達政宗の章／片倉小十郎の章〉
タタツシンイチ／鏡　征爾　戦国BASARA3〈長曾我部元親の章／毛利元就の章〉
タタツシンイチ／梶　よう子　戦国BASARA3〈徳川家康の章／石田三成の章〉
風森章羽《しょう》　渦巻く回廊の鎮魂曲《レクイエム》〈霊媒探偵アーネスト〉
風森章羽　清らかな煉獄〈霊媒探偵アーネスト〉
加藤千恵　こぼれ落ちて季節は
神田　茜　しょっぱい夕陽
神林長平　だれの息子でもない
岸本英夫　死を見つめる心〈ガンとたたかった十年間〉
北方謙三　君に訣別の時を
北方謙三　われらが時の輝き
北方謙三　夜の終り
北方謙三　帰　路
北方謙三　錆びた浮標《ブイ》
北方謙三　汚名の広場
北方謙三　夜の眼

講談社文庫　目録

北方謙三　試みの地平線〈伝説復活編〉
北方謙三　煤煙
北方謙三　そして彼が死んだ
北方謙三　旅のいろ
北方謙三　新装版 活路(上)(下)
北方謙三　夜が傷つけた
北方謙三　新装版 余燼(上)(下)
北方謙三　抱影
菊地秀行　魔界医師メフィスト〈怪屋敷〉
菊地秀行　吸血鬼ドラキュラ
北原亞以子　深川澪通り木戸番小屋
北原亞以子　深川澪通り燈ともし頃
北原亞以子　新地橋〈深川澪通り木戸番小屋〉
北原亞以子　夜の明けるまで〈深川澪通り木戸番小屋〉
北原亞以子　澪つくし〈深川澪通り木戸番小屋〉
北原亞以子　たからもの〈深川澪通り木戸番小屋〉
北原亞以子　降りしきる
北原亞以子　贋作天保六花撰《うそばっかりえどのはなし》
北原亞以子　花冷え
北原亞以子　歳三からの伝言
北原亞以子　お茶をのみながら
北原亞以子　その夜の雪
北原亞以子　江戸風狂伝
桐野夏生　新装版 顔に降りかかる雨
桐野夏生　新装版 天使に見捨てられた夜
桐野夏生　新装版 ローズガーデン
桐野夏生　OUT(上)(下)
桐野夏生　ダーク(上)(下)
京極夏彦　文庫版 姑獲鳥《うぶめ》の夏
京極夏彦　文庫版 魍魎《もうりょう》の匣《はこ》
京極夏彦　文庫版 狂骨《きょうこつ》の夢《ゆめ》
京極夏彦　文庫版 鉄鼠《てっそ》の檻《おり》
京極夏彦　文庫版 絡新婦《じょろうぐも》の理《ことわり》
京極夏彦　文庫版 塗仏《ぬりぼとけ》の宴《うたげ》—宴の支度
京極夏彦　文庫版 塗仏の宴—宴の始末
京極夏彦　文庫版 百鬼夜行—陰
京極夏彦　文庫版 百器徒然袋—雨
京極夏彦　文庫版 百器徒然袋—風
京極夏彦　文庫版 今昔続百鬼—雲
京極夏彦　文庫版 陰摩羅鬼《おんもらき》の瑕《きず》
京極夏彦　文庫版 邪魅《じゃみ》の雫
京極夏彦　文庫版 死ねばいいのに
京極夏彦　分冊文庫版 姑獲鳥《うぶめ》の夏(上)(下)
京極夏彦　分冊文庫版 魍魎《もうりょう》の匣《はこ》(上)(中)(下)
京極夏彦　分冊文庫版 狂骨《きょうこつ》の夢《ゆめ》(上)(中)(下)
京極夏彦　分冊文庫版 鉄鼠《てっそ》の檻《おり》全四巻
京極夏彦　分冊文庫版 絡新婦《じょろうぐも》の理《ことわり》(一)(二)
京極夏彦　分冊文庫版 絡新婦《じょろうぐも》の理《ことわり》(三)(四)
京極夏彦　分冊文庫版 塗仏《ぬりぼとけ》の宴《うたげ》 宴の支度《したく》(上)(中)(下)
京極夏彦　分冊文庫版 塗仏《ぬりぼとけ》の宴《うたげ》 宴の始末《しまつ》(上)(中)(下)
京極夏彦　分冊文庫版 陰摩羅鬼《おんもらき》の瑕《きず》(上)(中)(下)
京極夏彦　分冊文庫版 邪魅《じゃみ》の雫(上)(中)(下)
京極夏彦　分冊文庫版 ルー＝ガルー〈忌避すべき狼〉(上)(下)
京極夏彦　分冊文庫版 ルー＝ガルー2〈インクブス×スクブス 相容れぬ夢魔〉(上)(下)
京極夏彦・原作　志水アキ・漫画　コミック版 姑獲鳥《うぶめ》の夏(上)(下)
京極夏彦・原作　志水アキ・漫画　コミック版 魍魎《もうりょう》の匣《はこ》(上)(下)
京極夏彦・原作　志水アキ・漫画　コミック版 狂骨の夢(上)(下)

2018年6月15日現在